La muerte ajena

Claudia Piñeiro
La muerte ajena

Papel certificado por el Forest Stewardship Council®

Primera edición: mayo de 2025

© 2025, Claudia Piñeiro
c/o Schavelzon Graham Agencia Literaria
www.schavelzongraham.com
© 2025, Penguin Random House Grupo Editorial, S.A.
Humberto I 555, Buenos Aires
© 2025, Penguin Random House Grupo Editorial, S. A. U.
Travessera de Gràcia, 47-49. 08021 Barcelona

© Diseño: Penguin Random House Grupo Editorial, inspirado en un diseño original de Enric Satué

Penguin Random House Grupo Editorial apoya la protección de la propiedad intelectual. La propiedad intelectual estimula la creatividad, defiende la diversidad en el ámbito de las ideas y el conocimiento, promueve la libre expresión y favorece una cultura viva. Gracias por comprar una edición autorizada de este libro y por respetar las leyes de propiedad intelectual al no reproducir ni distribuir ninguna parte de esta obra por ningún medio sin permiso. Al hacerlo está respaldando a los autores y permitiendo que PRHGE continúe publicando libros para todos los lectores. De conformidad con lo dispuesto en el artículo 67.3 del Real Decreto Ley 24/2021, de 2 de noviembre, PRHGE se reserva expresamente los derechos de reproducción y de uso de esta obra y de todos sus elementos mediante medios de lectura mecánica y otros medios adecuados a tal fin. Diríjase a CEDRO (Centro Español de Derechos Reprográficos, http://www.cedro.org) si necesita reproducir algún fragmento de esta obra.
En caso de necesidad, contacte con: seguridadproductos@penguinrandomhouse.com

Printed in Spain – Impreso en España

ISBN: 978-84-10299-46-7
Depósito legal: B-4784-2025
Impreso en Unigraf, Móstoles (Madrid)

AL99467

A mi padre, que supo quién yo era mucho antes de que lo fuera

*¿Qué es la vida? Un frenesí.
¿Qué es la vida? Una ilusión,
una sombra, una ficción,
y el mayor bien es pequeño;
que toda la vida es sueño,
y los sueños, sueños son.*
          Calderón de la Barca, *La vida es sueño*

La actividad sexual de los hombres no es necesariamente erótica. Lo es cada vez que no es rudimentaria, cada vez que no es simplemente animal.
          Georges Bataille, *El erotismo*

PRIMERA PARTE

HERMANAS

When everyone you thought you knew
Deserts your fight, I'll go with you
You're facing down a dark hall
I'll grab my light and go with you.
　　　«My blood», Tyler Joseph y Josh Dun
　　　　　　　　　　(Twenty One Pilots)

Capítulo 1

Amanece, siempre amanece. Tal vez, por esa razón, Verónica Balda no presiente el abismo. Abismo o bisagra o sismo o cataclismo, cualquiera de esas palabras, aunque no son equivalentes, podrían describir lo que le espera. Sismo, elijamos sismo. O terremoto, con sus cuatro sílabas contundentes. Terremoto. Ella no sabe, no hay inquietud, no hay dolor en la boca de su estómago, ni siquiera cosquilleo. No hay instinto premonitorio: ese que hace que hormigas, ratas y otros animales abandonen el territorio que será devastado, mientras los humanos siguen de fiesta sin advertir nada, sin oler en el aire la catástrofe, sin el saber de otras especies. Sólo sueño como cada mañana; sueño es lo único que ella siente, por ahora. ¿Por qué habría de sospechar algo inusual si el mecanismo del universo se repite y el sol se presenta por la mañana? Su vida antes y después del terremoto.

Siempre creyó que a cada persona el destino le tiene reservado uno o dos en la vida. Ni más, ni menos. Más sería un exceso. Menos, un tedio. Y a ella no sólo la había abandonado su padre en la adolescencia, sino que un cáncer fulminante se había llevado a su madre, un tiempo después, cuando Verónica tenía apenas veintitrés años. Dos terremotos. Así que, en esta mañana, en la que amanece como cada día, su cuota de catástrofes personales se encuentra cubierta. Y en cuanto al tedio, aburrida no está. O sí, pero no es consciente. Para más confusión, si cabía alguna posibilidad de advertir el peligro, esa posibilidad se termina de esfumar cuando los rayos de sol empiezan a tomar altura y rebotan contra los últimos pisos de los edificios más altos de la ciudad, del otro lado del parque. Esa luminosidad, Verónica cree, le promete un día perfecto.

¿Será? Será, se pregunta y responde en un mismo acto.

Ilusa Verónica.

Buenos Aires, la ciudad donde vive desde que nació, apenas parece enterada de que ya empezó el día para muchas de las personas que circulan por sus calles. O, al menos, el barrio dormido que ella transita. A esta hora, Palermo es un estanque quieto, casi inmóvil, silencioso; Verónica lo observa a través de la ventanilla del taxi que la lleva de su casa a la radio, mientras se toma unos minutos de relax antes de buscar en la cartera su teléfono para empezar a contestar mensajes. Sabe que ya tendrá varios. El de Analía Pastor, la productora del programa, anunciando las que se supone serán las noticias más importantes del día. El audio del dueño de la radio, Esteban Manrique, felicitándola por los últimos ratings que no sólo la posicionan como la periodista más escuchada en su franja horaria, sino de toda la programación de la emisora, lo que la hace merecedora de elogios y de envidias por partes iguales. El «buen día, amor» de Pablo, que se despierta irremediablemente unos minutos después de que Verónica deja la casa, se siente culpable por no haberse levantado para compartir el desayuno apurado que ella toma cada mañana, manda el mensaje que alivia esa culpa y sigue durmiendo.

Cinco años después de haber pasado del periodismo gráfico al radial, Verónica Balda aún se recrimina que, cuando dejó el diario, no sopesó a conciencia los pros y los contras de un cambio que, no lo niega, era necesario. Quince años en una redacción frenética, en una sección frenética —Política—, en un país frenético, en un medio con una frenética línea editorial —que a menudo ella no compartía— la hicieron cansarse y hasta desconfiar de aquello que la había entusiasmado en sus primeros tiempos de periodismo. Ni hablar del sueldo, cada vez más miserable y que de ningún modo compensaba con aquel premio Rey de España al periodismo que había ganado años atrás, y del que, por inseguridades propias y sospechas de otros, nunca terminó de sentirse enteramente dueña. Cómo no comprenderla. Sin embargo, la libertad que le da la radio, por lo menos esa radio para la que trabaja, no impide que cada mañana reniegue de ella, haciéndose reproches que pueden suponerse menores pero, a la vez, irrebatibles. En especial, y considerando su biorritmo, se maldice por no haberle dado la importancia debida al hecho desolador de tener que levantarse de madrugada, sin luz natural en casi todo el año, para sumergirse en una ciudad desierta y dormida. Verónica Balda no puede entender cómo no le otorgó el peso necesario a un detalle que hoy juzga determinante. A esta hora su humor no se enciende, el termostato no le funciona bien, siempre se abriga de más o de menos, desayuna a las corridas, si es que puede llamarse desayuno a beber un café que le quema la garganta y morder una barra de cereal ultraprocesada, de las que compra Pablo a pesar de que ella las detesta, o una porción de pizza fría, restos de la cena que le entusiasman más que la barra de cereal, aunque le caen peor.

Una sirena que aúlla, desenfrenada, la saca de sus pensamientos. No es que la asombre, ni siquiera tan temprano. La ciudad aturde con el ulular de sirenas a toda hora, algunas veces innecesariamente, cree; ella está cansada de batallar en su programa contra la contaminación sonora que a nadie parece importarle. Ni esa contaminación, ni ninguna otra cuando toca ciertos intereses. «Para gran parte de los oyentes lo ambiental no es prioridad, por más que esté de moda; para algunos, la causa ni siquiera entró en su radar», le contestó su jefe en una reunión de producción general en la que Verónica propuso una serie de notas con un experto para hablar del asunto. Y por más que ella esté convencida de que no es así, sabe que insistir no la llevará a ninguna parte, porque no se trata de que

Manrique esté equivocado o desinformado, sino de sus compromisos comerciales con empresas que compran publicidad en el programa. Money, money, money. La sirena que suena esta mañana en particular, además, es persistente y desacoplada; Verónica apuesta a que se trata de la de un camión de bomberos. Se equivoca, como cuando aceptó la promesa de que sería un lindo día. Lo sabrá muy pronto, porque el ulular se acerca y, antes de que el taxista pueda doblar en la avenida, tal como le permite la luz verde del semáforo, una ambulancia pasa a toda velocidad en sentido contrario. Detrás, un coche de policía; y detrás, otro. No era un camión de bomberos. Tampoco una sirena, sino tres, por eso el desacople.

Hoy los chorros se despertaron temprano, dice el taxista.

Y de inmediato enciende la radio. El hombre busca un noticiero que confirme y agregue detalles a lo que acaba de asegurar, pero a esa hora aún no arrancó la programación habitual en casi ninguna emisora. Después de ir y venir un par de veces por el dial, se da por vencido y la apaga. Verónica, ahora sí, revisa su teléfono. Responde con emojis al mensaje de Pablo, los primeros que le aparecen: beso, corazón, sonrisa, fuego, dedo pulgar hacia arriba, los que pone siempre. Abandona fastidiada el audio de su jefe, porque, no bien arranca, otra vez la llama «Beba», un apelativo que él considera cariñoso y ella ofensivo. Según Manrique, surge de juntar las primeras letras de su nombre y su apellido; asegura que dice Veba y no Beba. Pero resulta difícil comprobarlo en un país donde la fonética de la b labial y la v dental es la misma. Verónica ya se lo reprochó alguna vez, pero el hombre se la quedó mirando como si no entendiera. «¿Que yo hice qué?», dijo, y ella prefirió no perder tiempo en explicarle más. Por eso es que Verónica no le contesta cuando él la nombra de ese modo y apuesta a que Manrique, a la larga, se dará cuenta de qué es lo que provoca con su insistencia. Errada Verónica, otra vez.

Chequea Twitter —se resiste a llamarlo X, su nuevo nombre—, borra los spam que le entraron al mail, pasa por Instagram pero se aburre enseguida y lo cierra. La penetrante fragancia de un desodorante de ambiente —que el taxista lleva en un dispositivo junto a la palanca de cambios— empieza a molestarle. Baja unos centímetros la ventanilla para que entre un poco de aire y deja que su vista se pierda en lo que la ciudad le ofrece. Dos encargados de edificios vecinos conversan mientras baldean la vereda, y Verónica se pregunta hasta cuándo se gastará tanta agua en esa ceremonia diaria. Desde un camión descargan gaseosas en el bar donde suele ir los fines de semana cuando quiere leer al sol. Una pareja pasa corriendo en dirección al parque, en el que seguramente completará su rutina de ejercicios. Antes de llegar a la próxima esquina, el taxi se detiene para darle paso a una mujer que cruza en medio de la cuadra, una mujer que pasea a su perro y llora. ¿Llora? Verónica está segura de que sí. Es más, se imagina que debe haber llorado toda la noche, que el insomnio y el llanto la arrojaron a la calle demasiado temprano. Gira la cabeza hacia la ventanilla contraria y luego hacia el parabrisas trasero para seguirla con la mirada. La mujer se pierde a la vuelta de la esquina. Verónica espanta la pena que le apareció de repente y que ella se permitió sentir con la excusa de la mujer que llora. Cuando está por leer el sumario que le mandó Analía, entra un nuevo mensaje de su productora con la advertencia: «Leé éste». La última noticia del listado le confirma que el taxista prejuzgó: la ambulancia y los coches de policía no van al encuentro de ladrones, sino de una mujer que agoniza después de caer del quinto piso de una torre en el barrio de Recoleta, a metros de la Avenida del Libertador. La misma avenida por la que ahora ella se desplaza en ese taxi con olor a lavanda, pero en sentido contrario. Entiende que el hecho haya sido incluido en el sumario y acepta que deberá mencionarlo en algún momento de la transmisión, aunque considera que, si bien se trata de una nota de alto impacto, no hará falta darle demasiado espacio en su programa, para el que prefiere otro tipo de contenido. Lejos del frenesí de la redacción, en la radio, Verónica Balda sigue siendo una periodista política. Y la nota que le proponen en el sumario no parece adecuada para su estilo. Todavía. Tercer error de la mañana.

Entra al edificio de Radio News & Folks, sacudiendo su modorra y acomodando los huesos de la espalda con un movimiento amplio que no se ocupa de disimular. Desliza la tarjeta en el lector, la barrera se levanta, y ella avanza.

Buenos días.

Buenos días, le contesta el recepcionista.

En el espejo del ascensor se acomoda el pelo y se saca restos de maquillaje de los lagrimales. Las transmisiones de streaming dieron por tierra con esa ventaja superlativa que, hasta hacía poco, tenía la radio sobre otros medios: poder ir a trabajar vestida como una quisiera, incluso en pantuflas. Ahora a Verónica le reclaman el uso de ciertos colores y le cuestionan otros, sin dignarse a pagarle un vestuarista. Pasa junto a la cabina y saluda con la mano a la productora y al operador, pero sigue directo al estudio que a esa hora está libre, donde desparrama sus cosas como cada mañana: el abrigo en un perchero, la cartera en el piso a pesar de que sus compañeros le dicen una y otra vez que trae mala suerte, sus papeles sobre la mesa, la lapicera sobre esos papeles, el teléfono a un costado del micrófono, bien a mano, después de chequear que está silenciado. Su ceremonia de desembarque. Eso sí es un punto a favor del horario, reconoce Verónica, nunca hay que esperar a que se vayan los colegas del programa anterior para acomodarse antes del inicio del suyo: *Apenas sale el sol.* Así se llama el que ella conduce de siete a diez de la mañana. Se pone los auriculares. La productora le alcanza el sumario impreso, un resumen de las notas más importantes y un café negro. Aunque las dos pantallas encendidas en el estudio están sintonizadas en diferentes canales de tevé que representan líneas editoriales antagónicas, hoy la imagen coincide: el frente del edificio de donde cayó una mujer esta madrugada. El zócalo de uno de los dos informes dice: «¿Intento de suicidio, accidente o feminicidio frustrado?». Y el del otro: «Mujer cae en circunstancias sospechosas en Recoleta». Su pasado en el periodismo gráfico hace que se quede pensando en la especulación sin datos de la primera oración que obliga a poner los signos de pregunta y en la imprecisión de la segunda que permite entenderla de distintos modos. Caer puede tener muchas acepciones. Caer en Recoleta, le parece menos preciso aún. Mujer cae, hasta le suena sexista. Ni que hablar de los protocolos para tratar el tema del suicidio en los medios de comunicación, más en un caso en el que la mujer aún sigue viva. Al menos no detecta faltas de ortografía, todo un avance, piensa y sigue con lo suyo.

Después del editorial, Verónica le da paso a la columna de deportes. Deja que el periodista se explaye más de lo habitual; al día siguiente jugará la selección nacional de fútbol y eso genera mucha expectativa en la audiencia. En medio de la columna, pasan los mensajes de varios oyentes, con preguntas sobre la formación del equipo, el estado físico de un jugador lesionado y el precio exorbitante de las entradas. El columnista responde con dedicación. El programa avanza sin sobresaltos, aunque también sin grandes notas, es uno de esos días planos en que a Verónica el resultado le parece correcto pero pobre, «livianito», le gusta decir. El diputado nacional que les había confirmado una entrevista en exclusiva, después de renunciar por una denuncia de acoso sexual, acaba de cancelarla, y eso obligó a estirar otras notas más de lo aconsejable. Tanda. La productora le alcanza el segundo café de la mañana. Antes de tomarlo, ella se para y acomoda otra vez su cuerpo, moviéndolo a un lado y a otro; le suenan varias articulaciones. En la pantalla aparece el nombre del dueño del departamento desde el que cayó la mujer en Recoleta, Santiago Sánchez Pardo, un empresario agropecuario con aspiraciones políticas. Verónica lo recuerda en cuanto lo ve escrito. Su memoria prodigiosa le había valido que en el diario la llamaran «Miss Archivo», apodo que aceptaba a fuerza de resignación, aunque con un resentimiento que intentaba ocultar. Lo consideraba despectivo y seguramente lo era, porque de algún modo su capacidad para recordar detalles, incluso insignificantes, era puesta por delante de virtudes que, aun opacadas por una inseguridad atávica e incomprensible frente a sus logros, Verónica Balda consideraba más destacables: profundidad de análisis, responsabilidad, redacción muy por encima de la media, rapidez, coraje y un llamativo don para encontrar el mejor título posible. Todas especies en extinción. Después del premio Rey de España, el jefe de la sección Internacionales se atrevió a rebautizarla «Queen Archivo». Un «upgrade», según le dijo, y ella sintió que haber hecho semejante investigación le había valido apenas un ascenso en el escalafón de las bromas sin gracia de sus compañeros. Por otra parte, el mote en sus dos versiones, plebeya o reina, hacía foco en una contradicción de la que Verónica es muy consciente: su extraordinaria memoria, aunque puede ser una virtud en lo profesional, resulta un castigo en lo personal. Ojalá olvidara más, a veces piensa, o recordara sin tanta minuciosidad.

Este tipo fue directivo de alguna de las agrupaciones del campo, ¿o me equivoco?, le pregunta a la productora.

Difícil que se equivoque, y lo sabe. La productora, que ya lo googleó, asiente.

Ese mismo, dice.

Como si en el canal de tevé la hubiesen escuchado, agregan: Exdirector de CAA, Confederación Agropecuaria Argentina. Verónica se sienta otra vez y se calza los auriculares.

Creo que es sobrino o primo de un militar condenado por crímenes de la dictadura, suma cuando todavía no está al aire.

Sobrino, responde la productora, teléfono en mano.

A pesar de estas novedades, Verónica considera que aún no tiene precisiones suficientes como para dar información a los oyentes. En cambio, les comparte los datos del tiempo, algo que juzga más útil. Los rayos de sol de ese amanecer no le mintieron: será un día de temperatura agradable, soleado, casi perfecto, al menos en términos climatológicos. En la pantalla, los vecinos de edificios cercanos al de Sánchez Pardo empiezan a juntarse en los alrededores del lugar. Algunos se acercan voluntariamente al micrófono a dar su versión de los hechos. Verónica sigue la noticia en las tevés mudas y deduce lo que no escucha, gracias a la gestualidad de los noteros. Entra en su teléfono un mensaje de Pablo. ¿Renovamos el plazo fijo que vence hoy? Ella mira el reloj, apenas son las ocho y media. El dormilón amaneció temprano, piensa, seguramente debido a alguna corrección de estilo que tiene fecha de entrega urgente y no le permite tomarse la mañana para recuperar las energías consumidas en su desvelo. Como tantas noches en las que, en vez de acostarse junto a ella, Pablo trasnocha escribiendo una novela que lo tiene sumergido en lecturas e investigaciones desde hace años, y de la que le cuenta poco. Nadie le pagó anticipo para que la escribiera, ni siquiera sabe si alguna editorial la publicará después del fracaso de ventas de la última —que, sin embargo, cosechó buenas críticas—, por lo que, mal que le pese, con sueño o sin sueño, Pablo tiene que dedicar la mayor parte de su día a corregir trabajos de otros. Intentan que los gastos de la casa se repartan fifty-fifty. Alguna vez hablaron de que Verónica financiara unos años su carrera, pero fueron conversaciones al pasar que nunca avanzaron. Ella cree que es probable que a Pablo le parezca justo, lo ha leído en diarios de escritores, esposas manteniendo la economía del hogar como una apuesta a las condiciones literarias de sus maridos. Carver, por ejemplo. En esos casos, el arreglo tácito —funcione o no— es que, en un futuro, cuando quien escribe recoja los frutos, quien trabaja para mantener el hogar descanse. Sería un arreglo muy equitativo. El asunto es que ahí reside justamente el problema por el que el modelo Carver no avanza en su pareja: a Verónica le gusta trabajar de periodista y no le interesa descansar de lo que hace. Por eso, porque la contrapartida no la ilusiona, ella no propone otra manera de administración de gastos. Y Pablo calla, espera y, mientras tanto, corrige, hace clínica de textos, da talleres, todas tareas que aborrece, y se esfuerza por liberar su agenda matutina y dejar para la tarde esos trabajos. Verónica sospecha que esa mañana debe ser una de esas en las que no puede evitar ponerse a trabajar temprano en lo que detesta. Vuelve a leer el mensaje: ¿Renovamos el plazo fijo que vence hoy? Pablo está convencido de que por ser periodista ella maneja buena información y, por lo tanto, sabe mejor que él, novelista en camino a la frustración, cómo protegerse de una economía a la deriva. Verónica le sigue el juego, pero con la precaución de que no se hará cargo de circunstancias imprevisibles: «Renovalo», escribe, «como siempre, a riesgo compartido».

Entrevista, informe, salida telefónica del notero que cubre la calle. Última tanda. Larga, demasiados auspicios son buenos para las cuentas del programa, pero le quitan ritmo a la emisión y Verónica se debate eternamente entre esos dos conceptos. Llama a Analía agitando la mano en el aire. La productora deja la cabina y se acerca.

Sí, decime.

¿Tenemos algo interesante para contar acerca de esto?, pregunta Verónica mientras señala el último punto del sumario con su lapicera, traza un círculo a su alrededor y, en un exceso de sobreexplicación, cabecea hacia la pantalla. ¿Hay algo nuevo?, insiste.

Dejame que chequee si se sumó información confiable y te la alcanzo, responde Analía. Al menos, tendríamos que mencionarlo, está en todos los noticieros.

La afirmación es evidente, desde que empezó el programa no hubo otra cosa en ninguna de las dos pantallas. Verónica se hizo la desentendida porque no son las noticias que le interesan, menos todavía cuando están en proceso y algunos periodistas sólo atinan a repetir lo dicho, filtrar trascendidos y sacar conclusiones prematuras, exigidos desde sus emisoras para que estiren un tema que «mide bien». El rating que genera ese tipo de acontecimientos es monumental y, muchas veces, directamente proporcional a los datos no chequeados que se van tirando al aire para captar audiencia. Verónica lo sabe, y no lo perdona. Eso no puede ser periodismo, eso es otra cosa, piensa, aunque reconoce que la batalla está perdida, que ya no tiene remedio, que esa «otra cosa» es lo que hoy se quedó con el nombre de la profesión que ejerce desde hace casi veinte años por vocación, y no está segura de que alguien logre recuperarlo. La irrita por ella, pero mucho más aún porque le robaron esa palabra a Rodolfo Walsh, a Jacobo Timerman, a Natalio Botana, a Magdalena Ruiz Guiñazú, a Susana Viau. A tantos otros. A tantas otras. Cuando piensa así se siente una vieja, a sus cuarenta y pocos años. Aunque intenta ser menos severa, le cuesta la condescendencia en cuestiones relacionadas con el ejercicio de la profesión. Una vez muerta su madre, más allá de Pablo, la única familia que tuvo fueron sus colegas. El periodismo es su lugar de pertenencia, el anclaje en el mundo de los vivos, allí donde festejar las buenas rachas o abrazarse en los malos tiempos. No cree que sea severa con ningún otro aspecto de la vida, y está convencida de que su firmeza se debe menos a características propias que a rendirle honor a la formación que tuvo, no sólo en la universidad, sino trabajando en el diario tanto tiempo bajo el ala de jefes como Leticia Zambrano, su maestra, la que le hizo entender que la tarea que emprendían cada día era mucho más que un oficio con el que ganarse la vida. ¿Cuánto hace que no ve a Leticia? ¿Estará enojada con ella? No lo termina de creer. Después de que se fue del diario mantuvieron intercambios de mensajes y novedades. Al principio se seguían encontrando, comían cada tanto, iban a conferencias; luego, más espaciado, para alguna que otra celebración en común. Con los años, se veían cada vez menos, aunque seguían conectadas a través de mensajes de frecuencia variada e importancia relativa, sólo para dejar en claro que allí estaba la otra. Sin embargo, algún día eso también se cortó y ante el alejamiento de Zambrano, Verónica concluyó que algo que se había roto —quizás mucho antes— al fin se evidenciaba. Hoy cree que no debió contarle sus dudas sobre en qué se había convertido la redacción en los últimos tiempos, ese frenesí alejado del verdadero periodismo que la agobiaba y del que, aunque no era responsable, Zambrano formaba parte. «Todo el mundo tiene derecho a cambiar de trabajo y buscar un proyecto mejor», le dijo ella el día que Verónica le presentó la renuncia, pero es cierto que su cara decía otra cosa y, ahora que lo piensa, tampoco fue a su despedida, acusando una gripe que sólo le duró esa noche. Es probable que, aunque no se manifestaran en su momento, hubieran quedado reproches, deudas no saldadas relacionadas con la investigación que las hizo ganar el Rey de España. Y también que a Zambrano le llevara tiempo poder poner sobre la mesa que la partida de su discípula le había significado una traición. Tal vez, incluso, se sumara el hecho de que despreciara el trabajo que Verónica hace cada mañana, o lo sintiera pequeño, o de menos riesgo y virtuosismo que el periodismo gráfico. Acaso sólo se trate de que Leticia Zambrano se aburrió de ella, y eso es lo que más la amargaría. Verónica, cada tanto, como le pasa ahora, piensa en el asunto y evalúa distintas hipótesis sin llegar a ninguna conclusión. Y, debe reconocer, la duda aún no la deja en paz. Hace poco, algo atormentada, trató de hablarlo con Pablo, pero él se mostró esquivo y Verónica concluyó que, aunque también cree que hay un rencor detrás de esa ausencia, no se atreve a decírselo para no confirmarle su dolor. Le cuesta aceptar que se rompió definitivamente su relación con Zambrano, una jefa a la que ella adoptó como madre cuando se murió la suya y a la que le contó tanto de su vida como nunca a nadie, incluso más que a Pablo. No quiere pensar mal, pero cuando mejora su autoestima intuye que también puede haber cierta envidia o celos profesionales enredados en medio de su distanciamiento. El progreso de Verónica en la carrera fue exponencial desde que se fue del diario. En cambio, el camino de Zambrano fue inverso: después del Premio Gabo que le dieron por una nota sobre corrupción en la Aduana de Buenos Aires, falsamente objetado por un periodista ignoto que sostenía que había plagiado una investigación anterior que le pertenecía, su jefa se fue apagando de a poco hasta retirarse un tiempo atrás, antes de llegar a la edad jubilatoria, aprovechando que el diario necesitaba reducir la cantidad de empleados y ofreció retiros voluntarios muy beneficiosos. Cuando Zambrano ganó el García Márquez, salieron a brindar y tuvieron una larga charla, recordaron con alegría ese otro premio que habían recibido juntas. Se rieron de los envidiosos, señalaron a los «serruchapisos», maldijeron a quienes menospreciaban su trabajo asegurando que las periodistas mujeres ahora ganaban premios porque había que cumplir con «el cupo femenino». Ése fue su último encuentro. Extraño, cuando menos, que no conteste los mensajes.

El cronista de espectáculos toca la mano de Verónica para llamar su atención y eso la devuelve al presente, le señala el cartel rojo encendido: AIRE, y con un gesto inequívoco le muestra que se dispone a arrancar no bien ella le dé el okey. Verónica, como volviendo de un trance, le da paso. Falta terminar esa nota y después el cierre. En medio de la columna, la productora entra al estudio y le alcanza un papel con las últimas novedades referidas a la noticia de la mujer que cayó al vacío en Recoleta. Verónica empieza la despedida, pero antes dice:

No quiero irme sin dar algunos pocos datos confirmados acerca de un episodio reciente que ya genera conmoción en la ciudad. Un episodio en el que aún hay mucho por esclarecer: esta madrugada, una mujer cayó desde un quinto piso en el barrio de Recoleta y, a pesar del impacto, en estos momentos lucha por su vida. Se desconocen las razones de la caída, pero podemos asegurar que el departamento pertenece al empresario agropecuario Santiago Sánchez Pardo, de reconocida trayectoria en organizaciones relacionadas con el campo. La policía fue alertada por el llamado de una vecina. No se conocen aún la identidad de la víctima ni las circunstancias del hecho.

Verónica da por terminada la noticia. En el papel, la productora anotó que la mujer había caído desnuda, pero a ella le parece innecesario mencionar ese dato; habiendo tan poca información no aportaría más que morbo, piensa.

¿Se tiró o la tiraron?, ironiza al aire el periodista de deportes con los mismos signos de interrogación de los graphs de esa mañana, mientras empieza a juntar sus cosas con cuidado de no hacer ruido. Tiene pinta de noche de descontrol, ¿no?

Verónica, molesta, asume que lo hace como quien quiere demostrar que es tan perspicaz que vio la noticia antes que nadie, en lugar de un bocón que desconoce algunas de las reglas básicas del periodismo. Al menos del periodismo que ella valora. Por eso lo mira con reprobación, no afirma ni niega los dichos de su compañero, pero es lapidaria cuando agrega, también al aire:

Como es una constante en este programa, intentamos manejarnos con información, se sabe lo que se sabe, de eso se trata el periodismo.

Y luego va directo al cierre:

Hasta mañana, a las siete, como todos los días, *Apenas sale el sol*.

Ahora sí, fin. Verónica junta sus cosas. El cronista de deportes sale casi sin saludar. El de espectáculos se prepara para irse con lentitud, como dejando en claro que él no tiene nada que ver con el desafortunado comentario de su compañero y no se merece ninguna bronca. La productora entra y anuncia que el diputado que hoy canceló la entrevista pide salir mañana, que ella no está segura porque tiene miedo de que las clave otra vez, pero que está tentada de aceptar porque la nota vale la pena y que, de cualquier modo, preparará un informe detallado sobre el caso, por si el diputado falla.

Exdiputado, la corrige Verónica.

El conductor del programa siguiente entra al estudio. Ella se apura para hacerle lugar, saluda y se va. Baja por las escaleras, siempre que puede evita el ascensor; no es que quiera hacer ejercicio, pero tomó esa costumbre desde la vez en que quedó encerrada en el diario, entre el tercer y el cuarto piso, y la desgracia le evocó aquel episodio de la bañera, en su adolescencia. Aunque éste es otro edificio, otro ascensor, otras circunstancias, maldita la memoria de Verónica que no le ahorra detalles de esos interminables veinte minutos a la espera de que la rescataran.

Cuando llega al hall de entrada, se despide del recepcionista chocando los puños. Al muchacho le quedó la costumbre de saludar así desde la pandemia y ella se la respeta sólo a la salida, porque cuando entra lo hace tan dormida que pasa en automático. A esa primerísima hora, casi de madrugada, no hay modo de que logre chocar puños. A punto de irse, un nuevo zócalo en la pantalla del televisor que está en la recepción la detiene. «Juliana Gutiérrez, de veintitrés años, la víctima de Recoleta». Completa la pantalla una foto de la mujer robada de su Instagram. Verónica no puede quitar la vista de esa imagen: una chica joven, muy maquillada, labios gruesos a fuerza de ácido hialurónico o similar, con un top de lentejuelas y unos shorts dorados, las sandalias de taco alto en una mano y una copa de champán en la otra, mirando a cámara haciendo trompita. Si efectivamente se tratara de un terremoto, éste sería el momento exacto en que el piso empezaría a temblar debajo de sus pies, el arranque del cataclismo.

El taxi ya llegó, la espera afuera, le advierte el recepcionista.

Pero ella no parece escuchar. La vista fija en la pantalla, el cuerpo inmóvil.

Vero, ¿pasa algo?, le pregunta el muchacho.

Aunque debería asentir, niega sin poder decir una palabra.

¿Todo bien?, insiste él.

Frente al edificio, el taxista toca bocina, Verónica se sobresalta.

¿Quién es? ¿La conocés?, quiere saber el recepcionista.

Perdón, me espera el taxi, se excusa ella mientras intenta ponerse en marcha.

De camino a la puerta, responde las preguntas que habían quedado en el aire, las que no pudo contestar un minuto atrás, aunque lo hace en un tono demasiado bajo y el muchacho no llega a escucharla. Es que no le está respondiendo a él, sino a ella misma:

No, no la conozco, pero es mi hermana.

Y en el mismo momento en que la nombra así, Verónica se arrepiente y agradece que nadie más que ella haya escuchado semejante desatino.

Capítulo 2

MUJER CAE AL VACÍO EN RECOLETA
Buenos Aires, 13 de mayo de 2022
De la redacción de *El Progreso*

Este viernes a las 5:45 de la madrugada, Juliana Gutiérrez, una joven de veintitrés años, cayó al vacío desde el quinto piso de un edificio situado en el barrio de la Recoleta, en la ciudad de Buenos Aires. A pesar de fracturas y contusiones múltiples, la mujer continúa con vida, aunque inconsciente y con pronóstico reservado. Al momento se desconocen las causas de la caída, el golpe fue amortiguado por el toldo de un balcón del primer piso. Fuentes extraoficiales aseguran que la joven había sido invitada a un departamento en ese mismo edificio, para participar de una supuesta fiesta privada. El llamado al 911 de una vecina, en el que denunciaba que una mujer desnuda pedía ayuda a los gritos en una ventana del contrafrente, hizo que la Policía de la Ciudad se presentara de inmediato y que el SAME trasladara con urgencia a la joven accidentada al Hospital Fernández, donde permanece internada al cierre de esta edición.

El confuso episodio se encuentra bajo investigación de la División de Criminalística, pero se presume que la mujer cayó al vacío al asomarse por la ventana, en circunstancias que deberán determinarse. El anfitrión de la fatídica noche, el empresario Santiago Sánchez Pardo (h) —exdirector de la Confederación Agropecuaria Argentina y sobrino del excomandante Francisco Javier Sánchez Pardo, quien fue juzgado por crímenes de la dictadura y murió en prisión el año pasado—, aún no prestó declaración. Fuentes extraoficiales sugieren que más personas habrían participado de la reunión que se llevaba a cabo en su departamento. La Justicia intenta esclarecer si esto fue así, para citarlos en calidad de testigos.

El caso se encuentra con intervención judicial a cargo de la Fiscalía Nacional en lo Criminal y Correccional N° 5, cuyo titular es Federico Mac Person, quien está de turno junto con el juez Marcelo López Guevara, del Juzgado N° 63.

Capítulo 3

Verónica llenó la bañadera. ¿Bañadera o bañera? Hasta el borde, casi temió que rebalsara cuando ella se metiera dentro. Antes de sumergirse, probó con la punta del pie y el agua pelaba. Estaba feliz porque le encantaban los baños de inmersión y su madre los había prohibido desde que una vez se había filtrado agua en el departamento que estaba debajo del de ellos y su padre había tenido que vender los pocos dólares ahorrados en el año para pagar el arreglo del techo del vecino. Si bien el plomero aseguró que el problema de la cañería había quedado resuelto al terminar el trabajo y no hacía falta nada más, su madre no claudicó en el convencimiento de que algún riesgo aún persistía y sentenció que ningún baño de inmersión justificaba pasar otra vez por semejante mala sangre y gasto extra. De todos modos, muy de vez en cuando aceptaba que su hija se diera ese lujo. Entonces, le permitía llenarla, relajarse dentro y, en esa calma tibia, soñar con historias, romances o aventuras, hasta que el agua se enfriaba y las yemas de los dedos de Verónica se arrugaban como pasas de uva. Aquél era, sin dudas, un día especial:

su madre le había dado el permiso porque ella cumplía quince años.

Agregó un poco de agua fría y volvió a probar, esta vez con la mano. Aún no, demasiado caliente, metería los pies y al agacharse, no bien el agua tocara su vulva, se levantaría ardiendo. En esa deliberación estaba cuando empezó a escuchar la discusión. Era raro, sus padres no discutían en voz alta. Al menos ella no tenía recuerdos de haberlos escuchado hablar en ese tono antes. No es que no tuvieran desacuerdos, pero mantenían un pacto de discreción frente a su hija: si tenían que debatir algo con intensidad, se encerraban en su dormitorio y salían cuando la cuestión estaba saldada. Eso le había dado a Verónica una falsa certeza: que en el matrimonio de sus padres no había conflictos y que, como habían jurado en la iglesia Santa Elena, esa que su madre le señalaba cada vez que pasaban cerca, ellos seguirían juntos «hasta que la muerte los separe». Desestimó el primer grito, pero al escucharla vociferar «Hijo de re mil putas», Verónica se sumergió sin dudarlo, a pesar de que el agua le quemó la piel de la cara. Jamás había escuchado a su madre hablar de ese modo y con esa violencia. Cuando no pudo aguantar más sin respirar, emergió. La voz de su padre llegaba en réplicas mucho más apagadas, casi imperceptibles, pero estaba ahí y era a quien iban dirigidos los insultos, que al rato se convirtieron en llanto. Luego de un corto silencio, que no hacía más que presagiar lo peor, llegó el sonido de algo que estalló contra el piso y se hizo añicos; Verónica supo más tarde que se trataba de la fuente donde su madre estaba preparando el lomo con papas a la crema para la cena. Antes de que aparecieran nuevos gritos, metió la cabeza debajo del agua otra vez y permaneció todo lo que pudo así, hasta que la falta de aire la obligó a salir, justo en el momento en que su madre gritaba: «¡Te vas ya mismo y no vuelvas a aparecer por acá!». Verónica no entendía lo que estaba pasando, o no quería entender, prefería creer que lo que escuchaba era parte de una confusión, o de un extraño juego, o de una broma. Si ellos nunca peleaban. No se permitió pensar que esos gritos eran el preludio del fin del matrimonio de sus padres. ¿Podía ser cierto que su madre estuviera pidiéndole a su padre que se fuera? Porque si eso era así, si no era un juego o una confusión o una broma, si su padre se iba en ese momento tal como le pedía su madre, aunque después el enojo pasara y él volviera a la casa, se desmoronaría la cena programada por su cumpleaños. Y aunque había una fiesta prevista con sus amigos en un salón el sábado siguiente, a ella le hacía tanta o más ilusión la tradicional cena familiar de cada año, a la que se sumarían, como siempre, sus abuelos y su tío Carlos. «¡Te vaaaaaaassss, ahora!», volvió a gritar su madre, furibunda, y entonces por el tono, más que por las palabras repetidas, ella supo que la cosa iba en serio y que, si no intercedía, su padre no tendría otra opción que irse. Por eso trató de salir de la bañadera, apurada, empapada, manoteando una toalla, pero se resbaló antes de llegar a la puerta y cayó de espaldas, desnuda, mojada, sobre el mosaico frío.

De ese día no supo más. Le contaron que estuvo desmayada nadie sabe cuánto tiempo. Cuando por fin su padre se fue, su madre quiso entrar al baño a lavarse la cara y los mocos, pero estaba cerrado con llave, otra prohibición que su hija había desatendido. Golpeó la puerta insistentemente, montada en cólera y tristeza, tal como la había dejado su marido, pero ahora sumando más enojo porque Verónica no liberaba el único cuarto de baño de ese departamento —había otro de servicio junto al lavadero pero que nadie en la familia consideraba porque mucho tiempo atrás había sido convertido en depósito de la ropa sucia y trastos viejos—. Movió el picaporte, varias veces, inútilmente; luego, en un gesto muy inusual, pateó la puerta porque se dio cuenta de que algo serio pasaba. Y ella ese día no podía recibir un disgusto más. Pensó en ir a pedir ayuda a los vecinos, pero la vergüenza pudo más y terminó sentada en el piso llorando como una nena, mientras rezaba y esperaba un milagro. Dios no se hizo presente, en cambio enseguida llegaron sus padres y su hermano, que se dio maña con un destornillador y logró hacer saltar la cerradura. De todo eso Verónica sólo pudo recordar, con el tiempo, que temblaba de frío, que escuchaba voces, llantos y golpes, que por momentos abría los ojos, quería levantarse pero no podía y entonces se entregaba otra vez, sin fuerzas, al desvanecimiento. Aunque una vez abierta la puerta, rescatada del piso mojado, envuelta en una frazada y recostada sobre su cama parecía que Verónica había vuelto a la normalidad, la llevaron al hospital a hacerle controles y, a pesar de que dieron bien, los médicos prefirieron que se quedara internada hasta el día siguiente por precaución. Así que Verónica pasó la noche de su cumpleaños de quince en la cama de un sanatorio de medio pelo, el que quedaba más cerca de su casa y que su madre nunca elegía para hacerse estudios porque había estado involucrado en un escándalo por una anestesia mal dada que terminó con la muerte del paciente y un juicio por mala praxis que, nadie sabe cómo, se falló a favor del sanatorio. «¿Y papá?», le preguntó a su madre cuando el resto de la familia salió de la habitación. «Nos dejó», contestó ella, apagó la luz y agregó, «dormí, mañana hablamos».

Y así fue. Al día siguiente, ya con el alta y en su casa, su madre le pidió que se sentara en el sillón del living, ese que sólo autorizaba usar en ocasiones especiales y al que le había sacado la funda de protección la noche anterior, cuando creyó que en esa casa se festejaría un cumpleaños. Verónica la esperó mientras ella iba por dos vasos de agua. Debajo de la mesa ratona vio una bola deforme, negra, se agachó a ver qué era: una papa que había volado junto con la fuente de vidrio después de los gritos, y que debía haber pasado inadvertida al hacer la limpieza de los destrozos. Verónica se levantó y la metió en el bolsillo para que su madre no la viera y le evocara la pelea o la pena. Se llevó la mano a la cara y, aunque el olor de esa papa no podía ser tan fuerte, le dieron arcadas. A un costado, sobre la mesa de apoyo, había una cajita pequeña, envuelta, sin abrir, delicada, discreta; por el tamaño, el papel de seda y el moño, parecía un detalle comprado en una joyería, tal vez una cadena con un dije, o una pulsera, o un par de aros. Verónica no había recibido ningún regalo aún. Cuando la visitaron en el hospital, sus abuelos dijeron que, en la confusión, habían regresado a su casa con el paquete y que lo traerían otro día, así que ella dedujo que el que estaba mirando de reojo era el que su padre pensaba darle la noche anterior en la cena, justo antes de soplar las velitas, tal como era la costumbre familiar. No supo qué era, porque ni su madre ni ella lo mencionaron en la charla que tenían pendiente, y esa misma tarde el paquete desapareció. Verónica nunca se atrevió a preguntar qué fue de él.

Aquel día, después de que llegaron del sanatorio y sin posibilidad de dar más rodeos, su madre le contó, conteniendo las lágrimas pero hipando, bebiendo agua entre frase y frase, que su padre se había ido, que tenía otra mujer, que había decidido abandonarlas porque esa mujer estaba embarazada y, según él, lo necesitaba. «¿Y nosotras qué?, ¿no le importamos?», berreó su madre y ella no supo qué responder. El golpe fue brutal, no sólo el abandono, sino el desprecio, la elección de formar otra familia, la traición. En ese preciso momento, Verónica empezó a cargar sobre su espalda adolescente el peso de sentirse no querida y, para colmo, la cara de su madre auguraba una tragedia mayor que no se hizo esperar, como si tuviera que decir todo de una vez para después dedicarse a juntar sus despojos. «Esa mujer es tu profesora de Geografía, Vero». «¿Mabel? No, Mabel no puede ser», respondió ella sin lograr entender cómo esa profesora tan amorosa, tan compinche de sus alumnos, tan cuidadosa con ella, tan atenta a lo que pasaba en clase, a la que incluso había pensado elegir tutora para que le entregara el diploma cuando egresara, podía haberle hecho algo así. «Mabel, sí», respondió su madre.

El mundo de Verónica terminó de derrumbarse, hundió la mano en el bolsillo y ya no pudo sacarla de ahí hasta que estuvo sola, porque no se atrevía a dar explicaciones sobre los dedos impregnados de lo que habría sido su cena de cumpleaños, una papa que ella ahora estrujaba una y otra vez hasta desintegrarla. Sintió que le faltaba el aire, que el piso se movía debajo de sus pies. Primer terremoto. Cuando de su madre sólo quedaba el sonido de un sollozo intermitente que llegaba desde el cuarto matrimonial, Verónica fue al baño. Al abrir la puerta sintió un mareo y se sostuvo del picaporte; como si se tratara de otra persona, vio su cuerpo sobre los mosaicos, desplomado, mojado, desnudo, tembloroso; sintió pena por la niña que era, o que había sido, porque supo en ese instante que debía abandonarla para entrar a la adultez con apenas quince años recién estrenados. Tomó aire, dio los pasos necesarios hasta llegar a la bacha, abrió la canilla e hizo que el agua corriera largo rato sobre sus manos, mientras estrujaba con fuerza el jabón una y otra vez hasta lastimarse.

Dejó de ir al colegio; junto con su madre evaluaron que era la decisión con menor costo emocional para Verónica. Tal vez para las dos, aunque no lo confesaron. Cómo volver a ese lugar sabiendo que se cruzaría con Mabel. Cómo contárselo a sus amigas, si es que no lo sabían ya. Cómo evitar las miradas y las habladurías a sus espaldas. Siempre había sido una excelente alumna así que, si se quedaba libre, daría los exámenes sin dificultad a fin de año y para el siguiente ciclo lectivo elegirían otro colegio donde se asegurarían de que esa mujer no trabajara. Frente a lo que tenía por delante, a Verónica le pareció que dar todos los exámenes libres era un esfuerzo que valía la pena asumir. También suspendieron la fiesta de cumpleaños con sus amigos: ¿Con quién bailaría el vals si su padre no estaba?

En los dos meses que siguieron Verónica se dedicó a estudiar aun más de lo que hacía habitualmente. Meter la cabeza en los libros y ejercitarse para preparar las materias la ayudaba a no pensar en su padre. Ni en Mabel. Se opuso terminantemente a las visitas de él, no atendió sus llamados, no salió de su cuarto las veces que se presentó en la casa sin previo aviso para intentar verla. Necesitaba pensar que estaba muerto, como estaba muerta su vida anterior. Eso le dolía menos que saberlo vivo y armando un nuevo hogar. Dio sus exámenes con notas sobresalientes. No dejó que su madre la acompañara, pero apenas salía la llamaba por teléfono y le decía la nota para evitarle ansiedades, por más que siempre volvía de inmediato a su casa a encerrarse en su cuarto para preparar la siguiente materia. Su madre se mostraba orgullosa, en parte por su hija pero también porque lo sentía un logro propio: aunque les habían quitado lo más importante que tenían, su familia, ellas se repondrían y con honores. Verónica sabía lo que le preguntaban sus examinadores y más. A pesar de que no cabía ninguna duda de que los profesores y compañeros con los que se cruzaba conocían su situación, pudo sobreponerse y demostrar que estaba mejor preparada que ningún alumno del colegio para pasar a cuarto año.

Su tristeza era imperceptible, apenas un brillo melancólico en los ojos que se esforzó para que nadie detectara. Logró disimularlo entrecerrándolos, como si le molestara la claridad. Hasta que se cruzó con Nadia, su compañera de banco y amiga desde jardín de infantes, con la única que había hablado por teléfono en esos dos meses de ausencia, aunque muy pocas veces. No bien la vio caminar hacia ella, Verónica se puso a llorar. Nadia no tenía que dar ningún examen, pero sabía que era la fecha en que su amiga rendía Geografía y, si bien Verónica desde hacía unos días apenas contestaba algunos de sus mensajes, ella debía estar allí. Se abrazaron, lloraron juntas, y luego Nadia la llevó a un baño, le lavó la cara, la recompuso y la acompañó al aula de su próximo examen, donde le dijo que se quedaría esperándola hasta que terminara.

Verónica abrió la puerta, detrás de la mesa la esperaban la nueva mujer de su padre, el profesor de Historia y el director del colegio. Que estuviera el director resultaba algo inhabitual, siempre eran dos profesores quienes se hacían cargo de examinar a los alumnos, pero Verónica supuso que las circunstancias lo habrían llevado a cerciorarse de que sería un examen limpio y sin escándalos, que todo estaría bien cuando se cruzaran esa profesora y su alumna a las que ahora unía una historia digna de culebrón. Tiempo después se enteró de que la presencia del director había sido exigencia de su madre, y eso la avergonzó. El examen fue, probablemente, el más flojo de los doce que dio, pero sus respuestas resultaron suficientes para aprobar con una buena nota. A pesar del nudo en la garganta y el dolor en la boca del estómago, Verónica creyó que pasaría la prueba sin sobresaltos. Hasta que la profesora se levantó de la silla para darle el certificado de examen, con una sonrisa que ella no pudo interpretar, y entonces dejó al descubierto la panza que anunciaba una gestación de cinco o seis meses. Verónica se quedó paralizada, mirándola y sacando cuentas en el aire. La conclusión a la que llegó fue inesperada y dolorosa: el embarazo no era reciente; durante el año, mientras Mabel iba a su clase y hablaba de los ríos de Europa, de los Alpes suizos, de los fiordos escandinavos, del mar Báltico, o de lo que fuera, adentro de su cuerpo ya crecía un hijo de su padre. Y ella, Mabel, lo sabía. Le tomaba lección y lo sabía. Le corregía un examen y lo sabía. Le daba una nota y lo sabía. Mientras su profesora hacía preguntas y ella las contestaba con entusiasmo, con la misma actitud que siempre tuvo en clase hasta que pasó lo que pasó, esa mujer la miraba y se estaría preguntando a quién de las dos elegiría finalmente su padre. Y, lo que era peor, supo que aquella vez que él insistió en que le contara qué estaba preparando para su clase de Geografía con tantos mapas desplegados sobre la mesa de la cocina y se puso a hablarle sin parar de cuencas hídricas, de afluentes, de estuarios, de deltas, luciendo conocimientos sobre una materia que nunca le había importado, él ya había elegido. Entonces, frente a esa revelación, la parálisis se convirtió en furia: Verónica le arrojó el certificado de examen a la panza y salió corriendo. Afuera estaba Nadia, que corrió detrás de ella sin hacer preguntas, hasta que el colegio no fue más que un punto remoto a la distancia. Lloraron otra vez, abrazadas, sentadas en el cordón de la vereda y se juraron amistad eterna.

Sin embargo, la vergüenza o el trauma o tal vez el terremoto pudo más. Y al año siguiente, cuando Verónica empezó las clases en otro colegio, después de media hora de ómnibus y diez minutos de caminata, sintió un profundo alivio al darse cuenta de que nadie sabía quiénes eran sus padres, ni cuál había sido la historia de amor y traición que involucraba a su profesora de Geografía. Ya no tendría que dar explicaciones a sus compañeros, ni avergonzarse frente a sus docentes. Ya no tendría que evitar miradas, ni habladurías, ni risas a sus espaldas. Ya no tendría necesidad de odiar ni a los ríos, ni a las montañas, ni a los deltas, ni a las grandes capitales del mundo. Era como si le hubieran dado la posibilidad de nacer en un lugar distinto, a sus quince años. Entonces prefirió cortar todo lazo con el pasado y nunca más volvió a tener contacto con ninguno de los amigos que habitaron su vida anterior. Ni siquiera con Nadia, que insistió un tiempo porque realmente la quería, hasta que se cansó. Eso le enseñó a Verónica que incluso los amigos incondicionales un día se hartan de desplantes y rechazos, por más que puedan entenderlos. Pagó ese costo, y así fue como antes de que terminara el primer trimestre de ese cuarto año, ya no supo más de ella.

Unos meses después de que empezaran las clases en el nuevo colegio, la llamaron de un juzgado para informarle que tenía que ver a su padre; y a pesar de que los argumentos de Verónica casi convencen a la jueza de que la cosa no iba a funcionar, la mujer terminó obligándola a aceptar algunos encuentros. En ninguno de ellos Verónica dijo una sola palabra ni emitió sonido alguno. Su padre llegó a alzarle la voz en un bar, exigiendo que le contestara, pero ella no se inmutó y de inmediato miró a su alrededor buscando testigos por si a la jueza de familia le hicieran falta pruebas del fracaso de esa reunión. Después de cuatro o cinco encuentros fallidos su padre no insistió, y ya no se vieron más ni supo de él. Ni de Mabel. Ni de la niña que su padre, en uno de esos encuentros, le dijo que había nacido y a la que le había puesto de nombre Juliana, «como la primera muñeca que tuviste, así me acuerdo de vos». Esa vez, Verónica casi habla para maldecirlo. Que se apropiara de un nombre elegido por ella le pareció imperdonable. No bien entró a su casa, subió al cuarto a buscar la muñeca, una de las únicas tres que conservaba como recuerdo de la infancia; quería deshacerse de ella. Pero cuando se trepó a la cama para alcanzar el estante donde estaba arrumbada hacía rato, se dio cuenta de que era tiempo de desprenderse de las tres, de que ya no quería muñecas, ni siquiera como un recuerdo. Las metió en una bolsa y las dejó en la calle, en el mismo lugar donde el encargado del edificio cada día colocaba la basura para que la llevara el recolector. Antes, cerró la bolsa con dos nudos ajustados, no fuera cosa que alguna niña que pasara por allí se tentara con llevársela y Juliana terminara recibiendo un amor que no merecía. Empujó la bolsa dentro del container para que sus muñecas fueran definitivamente basura. Cuando quitó la mano, se dio cuenta de que estaba manchada con un líquido marrón que olía a podrido; sintió asco, como había sentido con la papa de la cena de su cumpleaños, pero esta vez al asco lo venció la satisfacción de haber hecho lo que tenía que hacer y no corrió a lavarse.

Unos años después, demasiado pronto, llegó el segundo terremoto: murió su madre. Verónica, que hacía un tiempo había empezado a trabajar en el diario y estaba por cumplir veintitrés años, decidió mudarse casi de inmediato. Ya no se trataba de tirar tres muñecas a la basura, ese lugar tenía demasiados recuerdos y fantasmas. Puso en venta el departamento de cuatro ambientes que había sido su hogar desde que nació, y, en cuanto apareció comprador, se dispuso a vaciarlo. No quería llevarse nada, vendería algunos muebles, regalaría o donaría otros. Fue entonces cuando encontró la cajita de la joyería que había estado en el living de su casa el día siguiente a su cumpleaños de quince, y que ella nunca había vuelto a ver. La descubrió de casualidad, escondida en el doble fondo de un cajón, en el ropero de su madre; el papel del envoltorio se había puesto color amarillo y estaba rasgado, el moño parecía deshecho y vuelto a hacer con poca gracia. Verónica abrió la caja suponiendo que, por fin, se encontraría con aquel regalo que su padre no le había podido dar. Pero no, dentro había una media medalla del amor con forma de corazón, partida al medio por una línea. En una mitad estaba grabado el nombre de su padre, en la otra mitad decía «Mabel».

Otra vez Mabel.

Capítulo 4

Verónica entra hecha una tromba, abre su notebook sobre el escritorio y enciende el televisor.

¿Qué hermana?, le pregunta Pablo.

Cuando te conté que mi viejo nos abandonó, ¿no registraste que fue porque iba a tener otra hija?, contesta ella, alterada, mientras cambia de canales buscando la noticia.

Lo mencionaste al pasar, sí, hace tiempo, pero también me dijiste que no querías hablar de eso, que lo borráramos.

Y vos, obediente, lo borraste.

Vero, no te la agarres conmigo, que yo no tengo nada que ver con lo que sea que esté pasando.

Ella sabe que Pablo tiene razón. Respira y, aunque no pide perdón, le dice que se siente a su lado para ver juntos lo que va encontrando, un gesto mínimo que se permite para mostrar que no está enojada con él. Pasa por distintas páginas que hablan del episodio y se detiene en una: «Confusa muerte en el mundo de las acompañantes vip», en la que dan por sentado que su hermana lo era, cosa que a esta altura a ella también le parece evidente. Hablan de drogas y descontrol en la casa de Sánchez Pardo, de su pasado ilustre y del oscuro, de si «la chica desnuda» se tiró o la tiraron. Otro medio abona la teoría de que estaba vestida al asomarse a la ventana y que el solero que llevaba quedó desgarrado en manos de Sánchez Pardo cuando intentaba sostenerla para que no cayera. El periodista se pregunta por el corpiño y la bombacha de Juliana, cosa que a Verónica le produce una mueca de indignación.

¿Estás segura de que es tu hermana?

El nombre coincide, y si le sacás lo que se puso en los labios, tiene algo de Mabel.

¿Mabel?

La mujer por la que nos dejó mi papá. ¿Eso también lo borraste?

No me acordaba el nombre. ¿Tu padre sabía a qué se dedicaba tu hermana?

No tengo la menor idea, no tenía contacto con ninguno de los dos.

¿Nunca, nada, en tanto tiempo?

Supe por necrológicas que mi viejo murió hace unos años.

¿Ya estábamos juntos? No me dijiste.

No te dije que se murió, no.

¿Justo eso no me dijiste?

Sí, no sé. Tal vez para mí había muerto antes. Ella a los pocos días me mandó un mail para avisarme; quería que nos conociéramos, además.

Tampoco me lo contaste...

Tampoco.

Verónica cambia de portales de noticias, lee en diagonal, saltea publicidades y pasa de una nota a otra: todas informan más o menos lo mismo. Pablo no le puede seguir el ritmo.

Ni te dije que hace semanas, quizás incluso un mes atrás, otra vez me mandó varios mails pidiéndome que nos encontráramos, decía que tenía que hablar conmigo por un tema importante. Por las vueltas que daba al redactarlos, supuse que necesitaría alguna firma para heredar lo poco que mi padre le podía haber dejado.

Pablo se masajea el cuero cabelludo con las dos manos, un gesto que le es habitual cuando algo lo inquieta, como si ese gesto lo ayudara a pensar, a poner las cosas en claro antes de hablar. Verónica lo mira, le conoce esa manía que, como muchos otros detalles, en los inicios de su pareja le resultaba simpática y desde hace un tiempo empezó a incomodarla. Por fin él se detiene y pregunta:

¿Serás su única familia?

No somos familia, Pablo.

Si no encuentran a nadie, tal vez...

¿Tal vez qué?

Tal vez la policía quiera preguntarte algo. O la Justicia.

Le preguntarán a Mabel.

Y vos, ¿qué vas a hacer?

¿Tengo que hacer algo?

Otra vez Pablo se rasca el cuero cabelludo; piensa y a la vez le da tiempo a Verónica para que ella misma llegue a la respuesta. Sabe que cualquier sugerencia que haga le caerá mal. Ella, por fin, cierra la notebook, lo mira y dice:

—Preferiría que no trascienda que es mi hermana, eso le daría morbo a la noticia, lo levantarían todos los medios y terminarían hablando más de mí que de ella.

—¿Es posible que se filtre?

—Posible, pero no probable. Yo uso el apellido de mi madre; el Gutiérrez de mi padre, por otra parte, es muy común. ¿Cuántos Gutiérrez hay en la Argentina? No tantos como Fernández, o Pérez, o García, pero muchos, muchísimos. ¿Por qué alguien asociaría a Verónica Balda con Juliana Gutiérrez?

—Sólo con el nombre, nadie, eso es cierto. ¿Pero no te da intriga?

—Me imagino qué pasó en ese departamento, aunque como periodista no lo pueda decir.

—Más allá de eso, ¿no es raro que una hija de tu padre termine siendo escort?

—¿Qué clase de padre pensás que fue mi padre? Yo no lo sé, Pablo, no sé qué clase de padre fue al final de su vida. Y, en cualquier caso, ¿no sería raro que una chica sea escort si fuera hija de quién? ¿Qué padres producen qué hijas y qué hijos? ¿Es lógico que mi padre haya tenido una hija periodista? No te entiendo.

—Qué sé yo. Supongo que tiene que haber circunstancias. No cualquier mina decide ser escort.

—Yo no supongo nada. Te hacés el moderno cuando das conferencias o hablás con tus alumnos, pero al final estás lleno de prejuicios.

Touché. Y no son alumnos.

¿Qué son?

Personas que escriben y quieren revisar sus textos conmigo.

Colegas escritores, entonces.

Personas con ganas de ser escritores, veremos si lo serán algún día.

Una respuesta muy poco alentadora, que no se enteren.

Algunos no se enteran aunque se los diga, no te preocupes.

Pablo se levanta y va por dos vasos de agua. Verónica vuelve a la notebook y a navegar en internet en busca de algún dato que se le haya pasado por alto. Se mete en el perfil de su hermana en Instagram. El mismo de donde, ahora se da cuenta, sacaron las fotos los canales de noticias para hacer sus informes. Una foto en particular le llama la atención y se la enseña a Pablo, haciendo equilibrio en el aire entre la pantalla y el vaso con agua que él, a su vez, trata de entregarle. Juliana, vestida con una remera de tul transparente que deja ver el corpiño de encaje negro del que rebalsan sus descomunales y artificiales pechos, mira a cámara levantando las cejas y con la boca fruncida como si estuviera dando un beso, mientras sostiene en la mano un patito de goma amarillo. En el comentario dice: «Yo siempre pato de goma, nunca cisne de hule. Garantía 100 %». Es la última foto que aparece en su perfil.

¿Qué significa lo del pato de goma?, le pregunta a Pablo.

No tengo la menor idea, responde él. Pero todo me trae recuerdos de aquella investigación con la que ganaste el Rey de España.

A mí también me trae, sí. Y no sé si tengo ganas de meterme otra vez en ese barro.

Con ganas o no, creo que ya estás metida, linda, dice Pablo, parado detrás de ella, y la besa en el cuello.

No sabe si por ese beso, o por el «linda», o por las imágenes cargadas de pretendida sexualidad que estuvo revisando, o por el barro en el que está metida, pero sorprendentemente Verónica siente un deseo que no le aparecía desde hacía tiempo. Con Pablo mantienen una rutina sexual regular, como si fuera un trámite más de la vida conyugal, un chequeo de control para confirmar que la pareja aún funciona. Sin embargo, ella siente que esto que percibe ahora es otra cosa. Que, por lo que sea, hay verdad en ese deseo. Deja la notebook de lado, se levanta, se para delante de él, le pasa los brazos sobre los hombros y lo empuja contra ella para sentirlo. Se besan con un entusiasmo que ya no recordaban.

¿Y esto?, pregunta Pablo.

Las ganas de sexo de la hija de alguien como mi padre.

Capítulo 5

SURGEN NUEVAS DUDAS EN EL CASO DE JULIANA GUTIÉRREZ
Buenos Aires, 16 de mayo de 2022
De la redacción de *El Progreso*

Aunque la defensa de Sánchez Pardo lo desmiente, fuentes reservadas aseguran que Juliana Gutiérrez, la joven que cayó hace tres días de un quinto piso de Recoleta, fue arrojada al vacío en un intento de asesinato.

Anoche, en *Vibrato*, el programa de noticias del periodista Jorge Bayona, una mujer, excompañera de trabajo de Juliana Gutiérrez, reveló tener información que la llevó a concluir que la joven de veintitrés años que lucha por su vida no cayó accidentalmente del quinto piso de Recoleta, sino que se trató de un intento de homicidio. La declarante, apodada «Micaela» para preservar su identidad, siempre de espaldas a cámara y con voz distorsionada, contó que durante unos años compartió con Gutiérrez eventos en calidad de acompañante vip, hasta que quedó embarazada y decidió salir del grupo que comandaba una mujer a la que conocían sólo por su nombre de pila: Lola. Según la informante, la mencionada «madame» de «las Lolas», nombre con el que se identificaría a las mujeres que trabajan para ella, quiso que abortara a pesar del estado avanzado de gravidez. Hubo una fuerte discusión, pero Juliana Gutiérrez intervino en su apoyo y logró no sólo que a su compañera la dejaran salir de la agencia de acompañantes, sino que, además, le dieran dinero para afrontar los gastos del parto. «Después de tener el bebé no quise volver a trabajar, había un compromiso de palabra, pero ya no tenía voluntad de seguir. Y Juliana también me ayudó con eso: pagó lo que yo le debía a Lola. Si vengo a dar la cara, a pesar del miedo que me produce hacerlo, es porque sé que ella jamás saltaría por una ventana. Tenía proyectos, ganas de arrancar algún negocio, era una chica vital, alegre. Hace unas semanas la vi, en el cumpleaños de mi nene, me contó que estaba preocupada por cosas que había visto. Ella ya no trabajaba para Lola desde hacía rato. Trabajaba por cuenta propia, eso tiene sus riesgos. Yo le dije que se fuera lejos, que estuviera un tiempo donde nadie la pudiera encontrar, pero me explicó que antes tenía que terminar algo, nunca supe qué. Ojalá se recupere y pueda contar lo que pasó», dijo y se le quebró la voz.

Sobre el final de la entrevista, ante la pregunta de si Gutiérrez consumía drogas, y si ese consumo la pudo haber llevado a un estado alterado y a perder el control de sí misma, «Micaela» tuvo una respuesta que fue festejada en redes sociales: «Juli, por propia voluntad, no consumía más drogas ni que usted ni que yo, ni que tantas personas alrededor nuestro». Luego agregó: «Además, si los clientes son poderosos y te dicen que consumas, consumís». Por último, la mujer concluyó sin dudar: «La quisieron matar». Y no hubo más preguntas.

Si bien la emisión del programa generó mucho ruido mediático, con versiones y especulaciones de todo tipo, los abogados de Santiago Sánchez Pardo, consultados por este diario, le restaron importancia a su testimonio y pidieron que si la joven entrevistada tenía pruebas fehacientes de lo que había dicho se presentara en el juzgado a declarar, cosa que aún no sucedió.

Recordemos que, en estos momentos, Juliana Gutiérrez sigue en coma, luchando por su vida y con pronóstico reservado, en el Hospital Fernández, de esta ciudad. Ningún familiar de Gutiérrez se presentó aún como querellante en la causa que tramita ante el juez Marcelo López Guevara.

Capítulo 6

La investigación con la que Verónica Balda y Leticia Zambrano ganaron el premio Rey de España al periodismo empezó un par de meses antes de que fuera publicada la primera nota en el diario, en marzo de 2006. Un día de calor extremo en Buenos Aires, entró un llamado anónimo al teléfono de la redacción que correspondía a Verónica. Ella atendió agobiada, mientras se apantallaba con un informe que acababa de imprimir. La voz que llegaba del otro lado de la línea no estaba distorsionada, pero sonaba fingida en el intento de parecer la de una mujer mayor, algo titubeante. Mencionaba a Carla Muñoz, una joven abogada a la que Verónica Balda no le había prestado mayor atención hasta el momento, titular de una organización llamada La Historia Argentina Integral. La mujer anónima acusaba a Muñoz de algo, sin terminar de especificar qué. En cambio, sí dejaba bien en claro su pedido de que el diario la investigara y, al hacerlo, se le notaba cierta prepotencia. A pesar de que el llamado no le pareció fundado y, por lo tanto, no lo tomó muy en serio, Verónica empezó a interesarse por esa joven, un personaje que aparecía con frecuencia creciente en televisión. Por aquel entonces, Carla Muñoz recorría distintos paneles de programas de periodismo político, donde se ocupaba de decir, una y otra vez, que los desaparecidos durante la dictadura militar en la Argentina —a la que ella llamaba «El proceso»— no fueron treinta mil, que hubo una «guerra», que había que atender el reclamo de reducción de penas y hasta de libertad para los militares que aún estaban cumpliendo su condena, que «la gente de bien» debía exigir mayor respeto de parte de la sociedad hacia los «héroes y patriotas que lucharon para liberarnos de la subversión», que los sectores defensores de los derechos humanos implantaron en la cabeza de los ciudadanos una mentira difícil de desarmar «y por ese mismo motivo, nuestra misión es llevarles la verdad». Su discurso desbordaba los temas castrenses para llegar a cuestiones más amplias y generales por las que, según decía, se sentía «apenada y sin sosiego»: la pérdida de los valores familiares y la degradación de la sociedad argentina.

Muñoz aparentaba algo menos de treinta años, aunque tenía más. Siempre con una sonrisa en la boca y ojos chispeantes, color café con leche; tenía el aspecto de una chica de clase media educada en un colegio católico, hija de una familia que, aunque ya no tuviera el dinero que alguna vez tuvo, conservaba un departamento grande, venido a menos, en alguna zona tradicional de la ciudad de Buenos Aires. Una mujer prolija, bien peinada, de trajecito sastre ajustado y zapatos con taco alto, pero discretos. Muñoz no escondía, aunque tampoco hacía alarde, que había sido novia de «Abadón», un represor de siniestra fama ganada durante la dictadura argentina, apodado con la referencia bíblica al ángel demonio. Esa relación había durado algunos años e incluido periódicas visitas a la cárcel donde el exmilitar estaba preso desde hacía tiempo. Bastaba una rápida búsqueda en los archivos del diario o en la red para encontrar fotos que la mostraban sentada entre la audiencia del juicio en el que en 2003 se lo había condenado por apología del delito. Un crimen menor, frente a otros que pagaría en años sucesivos. En una entrevista había declarado: «Soy el hombre mejor preparado para matar a un político o a un periodista». Esas palabras fueron decisivas al momento de juzgarlo. En aquellas fotos ella se veía diferente, más descontracturada: un jean, una remera, el pelo suelto y ensortijado. Verónica notó esta contradicción de inmediato, un detalle que le hizo pensar que podían convivir varias Carlas Muñoz en un mismo cuerpo. Tal vez eso haya sido lo que la convenció de iniciar una investigación que aún no tenía idea de a dónde la llevaría. Intuición periodística o azar, nunca lo sabremos.

Aquel llamado que la había puesto en alerta no agregaba mucho más, pero terminaba con una frase imperativa que la denunciante anónima repitió: «Averigüe, señorita periodista, esa mujer no es quien dice ser. Averigüe». Luego hubo tres o cuatro llamados más, de tono similar, siempre la misma voz, siempre a la extensión de Verónica, sólo para reiterar lo ya dicho o para averiguar si ella se había puesto en marcha. «¿Y, averiguó, señorita periodista? Si no se apura le van a ganar de mano». Hasta entonces, si bien los mensajes la habían llevado a poner a Carla Muñoz en su radar periodístico, no le había parecido necesario comentar el asunto con Leticia Zambrano. A pesar de su respeto por ella, Verónica era bastante recelosa de que su jefa se metiera antes de tiempo en investigaciones periodísticas que todavía no tenía del todo encaminadas. Más de una vez, eso había hecho que terminara dudando del material y lo abandonara, por lo que, después de algunos fracasos que lamentó, Verónica decidió ponerla al tanto de su trabajo sólo si conseguía datos concretos y estaba convencida de que la nota en cuestión debía ser publicada.

La llegada de un pendrive a la recepción del diario aceleró los tiempos. La nota que lo acompañaba decía: «La ayudo, señorita periodista». Era material de una cámara oculta, las primeras imágenes se demoraban en una esquina, para hacer foco en el poste con el nombre de la calle: Sarmiento; luego la cámara paneaba un barrio tranquilo, poco transitado, y enseguida avanzaba otra vez con orientación muy bien definida. Era evidente que quien la portaba, seguramente escondida entre sus ropas, se dirigía a una dirección precisa. Por fin la marcha se detenía frente a una puerta y la imagen mostraba la chapa con el número que indicaba la altura: 2464, una mano de hombre tocaba el timbre, una mujer con un vestido de lycra excesivamente corto y escote excesivamente pronunciado abría la puerta, el hombre decía: «Llamé por teléfono para pedir los servicios de Jazmín», la mujer respondía: «Sí, soy yo, amor, primera vez, ¿no?». El hombre asentía, fingía dudar antes de atreverse a pasar, ella lo entusiasmaba: «Vení que te voy a atender como nadie te atendió hasta ahora». El hombre daba unos pasos, la cámara permitía entonces ver la cara de Jazmín, que no era otra que la de Carla Muñoz. No cabía duda de que se trataba de ella, por más que llevara el cabello muy distinto a como se la veía en la televisión, ensortijado, salvaje, estaba maquillada en exceso y se había pintado un lunar junto a la comisura de los labios. La mujer conducía de la mano a su supuesto cliente hacia el interior, mientras se le escuchaba agregar: «Vení a mi cámara de tortura», y luego una risa casi infantil, la misma que Verónica le había escuchado en algunas de sus intervenciones en los programas políticos de los que participaba. Cuando ya estaban por meterse en el pasillo el hombre le preguntaba: «¿Hacés completo o tradicional?», «Tradicional, amor, yo siempre tradicional», respondía ella, Carla o Jazmín, y ya no se veía ni escuchaba más. Después de una elipsis, la cámara enfocaba la puerta otra vez y captaba por corte a distintos hombres —de espalda o con la cara pixelada, pero en cualquier caso imágenes que no develaban su identidad— entrando y saliendo del mismo lugar que, ya quedaba muy claro, se trataba de un prostíbulo con pretensiones de alto nivel.

La primera objeción de Zambrano fue que el material no era propio y las podían estar operando. «¿Operando en qué sentido?», preguntó una Verónica Balda demasiado joven e inexperta aún para manejar la jerga. «Podría ser que alguien quisiera que demos esa noticia, falsa o no, con cierto objetivo, tal vez político, y que nosotros nos comamos el sapo». «¿Alguien como quién?». «Quien haya contratado servilletas para hacer la denuncia y el video», respondió Zambrano, y antes de que Verónica pidiera otra vez explicaciones agregó: «Servilletas, servis, servicios de inteligencia». «¿El gobierno?». «Deberían responder al gobierno de turno, sí, pero nunca terminás de saber; a veces creés que una operación viene de un lado de la política y resulta que viene exactamente del lado contrario». «¿Tengo que tener miedo?», preguntó Verónica. «Miedo no, cuidado», contestó Leticia con la seguridad que le faltaba a ella. Y agregó: «Por supuesto, no digo que haya que abandonar la investigación, digo que es necesario saber dónde y con quién nos metemos. Si están tratando de operarnos tenemos que chequear por nuestros propios medios que el material que nos derivan sea verdadero. Pero aun si se trata de un intento de operación, si la información es real, es noticia y nos interesa, lo publicamos de cualquier modo. ¿Okey?». «Okey», respondió Verónica. «¿Qué sabemos de esa mujer que te llama?». «Nada». «Si te vuelve a llamar citala en un bar y que te cuente por qué quiere que sepamos, cuál es su interés». «¿Y si no acepta?». «Será un indicio de mayor alerta. Mientras tanto, buscá ese prostíbulo, hay que ir a mirar *in situ*». «Aún no sé dónde queda; el único dato es un número y una calle, pero no tengo la localidad». «Y un colectivo de la línea 60 que dobla en la esquina izquierda, ¿lo viste? Se ve en el último paneo, antes de que el hombre entre. Fijate en los recorridos, creo que tiene varios, yo tomé uno hace años para ir a Tigre, pero el lugar que vimos en la cámara oculta no parece Tigre. Buscá en cada localidad por la que pasa el 60 si hay una calle Sarmiento que llega a esa altura, 2400. Capaz en ese Google Earth del que todos están hablando te aparece la foto de la dirección, y hasta podés reconocer la puerta, ¿lo manejaste ya?». Verónica asintió, aunque no era cierto; la aplicación de información geográfica había sido presentada hacía poco tiempo, sin despertar su curiosidad. «Y si ahí no aparece, tendrás que ir a cada ciudad o pueblo con calle Sarmiento al 2400 por el que pase el colectivo de la línea 60. Pero, ojo, cuando encuentres el lugar, tal vez sea mejor pedirle a algún varón de la redacción que te acompañe para que pueda preguntar sin levantar sospechas. Se supone que las mujeres no contratamos servicios en prostíbulos», dijo Zambrano y le guiñó un ojo. «Se supone», repitió. Luego se quedó esperando alguna respuesta o comentario de Verónica, pero ella estaba absorta: por un lado, entusiasmada por lo que creía podía ser una gran oportunidad, una nota de investigación periodística consagratoria; por otro, temerosa del submundo de espías, servicios y otros turbios funcionarios de la siempre sorprendente democracia argentina. Por eso, por una suerte de aturdimiento, aunque era consciente de que su jefa esperaba una respuesta, no podía decir nada aún. Zambrano se impacientó y fue por el camino que siempre le daba mejores resultados: meter el dedo en la herida que más dolía. «¿Te sentís capaz?», preguntó. Y dolió. Verónica se recompuso y le contestó, aunque también se contestaba a ella misma: «Sí, me siento capaz».

Tal como quedó con su jefa y a pesar de que la consumían la ansiedad y el temor de que no hubiera otro contacto, Verónica esperó a que la mujer llamara otra vez, lo que sucedió recién cinco eternos días después de recibir el pendrive. «Si usted no lo piensa publicar, se lo doy a otro periodista más interesado, seguro sobran los candidatos». «Sí, lo pienso publicar», respondió ella con rapidez y firmeza, «pero antes quiero conocerla». «¿A quién?». «A usted». «Eso no es posible». «Entenderá que quiera conocer a mi fuente». «No, no entiendo». «Son usos y costumbres del periodismo», mintió, «pero, por supuesto, le garantizo confidencialidad; su identidad entra dentro del secreto profesional». «No será posible, estoy muy lejos». «Me puedo acercar yo». «Le dije que es muy lejos». «Entonces quiero conocer a quien me acercó el pendrive a la recepción del diario, esa persona tiene que estar cerca». «No veo la necesidad». «La veo yo». «Pero usted no manda en esta negociación». «Tampoco usted, esta negociación nos necesita a las dos». Hubo un silencio tenso y luego Verónica agregó: «Si no es posible, entonces entréguele el material a algún colega que esté dispuesto a publicarlo sin conocer a la fuente, ahí comprobaremos si sobran los candidatos como usted cree». Y en un impulso, Verónica cortó sin despedirse. Se quedó mirando el teléfono, le temblaban las piernas. ¿Habría perdido el contacto para siempre? ¿Zambrano le aprobaba la nota sin ese encuentro? El arrepentimiento posterior al hecho era inútil y, a la vez, irremediable.

Sin embargo, dos horas después, la mujer volvió a llamar para citarla en el bar de una estación de tren del conurbano. En una localidad por donde también pasaba el colectivo 60, aunque allí la calle Sarmiento no llegaba a la numeración que ella buscaba. Combinaron el encuentro para esa misma tarde. El intercambio frente a frente duró unos pocos minutos. La mujer era parca, se resistía a contestar tantas preguntas, quería dejar en claro que sólo estaba cumpliendo el requisito que Verónica le había impuesto para que saliera la nota. Parecía una vecina más de ese barrio, llevaba una bolsa con compras de almacén y las llaves de su casa en la mano. Es probable que ese detalle haya sido parte de una puesta en escena. Sólo respondió con precisión a la pregunta acerca de por qué denunciaba a Carla Muñoz: «Porque tengo un sobrino desaparecido y ella defiende a los militares». Sonó a respuesta estudiada;

cuando Verónica le quiso preguntar por ese sobrino y las circunstancias de su desaparición, la mujer se negó a agregar información. Sólo repetía la misma oración como una muletilla: «Porque tengo un sobrino desaparecido y ella defiende a los militares». Tampoco sumó ningún dato cuando le preguntó cómo supo que Muñoz se dedicaba a la prostitución y se limitó a contestar con un lugar común: «En la vida, tarde o temprano, todo se sabe». Verónica podría jurar que su voz era muy distinta a la que había escuchado por teléfono, que quien estaba frente a ella y quien la había llamado no eran la misma persona. Pero, aun así, no estaba en sus cálculos decírselo a Zambrano. El pedido de su jefa de conocer a la fuente había sido cumplido, esa mujer estaba muy lejos de parecer un servicio, y ella no quería que hubiera excusa alguna para que la investigación que estaba en marcha se cayera. Se sentía dispuesta a correr verdaderos riesgos por primera vez en su carrera profesional, que podía tomar decisiones sin esperar aprobación, y que eso la convertiría, por fin, en periodista. Mucho más que aquel título universitario de licenciada en Comunicación que recibió con honores.

Verónica quería publicar la información de inmediato. Se reunió con Leticia para que le diera el okey, pero su jefa otra vez la demoró: «Bajemos la ansiedad, un poco de adrenalina sirve para esta tarea, potencia la capacidad de trabajo; en cambio, la ansiedad te puede hacer dar pasos en falso». Y la obligó a profundizar, a buscar una matriz, a rastrear los vínculos históricos entre los servicios de inteligencia y algunas trabajadoras sexuales. Leyó sobre Mata Hari, sobre el escuadrón volante de Catalina de Médicis, sobre el burdel nazi Kitty. Buscó casos similares más actuales. Por otra parte, Verónica debía admitir que si bien localizó con rapidez que el prostíbulo quedaba en Acassuso —gracias a Google Earth y a la ayuda de un compañero más hábil que ella con la aplicación— no había hecho aún trabajo de reconocimiento de campo. No cabían dudas de que la investigación podía profundizarse, pero ella temía que alguien le ganara de mano y la publicara antes. De todos modos, sabía que no valía la pena discutirle a Zambrano y que lo mejor era apurarse con lo que faltaba, así que cumplió de mala gana con lo que había dispuesto su jefa. Esa noche, se la pasó en vela, trabajando. Entrada la madrugada, encontró algunos otros casos en el país, ninguno con el interés mediático del de Carla Muñoz, pero que podían sumar a la hora de completar la nota. Y al día siguiente fue a Acassuso para hacer la tarea de campo pendiente. Con discreción, sonsacó información en bares y comercios de la zona.

Aun después de todo eso, faltaba que alguien se presentara en la casa de citas como cliente. Verónica coincidía con Zambrano: tenía que ser un hombre. Se lo plantearon juntas a un par de compañeros que pusieron mala cara; no por prurito, sino porque les parecía de riesgo meterse con la novia de Abadón. Según decían, el exmilitar aún manejaba varios hilos del terror desde la cárcel. Finalmente aceptó Gustavo Montes, un destacado periodista que ya estaba en edad de jubilarse; gran parte de su carrera la había hecho como corresponsal de guerra y se quejaba de que padecía un «síndrome de aburrimiento mortal» desde que, por reducción de costos, los directivos del diario decidieron que no enviarían corresponsales a cubrir conflictos bélicos. Montes concertó la cita con Jazmín. Fueron con Verónica; ella se quedó esperándolo en un bar. El periodista llevaba una cámara debajo de la camisa, que decía le incomodaba más que los chalecos antibalas que había usado en zonas de combate.

Llamó a la puerta, y no bien se entreabrió dijo: «Tengo una cita a las dieciséis treinta con Jazmín». La mujer abrió un poco más. «Entrá, bombón, Jazmín soy yo», dijo. Y se movió hacia un costado para darle paso. Pero tal como habían acordado previamente con Verónica y con Zambrano, ahí mismo, en lugar de entrar, Montes le dijo: «Disculpame, ¿yo no te conozco de las reuniones de La Historia Argentina Integral?». La mujer primero quedó petrificada, luego balbuceó intentando negarlo, pero cuando unos segundos después Montes agregó «Sos Carla Muñoz, ¿verdad?», ella lo empujó, cerró la puerta de un golpe, puso llave, apagó las luces interiores y no abrió más, a pesar de que el excronista de guerra tocó timbre y golpeó varias veces. Desde la esquina, escondido, Montes pudo observar a otros hombres que llamaban y esperaban en vano frente a una puerta que nadie abría. Mientras tanto, Verónica, que hacía horas lo esperaba en el bar, ya había pasado del café a la cerveza.

Al fin no quedaba orden de Zambrano por cumplir. Veronica Balda tenía la nota lista desde la noche anterior y hasta la había puesto en página confiando en su buena suerte; hacía días que esperaba ansiosa que llegara el momento de la publicación, y la inminencia de que se concretara había hecho que no pudiera dormir más que de a ratos. Estaba agotada pero feliz. Con el aval de su jefa la investigación salió completa en el diario de la mañana siguiente, dos días después de la visita al prostíbulo de Acassuso, y apareció destacada en primera plana, a un costado del título principal del día: «Reclusión perpetua a Etchecolatz por genocida». A las pocas horas de que el diario estuvo en la calle, Carla Muñoz fue expulsada de La Historia Argentina Integral, desapareció de los lugares que solía frecuentar, su familia dijo que se había ido de viaje y ni *El Progreso* ni ningún otro medio pudieron dar con la mujer. Su paradero se convirtió en un misterio guardado bajo siete llaves.

Pronto aparecieron debates televisivos en los que distintos colegas, especialistas y opinadores discutían acerca de si era correcto cuestionar la actividad política de Muñoz por ser una trabajadora sexual, poniendo en tela de juicio, de alguna manera, la ética periodística de quienes firmaban la investigación. Verónica Balda y Leticia Zambrano, a pesar de ser convocadas reiteradas veces, no participaron de ninguno de esos programas; sin embargo, discutieron el asunto largamente entre ellas, en noches de sobremesas regadas con cabernet, a la salida del diario. Estaban convencidas de que habían presentado los hechos sin juzgar, ni explícita ni implícitamente; y que si Muñoz había sido expulsada de su organización era por prejuicios de sus propios compañeros ante el hecho develado. Concluyeron, también, que la doble vara resultaría el mejor argumento para la defensa ante terceros del interés periodístico de su nota: una supuesta «moral argentina» a salvaguardar, que repudiaba el ejercicio de la prostitución, y, al mismo tiempo, el ocultamiento de la profesión de Muñoz. ¿Interés periodístico o envidia?, se preguntaban con ironía frente a algunas críticas. Sin embargo, a puertas cerradas, estiraron la cuerda y plantearon cuestionamientos que a esa altura casi nadie se hacía en el oficio: ¿Es noticia develar la actividad privada de una mujer como Muñoz, o la noticia surgió después, producto de esa develación? ¿Ellas encontraron la noticia o la generaron? Y, sobre todo, ¿valió la pena? La difusión que tuvo la investigación, las menciones del diario en otros medios, incluso extranjeros, el aumento de la venta de ejemplares y de entradas al sitio web, las múltiples felicitaciones, incluso las rivalidades parecían responderles que sí. Pero, aunque disfrutaban la fama relativa y circunstancial que les dio el episodio, ni Zambrano ni Verónica terminaban de convencerse.

Un tiempo después, tras ganar el premio Rey de España, se permitieron no polemizar más y aceptar que lo merecían. Sin embargo, con el correr de los días, de las semanas, de los meses, el premio se fue desvaneciendo y reaparecieron las dudas, como un sueño recurrente que no llega a ser pesadilla, pero incomoda. Sólo que a partir de entonces ya no revisaron juntas el tema, no hubo más cenas con cabernet para compartir lo que les pasaba, ninguna de las dos se lo dijo a la otra, y siguieron sus vidas simulando que ya nada relacionado con el caso de Carla Muñoz les preocupaba.

Un primer indicio de que su vínculo no era inquebrantable.

Capítulo 7

Durante unos días, Verónica Balda logra encapsularse y deja que la vida transcurra sin acercarse ni a la Juliana Gutiérrez que, aunque le mandaba mails, ella siempre se negó a conocer, ni a la protagonista del hecho policial que sigue sin resolverse. Sabe lo que necesita saber para poder informar sobre el caso, de acuerdo con lo que cree es su responsabilidad profesional. Sin embargo, a pesar de su esfuerzo por no aproximarse demasiado a los acontecimientos, mantiene la inquietud de que algún día se presente la policía, en su domicilio o en la radio, para pedirle datos acerca de una moribunda a la que no siente su hermana.

Y esta mañana, esa inquietud cobra cuerpo, porque después de que termina su programa de radio, cuando Verónica baja la escalera dispuesta a chocar puños con el recepcionista e irse a casa, el chico le dice que alguien la espera. Ella mira alrededor, pero no ubica a quienes supone y teme. No hay a la vista ni policía, ni fiscal, ni personal judicial, ni ningún colega, micrófono en mano, advertido de su parentesco con una mujer que cayó de un quinto piso en extrañas circunstancias. Verónica mira otra vez al recepcionista y mueve la cabeza hacia adelante en un gesto sutil pero claro que quiere decir «¿Quién cuernos me espera?». El chico le señala a una mujer mayor, hundida en el único sillón del hall de la radio, un modelo de un cuerpo, de cuerina, que pudo haber tenido alguna gracia en los noventa, aunque hoy sólo sea un armatoste desvencijado, y del que nadie entiende por qué no se desprenden, lo cambian por otro, o al menos lo retapizan —lo que representaría un costo menor frente a la imagen de dejadez que ofrece la recepción de la radio—. Otro ahorro incomprensible, como el vestuarista que Manrique no quiere pagar para que Verónica, cada día, en lugar de llevar sus azules y bordó clásicos, luzca los colores que ellos definen más adecuados en el streaming.

¿Me ayuda a levantarme, señorita Balda?, dice la mujer y extiende la mano.

Verónica apuesta que se trata de alguna fan que la quiere conocer en persona; sabe que la radio, al meterse dentro de la casa de los oyentes, en los lugares más íntimos, produce una sensación de familiaridad equívoca. Intuye, también, que tendrá que dedicar unos minutos a escuchar su halago o su problema, tal vez firmarle un autógrafo, sacarse una selfie y hasta aceptar algún regalo, comida o artesanía hecha por ella, que abandonará no bien la mujer se encuentre fuera de su campo visual, antes de poder seguir su camino, que es lo que quisiera estar haciendo ya, ahora mismo, en este instante, mientras avanza con una sonrisa hacia el sillón desvencijado, le da la mano a la mujer y la ayuda a ponerse de pie. Verónica perderá todas sus apuestas. Como siempre.

Vamos afuera que acá nos pueden estar escuchando, pide la mujer en voz baja, mientras mira alrededor, señalando con un dedo hacia el techo y luego hacia distintas esquinas del ambiente, con lo que deja claro que al decir «nos pueden estar escuchando» se refiere a micrófonos o cámaras, y no a personas.

Verónica se fastidia porque, a esa altura, ya determinó que la mujer debe ser una friki, de esas personas que disfrutan padeciendo teorías conspirativas largas y aburridas, y teme que no será fácil sacársela de encima. Pero está atrapada en la situación y la sigue, mientras intenta encontrar una buena excusa para despacharla con elegancia y cuanto antes. El recepcionista le extiende el puño; esta vez ella, que está pensando en otra cosa, lo deja con el gesto en el aire. Cuando Verónica sale a la vereda, la mujer ya encendió un cigarrillo, lo que la confunde aún más, no porque no tenga derecho a meterse nicotina en los pulmones y acortar su vida si le place, sino porque el tabaco no le pega al personaje que Verónica y sus prejuicios armaron, con lo poco que sabe de ella. Después de una larga pitada la mujer dice:

Soy vecina de tu hermana.

Aunque lo que escucha la golpea, Verónica no se inmuta, o finge no inmutarse, y sin dejar que ningún gesto la delate, pregunta:

¿Mi hermana?

La mujer ignora lo que le acaba de decir, le sostiene la mirada, da otra pitada, luego otra. Apaga el cigarrillo contra el tronco de un árbol, da unos pasos para tirarlo en un tacho de basura que está a pocos metros y regresa donde está Verónica. Recién ahí empieza su relato:

Primero me presento, Carmen Mayol, mucho gusto. Sé de vos por tu hermana, porque yo estas radios «cool» no las escucho. Escucho emisoras más tradicionales, música clásica, jazz, locutores de toda la vida. Pero ella me habló mucho de Verónica Balda, así que sé quién sos. Sé muy bien quién sos. A través de sus ojos, que no son los míos, pero les confío. Y bueno, Juli quería que, si le pasaba algo, yo viniera a verte. Le pasó, y acá estoy. Somos vecinas de puertas contiguas. Muy buenas vecinas. Nos conocimos el día en que se mudó al edificio, se equivocó de puerta y quiso meter las llaves en la mía. Me pegué un susto tremebundo. Casi le parto una silla en la cabeza. Después nos reímos. Yo al principio le tenía idea, porque por ese departamento habían pasado muchas chicas, vos me entendés, y duraban poco. No es que yo tuviera prejuicio alguno, para mí el trabajo que sea es tan honrado como cualquier otro. Y tampoco es que entraran muchos hombres al edificio, sino más bien que ellas salían. Pero cuando te encariñabas, se iban. Así que yo las prefería lejos. Hasta que llegó la pandemia y ahí la soledad nos pegó a las dos; un día me tocó el timbre para pedirme fósforos, otro día yo le golpeé la puerta para pedirle que me trajera algo de la farmacia. Así fuimos entrando en confianza. Y ya después nos veíamos con cualquier excusa; con barbijo, distancia, ventanas abiertas, porque ella tenía miedo de contagiarme. Juli un poco salía y un poco entraba también, te soy franca, porque los hombres con poder siempre encontraban excepciones al aislamiento. No te lo tengo que contar a vos, sos periodista, qué te voy a decir yo que no sepas de cómo se manejan algunos en este país. Fue un tiempo difícil el del covid, y nos sostuvimos entre las dos. Ella me asistía con las compras afuera de casa, yo la asistía con la comida adentro. Y la compañía. Nos hacíamos linda compañía, eso fue fundamental para subsistir. Juliana extrañaba mucho a su mamá, ¿sabés? Está en un geriátrico, una pena, porque tan vieja no es, debe ser más joven que yo, pero dada su condición tenía que estar cuidada las veinticuatro horas del día. Alzheimer o demencia senil precoz, nunca supe bien qué. Y Juli trabajaba mucho. En la pandemia casi no se pudieron ver, eso le dolió profundamente, la entristeció. Tenía un amigo que cada tanto le conseguía permisos de visita, algo medio trucho, y ella tampoco quería abusar. Bueno, no te quiero robar más tiempo, sé que sos una persona ocupada. Tengo algo para vos. Tu hermana me dijo que si le pasaba algo te buscara y te lo diera. Por eso estoy acá, cumpliendo con mi palabra.

Después del monólogo interminable, la cabeza de Verónica es un torbellino. No entiende por qué no se atrevió a interrumpir. Trata de procesar todo aquello de lo que se acaba de enterar: la consciencia de esa chica acerca del peligro que corría, los detalles de su soledad, el estado senil de Mabel. Se acuerda de los mails que nunca contestó, aunque todavía no llega a reprochárselo. La mujer abre su bolso, Verónica cree que le va a entregar lo que anticipó, pero en cambio saca otro cigarrillo y lo enciende. Repite la ceremonia anterior, se toma su tiempo. Ella está impaciente y finalmente pregunta:

¿Y?

¿Y, qué?

¿No me iba a entregar algo?

No lo traje conmigo, tenés que venir a buscarlo a casa.

Verónica se ríe, entre indignada y divertida.

Imposible, dice, dando por finalizado lo que ahora cree que es un juego o un delirio, e intenta ponerse en marcha.

Pero la mujer está lejos de dejarla ir, la sostiene de un brazo, la obliga a mirarla a los ojos, y luego ordena:

Vas a venir. Yo no lo quiero tener más tiempo, puede ser peligroso. Me lo dejó para vos. Si no hubiera sido así, se lo habría llevado a la policía de movida, y listo el pollo. Pero Juli fue muy precisa: o a mi hermana o lo quemás. Es un pendrive. La verdad es que no sé si se puede quemar un pendrive, pero eso me dijo y lo intentaré. Ahí está todo.

¿Todo qué?

Todo lo que sabía, el motivo por el que la tiraron.

¿De dónde saca eso?

¿Eso qué?

Que la tiraron.

¿No es evidente, señorita Balda? Ella temía por su vida, sabía que corría alto riesgo, me deja un encargo por si la matan, cae por una ventana y, aunque por azar no pierde la vida, la pobrecita está en el hospital con un pie de cada lado del cajón. Tiene cuatro patas, mueve la cola y ladra: es perro.

¿Y por qué no trajo el pendrive acá y ya?

Por seguridad. En la pandemia, Juliana me enseñó mucho de protocolos de «seguridad», dice y le guiña un ojo.

Luego rebusca en el bolso que le cuelga del hombro, hasta que por fin encuentra un papel donde están escritos sus datos y dirección. Se lo entrega.

Mientras Verónica lee, la mujer da otra larga pitada a su cigarrillo.

Esto es muy cerca de donde cayó Juliana, ¿no?

Sí, a la vuelta. Mismo pulmón de manzana. Las querían cerca, se ve.

¿Querían? ¿En plural?

La mujer hace el gesto de callarse la boca como si deslizara sobre sus labios un cierre relámpago. Luego apaga el cigarrillo con el mismo método con el que apagó el anterior: tronco, tacho, regreso. Y cuando está otra vez junto a Verónica, agrega:

Vos vení cuando quieras, yo estoy siempre. Por ahora, no lo voy a quemar. Pero consejo de tía: apurate, no por mí, por ella.

Capítulo 8

Sé perfectamente que es un tema que tengo que atender con seriedad y con los mejores abogados, hijo, pero no veo por qué te hacés tanto problema, preocupémonos en la medida de lo necesario; en mi casa ocurrió un accidente, Lautaro, una desgracia, una situación lamentable, y sí, te lo confirmo, no lo niego, pago por compañía, y por sexo si la mujer quiere; y quiso. ¿Tan poco tiempo después de la muerte de mamá, papá?, ¿no te parece que habría sido mejor que fueras vos a algún lugar por sexo en vez de traer una prostituta a la cama matrimonial? Tu madre estaba enferma desde hacía años, una enfermedad larga y dolorosa, me cansé de ir a «lugares por sexo», como decís vos; y no traje una puta, eso fue en mi juventud, escort es otra cosa, hay un acuerdo de partes, ¿o acaso no lo sabés? ¿En serio te parece una gran diferencia, papá?, porque el asunto no es ellas, ellas no son mi familia, ellas que hagan lo que mejor les parezca, el asunto sos vos. No entiendo, Lautaro, ¿cuál es el drama?, ¿tener un padre al que todavía le interesa tener una vida sexual activa? El drama es que mis hijas van a un colegio donde los compañeros les preguntan si es verdad que su abuelo tiró a una puta por la ventana. Mentira, Lautaro, los chicos no hablan así, no dicen «puta», estás inventando o exagerando, siempre fuiste exagerado, desde bien chico. ¿Se puede exagerar?, ¿hay algo que se pueda agregar para empeorar la descripción de tu «accidente»? Los detalles son importantes, hijo, hacen a la diferencia. Cambiá «puta» por «escort», o por «mujer», lo que quieras, papá, los compañeros les preguntan si es cierto que el abuelo tiró a una mujer por la ventana, ¿te gusta más así? Eso es una infamia, yo no la tiré, lo dije una y mil veces, y mis abogados ya iniciaron acciones a los periodistas que siguen insinuando semejante patraña. Explicáselo a las nenas y a sus compañeros, papá. Traelos a casa, y con gusto les hago preparar una buena merienda y se los explico con lujo de detalles. ¡Papá!, ¡¿los traigo a la casa en la que cayó una mujer por la ventana?! Es donde vivo. No entiendo cómo no te sentís mal, viejo, cómo no estás torturado por lo que pasó. Estoy mal, claro que sí, y estoy preocupado, como ya te dije, pero yo no pago por crímenes que no cometí, eso no vamos a permitir que pase más en este país. Me voy, papá, para mí ya es suficiente. Esperá, ¿llamó tu hermana? No, no llamó. ¿Y qué excusa va a poner ahora?, vive en Nueva York, no en la Antártida, tiene señal, el teléfono se lo pago yo, ¿está al tanto de los acontecimientos? No sé, papá. Llamala, hijo, no quiero que sea malinformada por la prensa amarillista; se lo diría yo mismo, pero no me atiende, llamala vos. ¿Por qué no esperamos a que se comunique ella? Porque a lo mejor no lo hace, porque a lo mejor se queda masticando bronca; así se destruyen las familias, con infamias como ésta, que borran de un plumazo una trayectoria a la que nadie le puede objetar ni una coma; pero yo voy a hacer que mis abogados consigan que se retracten, porque está mi buen nombre y honor, lo voy a defender y, sobre todo, voy a defender a mi familia, no voy a dejar que la rompan. Va a ser difícil, papá, esta familia ya está rota, siempre lo estuvo. ¡No te voy a permitir que digas eso; ni a vos ni a nadie!, ¡llamá a tu hermana, carajo! No va a funcionar, sabés que no le gusta que la invadan, por algo se fue a vivir tan lejos; yo también me iría, si mi ex me dejara llevar a las nenas. Eso no es problema, te lo dije una y mil veces, eso se consigue, hijo. No uso tus métodos ni tus contactos, papá. En alguna oportunidad los usaste. Y me arrepiento, no sabés cuánto me arrepiento. A veces sos muy débil, hijo, por eso tus nenas sufren en el colegio, no por lo que pueda haber pasado en este departamento. Papá, una mujer cae de tu ventana y vos decís que las nenas sufren porque yo soy débil; una piba desnuda, alcoholizada, drogada, que por ahora no murió, pero puede morir en cualquier momento, agravando tu situación; me das mucha vergüenza, papá. Basta, Lautaro, ¿a esto viniste?, yo no te llamé para que me hicieras reproches, te llamé para dejar en claro mi situación y que manejáramos una estrategia conjunta. Yo no tengo ninguna estrategia que manejar, papá. Sí que tenés, porque te puede interceptar la prensa, o hasta llamarte la policía o el fiscal, vaya a saber; mejor prevenir que curar, por eso, vamos a aclarar algo más, hijo, para que no te saquen a vos de mentira verdad: yo no proveí la droga, el alcohol sí, pero la droga no. Papá... ¡Dejame hablar, Lautaro! Okey, hablá. Nadie va a poder probar que yo le haya dado a esa chica lo que se metió adentro, y se metió mucho; a mí ya me hicieron los tests y van a dar bien. Tal vez tus contactos también acomoden eso, papá, pero a mí no hace falta que me la vendas cambiada. Alcohol sí, no lo niego; y algo de cocaína, a lo sumo, pero poca. ¡Papá!, ¿va a salir también en el diario que te habías dado un saque de cocaína antes de que esa mujer cayera por la ventana? ¿Y vos qué consumís, hijo?, ¿Alplax?, ¿Zoloft?, ¿esos porritos del orto que los hacen reírse como pelotudos a vos y tus amigos?, ¿me vas a decir que en esa financiera en la que trabajás no se dan con nada potente? Estamos hablando de vos, papá, no de mí, yo no voy a salir en la tapa de los diarios con el detalle de las drogas que consumo. Tuve mala suerte, Lautaro; si esa chica no se hubiera tirado, a nadie le habría importado que yo tomara un poco de cocaína como tanta gente en esta ciudad; de la blanca, porque a ella le van a encontrar de la rosa, y ahí está la clave de mi defensa: puedo demostrar que yo no consumo lo que consumió ella, ni lo compro, ni lo tuve en mi poder nunca. ¿Qué consumió ella? Lo que te dije, tusi, cocaína rosa. Papá, me asustás, ¿qué estaban haciendo en tu departamento?, ¿es cierto que había más gente, era una fiesta, una orgía? ¿De verdad querés saber qué hacíamos, hijo?, ¿te lo cuento con detalles? No, tenés razón, la verdad que ya no quiero saber nada más, papá. Pero ahora soy yo el que quiere que lo escuches, así que te lo voy a contar: todo terminó mal a pesar de que la intención era buena, estaban unos pocos compañeros del partido, habíamos dado por terminada una reunión importante, con muchas definiciones políticas, con muchas ideas para encauzar este país; y sobre el final, para distender, vinieron un par de chicas que trajo Juli, Juli es… Sí, papá, me imagino perfectamente quién es Juli. Nos conocíamos desde hacía algunos años… Años… Sí, y de tantos encuentros surgió algo, yo te diría que entre nosotros había una relación, ¿sabés?, me había acostumbrado a su estilo, a sus formas, y prefería que viniera ella y no otras; o en cualquier caso otras, pero con ella, siempre ella; me gustaba la chica, la verdad, era distinta, tenía cierta clase; si no fuera por esos pechos exagerados que se ponen y por los labios demasiado carnosos, podía ser una de nuestras mujeres. ¿A qué te referís, papá?, ¿quiénes son nuestras mujeres? Lautaro, vos sabés bien quiénes son, aunque quieras pasarte de progre: mujeres como la que fue tu madre, como la que es tu hermana, como las que serán tus hijas con los años. Dejemos a mis hijas afuera. No te creas que no me afecta su muerte. No se murió, papá. Pero se va a morir, nadie sobrevive a una caída de ese tipo; yo iría a visitarla, para despedirme, no tiene familia, no tiene a nadie;

apenas una madre en un geriátrico, pero que no entiende nada, ida, con la cabeza perdida. ¿Cómo lo sabés? Lo averiguaron los míos, y mis abogados entienden que eso es bueno, que me conviene que no tenga a nadie, porque van a preguntar menos, la causa se va a ir muriendo sola. Pobre mina. Sí, pobre Juli, la iría a visitar, te juro, pero insisten en que no es prudente. Por supuesto que no es prudente, papá. La voy a extrañar, hijo, te juro por tu madre que la voy a extrañar. No metas a mamá en esta mierda, permitile descansar en paz. Tu mamá habría comprendido, ella comprendía todo, era una gran mujer; qué pena lo de Juli. ¿Por qué saltó? Demasiada droga, la droga hace mal, se lleva puestos a muchos, incluso a ángeles como ella, te juro... Lo único que falta es que llores, papá. ¿Alguna vez me viste llorar? Nunca, ni cuando murió mamá. No será ésta la primera vez. Me voy, se me va a terminar haciendo tarde para buscar a las nenas a la salida del colegio. Hablá con tu hermana. Okey. Hacelo pronto. Más tarde la llamo. Y por tus hijas no te preocupes, en un par de semanas ya nadie hablará de su abuelo, de Juliana Gutiérrez, ni de este lastimoso asunto.

Capítulo 9

El día que regresaron a la redacción, después de recibir el premio Rey de España, Verónica Balda y Leticia Zambrano fueron recibidas con aplausos, abrazos afectuosos y un brindis inesperado, porque hasta el director del diario descorchó una botella de champán que hizo servir en vasos de plástico, de a un centímetro y medio de espumante por cabeza. Las dos estaban radiantes. En el caso de Verónica la alegría era plena, ingenua, nerviosa. Leticia Zambrano, en cambio, agradecía el recibimiento, pero con aplomo, porque a esa altura ya sabía que el brillo que otorga cualquier premio es efímero. De todos modos, las dos disfrutaron del agasajo de sus compañeros, como habían disfrutado en España del corto viaje de cinco días que les había pagado el diario. Habían conocido Madrid, Segovia y Toledo. Para Verónica, además, era su primer vuelo interoceánico; y, aunque habría deseado quedarse más tiempo, lo vivió como una avanzada a un lugar que, estaba segura, volvería.

En cuanto el director se retiró a una reunión ya pactada en la presidencia del diario, Zambrano se excusó y fue a su escritorio. Su gesto resultó algo rudo, provocó cuchicheo y desconcertó a Verónica, que se quedó respondiendo preguntas: acerca de la ceremonia de premiación, de los periodistas famosos que conocieron, de si Madrid era tan linda como decían, del jamón y el cava, como si ella tuviera que hacerse cargo de un desplante que no le pertenecía. Luego, poco a poco, cada cual volvió a su lugar, dejando en el ambiente restos de risas distendidas y champán, inusuales en la redacción en los últimos tiempos.

El día transcurrió con normalidad. Verónica se dedicó a buscar testimonios de funcionarios del gobierno y de políticos de la oposición sobre un escándalo con facturas «truchas», que acababa de surgir en una causa judicial que llevaba abierta varios años. La investigación, que en su momento había generado gran interés periodístico, estaba relacionada con una empresa danesa que había construido dos gasoductos, y el tema recuperaba notoriedad porque acababan de aparecer denuncias de coimas y evasión de impuestos que involucraban al Congreso y a parte del Poder Ejecutivo. Aunque la nota la llevaba adelante otro periodista, Zambrano le había pedido a Verónica que no empezara nada nuevo y que le hiciera de apoyo a su colega. Por un lado, porque no le tenía tanta confianza a ese colega —venía de otro diario, no lo había formado ella, a veces pecaba de falta de rigurosidad con el afán de adjudicarse una primicia—; por otro, porque sabía del cansancio de las dos en ese día de regreso al trabajo y no le parecía prudente pedirle a Verónica que se metiera de lleno en una nueva investigación. Ella se mostró muy dispuesta con el encargo, también le parecía una mejor opción dedicar esa jornada a asistir a un colega que arrancar una nota propia; pero, una vez abocada a la tarea, se dio cuenta de que le resultaba difícil concentrarse, se perdía en la lectura de un material que conocía de refilón, le costaba tomar testimonio a las pocas personas que le atendían el teléfono y aceptaban hablar con ella. Esperaba, al menos, no haber perdido ningún dato importante. Su experiencia profesional le tenía que servir holgadamente para resolver una nota que no le interesaba, más allá de su estado de desconexión, que no sólo se debía al jet lag, sino también al choque brutal que se le produjo entre la emoción por lo que había vivido y el agobio de entender que había vuelto a la realidad de siempre. Sobre todo, al país de siempre, donde no sólo los problemas económicos y políticos se repetían sin solución de continuidad con el gobierno que fuere, sino que lo cotidiano presentaba tantos obstáculos que cada día parecía durar mucho más que veinticuatro horas.

A cada rato, Verónica miraba su reloj y las agujas parecían detenidas. Deseaba profundamente que esa jornada terminara para poder dormir y recuperar fuerzas. No quería irse antes de hora después de haber faltado tantos días, y no lo habría hecho si no fuera por lo que sucedió hacia el final de la tarde: una avalancha de mensajes que entró en su celular, proveniente de un número desconocido. «Te metiste donde no te tenías que meter», «¿Te creés viva? Disfrutalo, pronto vas a estar muerta», «¿Tiro en la nuca, caída libre o corte en la yugular? Elegí, mismo precio, atención de la casa».

Verónica trató de ignorar los primeros mensajes; pero, cuando un rato después, la catarata seguía, con amenazas que entraban a su teléfono de a una por minuto, bajó las barreras que la mantenían entera y se dejó invadir por el pánico. Abrumada, salió corriendo a la oficina de Zambrano a contarle lo que estaba pasando. Frente a su jefa, hizo un relato desordenado. Y, a medida que avanzaba, se fue enredando cada vez más, mientras leía los mensajes, uno detrás de otro, sin terminar ninguno. Cada tanto, se interrumpía para hacer consideraciones con ribetes paranoicos, que la llevaban a concluir que estaba siendo amenazada por haberse metido en la causa de corrupción de la empresa danesa. Verónica hacía cargo a su jefa de la situación, porque pensaba que le tendría que haber avisado los peligros que corría al trabajar en una investigación controvertida, que tocaba demasiados intereses. Zambrano la dejó desahogarse. Recién cuando terminó de decir todo lo que quería, le pidió que se sentara. Luego le mostró su celular: «No es por la investigación del gasoducto, es por lo de Carla Muñoz». Su jefa también había recibido mensajes del mismo tenor y desde el mismo número de teléfono, pero en los que quedaba bien en claro el porqué de las amenazas: «Se metieron con ella, la mataron en vida, ahora les toca a ustedes», «El premio se lo van a tener que meter en el culo».

Verónica empezó a temblar. «Son los servicios de inteligencia, ¿no?», dijo. «No parecen sus métodos, no es que en nuestro país luzcan mucha más "inteligencia" que la que llevan en el nombre, no te creas que son como se ven en las películas yanquis o rusas o israelíes, pero esto es demasiado burdo, incluso para los nuestros. Vos estate tranquila». «No nos podemos quedar esperando que pase algo. ¿Qué pensás hacer?», preguntó Verónica, desencajada. Zambrano le respondió con calma, pero también con firmeza: «Por supuesto, haré la denuncia. Aunque no sirve de mucho, hay que hacerla. Son situaciones habituales a lo largo de la vida profesional de un periodista, tarde o temprano a alguien le cae mal lo que estás investigando y te quiere amedrentar. A mí no es la primera que me pasa. Vos acabás de perder la virginidad, te estrenaste hoy en el arte de la amenaza, pero ya está, ya te pasó, ya estás vacunada. La próxima vez te va a afectar menos». Mientras le servía un vaso de agua, Zambrano le aseguró que, en la mayoría de los casos, esos hostigamientos no solían traducirse en acciones concretas; y que, tanto por la redacción de los mensajes como por haber dejado huella del teléfono entrante, parecía ser la embestida aislada de un «loquito» que sólo quería meterles miedo. «Algún allegado de Carla Muñoz que quedó enojado por lo que pasó a partir de la investigación. O ella misma». Zambrano le rogó que le tuviera confianza, y que fuera a descansar; a esa altura del día, su jefa estaba convencida de que venir directo del aeropuerto a la redacción no había sido una buena idea, ella también se sentía exhausta y con las defensas bajas. Verónica aceptó el ofrecimiento, sabía que lo que hiciera el resto de la tarde no iba a cambiar ni una sola línea en el ejemplar del diario de la mañana siguiente. Y con lo que tenía hasta entonces, ya había material suficiente para cumplir su tarea de apoyo a una investigación que no llevaría su firma.

Juntó sus cosas y pasó a buscar el carry on, que cuando llegaron había dejado en la oficina de Zambrano, donde había más espacio y menos riesgo de que, en un confuso episodio, desapareciera. Unas semanas atrás, a una periodista de Espectáculos le había faltado la cartera que había dejado colgada de su asiento. Y, desde entonces, todos quedaron susceptibles y desconfiados, no sólo de cualquier persona extraña a la redacción que pasara por allí, sino de ellos mismos. Alguno de sus compañeros especuló que había sido una estrategia del director del diario, con el objetivo de quebrar un espíritu de cuerpo que se manifestaba en las asambleas. Incomprobable, pero posible. De todos modos, si así hubiera sido, alguien cercano habría ejecutado el plan, lo que generaba más inquietud. Cuando Verónica entró a la oficina de su jefa, Zambrano estaba hablando por teléfono, parecía envuelta en una charla personal y distendida, tal vez íntima, porque le brillaban los ojos y hasta lucía seductora. Se saludaron con la cabeza; Zambrano tapó la bocina del teléfono para confirmarle, entre susurros y con mímica exagerada, que un taxi ya la esperaba en la puerta para llevarla a casa. Verónica apenas asintió y se fue.

Subió al ascensor y apretó el botón de planta baja, se recostó contra el espejo y dio un largo suspiro como si, por fin, tomando el consejo de Leticia, empezara a relajarse. Pero entre el cuarto piso y el tercero, la cabina dio un fuerte sacudón, hubo chirrido de cadenas, se apagaron todas las luces, y el aparato se detuvo. Verónica sintió un golpe en el pecho; no era un golpe real, ella apenas se había desplazado unos centímetros por el cimbronazo. Lo que sentía era la opresión de su propia respiración ahogada, anudada sobre el esternón. Trató de recuperar el aire, pero no pudo. Con la espalda apoyada en la pared, se dejó deslizar hacia el piso hasta quedar sentada y rodeó las rodillas con sus brazos. Quería gritar y no podía; aunque abría la boca, no salía sonido, ni siquiera un quejido. Alguien desde afuera le preguntó si estaba bien, pero no consiguió responder. Pasaron unos minutos que para ella resultaron eternos, y se encendieron las luces de la cabina. Sin embargo, después de dos intentos fallidos, quedó claro que el ascensor no podía arrancar. Una de las lámparas del techo empezó a parpadear, ella la miró y eso la enceguió. Se tapó la cara con las manos. Sintió frío y empezó a temblar. Por fin le pareció escuchar una voz familiar: era Leticia Zambrano, pero el sonido sólo le llegaba como un murmullo lejano y ella no lograba entender qué decía. En el afán de hacerse oír mejor, su jefa se acostó en el suelo del cuarto piso y le habló en un tono más alto que lo habitual, para que le llegaran sus palabras por el hueco del ascensor. «Calmate, nena, todo va a estar bien, ya vienen a sacarte». No bien Verónica escuchó ese «nena», un apodo con el que la solía nombrar su madre, se puso a llorar. Intentaba contestarle, pero se ahogaba; la presión en el pecho aumentaba, bajaba por las costillas. Lo intentó una y otra vez, hasta que por fin sacó un hilo de voz y pudo decir: «Son ellos, ¿no?». «¿Qué?», preguntó Zambrano, que apenas la escuchaba. «Son ellos», repitió Verónica, «éstos sí que son sus métodos, ¿o no?». Zambrano supo a qué se refería y quiso cortar de cuajo su preocupación: «No, no es nadie, es un corte general de luz, ya encendieron el grupo electrógeno, pero no tiene tensión suficiente para hacer arrancar el ascensor». «Ellos cortaron la luz». «No, Vero». «¿Quién si no?». Alguien preguntó de qué hablaban; Zambrano respondió, en voz baja, que no hicieran caso a lo que decía Verónica y diagnosticó que se trataba de un ataque de pánico. «Son ellos», repetía Verónica con la voz cascada; cada intento por hablar era un esfuerzo que la agotaba. Leticia siguió dándole explicaciones, aunque no sabía si servían de algo. Luego las dos hicieron silencio, fue breve y casual; pero a Verónica le pareció una mala señal, y se aterró aún más. El temblor y el llanto se agudizaron y, en medio de la conmoción, se orinó encima. Una humedad tibia la invadió. Dejó que la mente fuera donde quisiera ir. De pronto estaba otra vez en aquella bañera, el día de su cumpleaños número quince, y sabía que, de un minuto a otro, su padre la abandonaría. «No te vayas. No me dejes, por favor», gritó. Zambrano creyó que se refería a ella y respondió a un pedido que no le correspondía: «No te dejo, estoy acá». Al oír esa voz de mujer, y en medio de su estado de percepción alterado, Verónica la confundió con Mabel. Entonces, cambiando radicalmente su actitud, la echó: «¡Andate, Mabel!». Zambrano no sabía de quién le hablaba —Verónica recién le contaría detalles de la infidelidad de su padre y de aquel episodio de su adolescencia después del evento del ascensor—, pero no tuvo duda de la gravedad de la situación y empezó a dar gritos a un lado y al otro, exigiendo que resolvieran el problema con urgencia.

A la gente de mantenimiento del diario se sumaron dos personas más de seguridad. Por medio de un sistema de cuerdas y con las instrucciones que les pasaba por teléfono el encargado de la empresa de los ascensores, lograron hacer bajar el aparato hasta planta baja. No bien lo hicieron mover, Verónica se desvaneció. Zambrano corrió por las escaleras y la esperó a la salida, frente al ascensor. Cuando se abrió la puerta, su periodista estrella era un bollo acurrucado y meado en el piso frío y sucio de la cabina. Leticia Zambrano se metió dentro, se agachó junto a ella y la abrazó. Frotó sus brazos para darle calor. La volvió a abrazar. «Ya está, Vero, ya está», dijo, «tranquila que todo va a salir bien», y le dio un beso en la frente. Verónica volvió en sí, abrió los ojos, y le respondió al oído: «Te odio, Mabel». Luego pasó los brazos alrededor de Zambrano, la abrazó fuerte y se desvaneció, otra vez, sobre su hombro.

Capítulo 10

GRAVES ACUSACIONES DE LA FISCALÍA CONTRA SÁNCHEZ PARDO
Buenos Aires, 19 de mayo de 2022
De la redacción de *El Progreso*

Federico Mac Person, a cargo de la fiscalía Nacional en lo Criminal y Correccional N° 5, y Susana Arrieta, la titular de la Unidad Fiscal Especializada de Violencia contra las Mujeres (UFEM), solicitaron la prisión preventiva de Santiago Sánchez Pardo, por las lesiones gravísimas sufridas por Juliana Gutiérrez, quien cayó de una ventana del domicilio del empresario, el día 13 de mayo.

La acusación es por «facilitación de estupefacientes a título gratuito, de un lugar para consumirlos, abandono de persona y lesiones producidas a consecuencia de lo mencionado anteriormente». Los representantes del Ministerio Público advirtieron también: «Ni la vida ni la salud de Juliana le importaron a Sánchez Pardo. Él convocó a la joven a una reunión en su domicilio. Fue un encuentro para consumo de estupefacientes llevado a límites extremos, que pusieron a Gutiérrez en situación de desamparo. Para Sánchez Pardo, Juliana y otras mujeres no eran personas, sino objetos de consumo descartables».

La representante de la UFEM señaló que, en la escena del crimen, se encontraron suficientes pruebas e indicios que apoyan la hipótesis de que la caída de la mujer, desnuda en ese momento, se trató de un intento de feminicidio. También consideró como agravante que el hecho fue en el domicilio del acusado, un hombre que triplica en edad a Gutiérrez, con un altísimo poder adquisitivo que le permite «este tipo de manipulaciones y cometer delitos». Por último, señaló que Sánchez Pardo podría haber estado en ropa interior al momento de la caída —apareció a medio vestir, en planta baja, luego de llamar a la policía—, que había preservativos en el lugar de los hechos y que la ropa de la joven se encontraba en el dormitorio principal.

Para la representante del Ministerio Fiscal la responsabilidad del empresario resulta evidente por haber llevado la situación del consumo de drogas a extremos inadmisibles, haciendo que Gutiérrez ya no pudiera valerse por sí misma, y sin asistirla adecuadamente cuando manifestó las alteraciones en su conducta, producto de ese consumo.

Capítulo 11

Cinco días después de que Carmen Mayol la esperara en el sillón desvencijado de la radio, de manera impensada, tal vez porque ese día en el noticiero dieron un parte médico de Juliana que no era nada esperanzador, Verónica toma un taxi para ir a la dirección que, aquella mañana, la mujer le había llevado anotada en un papel arrugado y que ella había metido en su mochila por compromiso. El mismo papel que ahora sostiene en la mano, mientras le dice al conductor a dónde quiere que la lleve. Al hacerlo, sabe que desoye el consejo que le había dado Pablo: «Ni se te ocurra ir a lo de esa mujer. Y menos, sola».

El taxista toma la misma avenida por donde suele ir Verónica de regreso a su casa, y ella, por un momento, se olvida a dónde va y asume que es un día más. Pero cuando el auto llega a la esquina por la que debería doblar para meterse en la zona de Palermo donde vive, el conductor sigue de largo hacia Recoleta. Entonces Verónica, que vuelve del ensueño, está a punto de decirle que regrese, que se arrepintió, que mejor no, pero de hacerlo confirmaría que es una cobarde, y como ella siempre se supuso cobarde, no lo hace. Hoy, cuando ya es tarde para cambiar nada, cree que fue justamente por cobardía, más que por enojo, que no quiso ver nunca más a su padre: verlo habría sido aceptar que, a partir de que él tenía otra hija, ella no era más el centro de su mundo. El taxi cruza avenida Callao y, unas cuadras más adelante, dobla en una calle que lleva directo al edificio de donde hace unos días cayó Juliana, esa mujer a la que no puede nombrar su hermana. No logra pensarla así, con ese vínculo o con ningún otro. Todavía hay vallas frente al edificio, y un agente de policía custodia el lugar con evidente desgano, mientras textea sobre su teléfono. El taxi bordea esa cuadra, da vuelta la esquina, vuelve a girar en la siguiente, recorre la manzana y se detiene frente a la dirección indicada. Verónica le paga y baja. Llama por el portero eléctrico. Cuando la atienden se presenta; apenas dice su nombre, ni siquiera un hola o un buen día, para así marcarle a la mujer todos los límites que no pudo poner cuando la conoció.

Verónica Balda.

¡Voy!, le gritan del otro lado.

Unos minutos después, Carmen Mayol abre la puerta. Mira su reloj y con los dedos hace cuentas en el aire.

Ciento veinte y monedas, dice.

Verónica no entiende.

Las horas que tardaste en venir. Si no cuento mal, claro, que en el aire no es tan fácil, dice y vuelve a mover los dedos como si fueran un ábaco. Te dije que era urgente, ¿o no te enteraste de que tu hermana está cada vez peor?

Verónica no contesta, pero sí, claro que se entera; no porque acepte ser la hermana de quien agoniza, sino porque es periodista. La mujer la hace pasar, antes mira a un lado y al otro, como si quisiera verificar que nadie la espía, y luego cierra la puerta. Suben al ascensor; no se hablan durante el trayecto. Para disfrazar esa incomodidad, Verónica mira hacia abajo y se acomoda un pliegue del saco; en cambio, Mayol la observa sin disimulo, la estudia de la cabeza a los pies y, a continuación, sin dejar de mirarla, se lleva la mano a la cara, se acaricia el mentón y emite un sonido, una especie de queja o de reproche que, aunque a Verónica le es indescifrable, la obliga a levantar la vista. Bajan en el piso en el que vive la mujer. El mismo en el que vivía su hermana. Al pasar frente al departamento de Juliana, Carmen señala la puerta, aunque no hace falta: hay una faja amarilla que la cruza de lado a lado, desde la cerradura al marco contrario, y que advierte «Prohibido pasar». Verónica se estremece y se detiene. La mujer le hace un gesto para que la siga, mete las llaves en su puerta, abre y le insiste que pase de una vez. Un gato se les acerca no bien entran, parece apurado y dispuesto a salir al pasillo; Carmen Mayol lo empuja con el pie para impedirle que se vaya; es firme pero cuidadosa. Cuando cierra la puerta, se agacha a acariciarle la cabeza.

Adentro, Minino, que mientras vivas acá las normas las pongo yo, le dice como le diría una madre a su hijo adolescente, y luego a Verónica: ¿Vas a querer un cafecito, té, mate? Tengo bombilla para cada una, así evitamos el bicherío. Después de la pandemia, aprendimos, ¿cierto? No lo que deberíamos, hay cosas que no vamos a aprender más, pero al menos lo de la bombilla compartida. Eso de meter la boca todos en el mismo sitio; o, mejor dicho, meternos todos la misma cosa adentro...

Café, dice Verónica más por cortar la locuacidad de Mayol que por ganas de tomar nada. Ella está ahí, cree, para terminar un trámite, para que esa mujer le dé lo que le tiene que dar y después irse.

Carmen Mayol va a la cocina. El gato la sigue, se le mete entre las piernas, se frota con ellas. La mujer pone dos cucharadas de café en un filtro de tela blanca manchado con aureolas marrones y luego coloca la pava sobre el fuego. Mientras espera que el agua se caliente, repone comida en el plato del gato y tararea una canción que Verónica conoce, pero de la que no puede acertar el nombre. Tal vez una canción de Creedence que solía cantar Tina Turner, especula. ¿«Proud Mary»? No está segura, le parece raro, apuesta a que ése no es el gusto musical de la mujer. «Rollin" on the river», entona Mayol en la cocina, y ella se sorprende, tanto como hace unos días la había sorprendido que fumara como un escuerzo. Prejuiciosa, Verónica. Recorre el departamento con la mirada: la representación del exceso. Exceso de adornos, de cuadros de distinto tamaño y estilo, de floreros vacíos, de revistas, de fotos, de papeles, de recuerdos de viajes, de chucherías varias. Lo que ve la apabulla. Se levanta y va hacia la ventana que da al pulmón de manzana: del otro lado, en oposición exacta a donde está ella, hay una ventana con fajas amarillas de clausura, como las que vio frente a la puerta de Juliana. La ventana por la que cayó, concluye. ¿Ella y ese hombre se miraban a través del pulmón de manzana? ¿Se saludaban? ¿Él la espiaba? ¿La controlaba? ¿Estaría dentro de la tarifa que se asomara desnuda a la ventana, para que él se excitara viéndola desde la suya? Corre la cortina, no quiere especular más.

¿Azúcar?, grita la mujer.

Poca, responde Verónica.

Mayol pone dos cucharadas en cada taza vacía. Cuando el agua hierve, la echa en el filtro, jugando con el chorro caliente hacia arriba y hacia abajo. Verónica se asoma por la puerta de la cocina. No recuerda cuándo fue la última vez que vio a alguien preparar el café de esa manera, pero seguro hace muchos años; se había olvidado de que existía ese filtro de tela. Quizás haya sido su madre, antes de que ella le regalara una cafetera eléctrica, cuando cobró su primer sueldo, trabajando como vendedora en una librería de barrio, donde le pagaban poco más de lo que gastaba en libros. Mayol vuelve con una bandeja y los dos cafés. Verónica le da paso y luego la sigue.

Entonces acá estamos..., dice la mujer mientras revuelve con una cucharita en su taza.

¿Usted es la vecina que llamó al 911?

No, yo dormía como un tronco. Tomo pastillas, porque si no me despierto una y otra vez. Me puedo despertar cuatro o cinco veces en una noche. Es una maldición. Así que no, y me lo reprocho. Quizás tu hermana salió a esa ventana pensando que yo estaba del otro lado. Y no estaba. Muy triste. Me da mucha culpa. No le quiero fallar en nada más.

Dijo que tenía algo para darme, se apresura a concretar Verónica.

La mujer asiente, está por chupar la cucharita con la que revolvió el café, pero se detiene y se la ofrece a Verónica para que también la use. Ella la agarra y espera. Sabe que la mujer la está midiendo, más aún, no tiene claro qué pretende, pero se da cuenta de que se toma tanto tiempo porque intenta manipularla, o al menos dejar en claro que las fichas las mueve ella. Por eso Verónica le mantiene la mirada sin decir ni hacer nada, con la cuchara en el aire, como para demostrarle que no se presta a su juego. Recuerda la advertencia de Pablo y espera no tener que darle la razón en breve; confía en que a lo sumo perderá su tiempo, no mucho más que el que lleva perdido. Y aunque empieza a fastidiarse, actúa tranquila, dispuesta a no dejarse manejar como un títere viejo, que bien podría ser parte de la decoración del lugar. La mujer sonríe, parece que hubiera captado sus intenciones, mete la mano en el corpiño y saca un pendrive. Verónica esta vez, más que sentir que el gesto parece extraño, acepta que es el lugar indicado donde ese friki personaje guardaría algo valioso.

Me dijo Juli que acá está todo.

¿Todo qué?

Todo lo que tenés que saber si a ella le pasaba algo. Y le pasó, así que acá estamos. Borró los archivos de su computadora, pero antes los copió acá. Estuvo bien, es muy inteligente esa chica, y precavida. La computadora se la llevaron los del juzgado, y el teléfono también, pero quién sabe si antes no entró alguien en ese departamento a eliminar huellas, dice y vuelve a meter el pendrive en su corpiño.

¿No me lo tiene que dar?, pregunta Verónica, a quien el cuento de Mayol le parece sacado de alguna serie policial, a la que supone que la mujer es adicta.

Sí, pero es sin beneficio de inventario. Como esas herencias en las que te llevás los bienes del difunto, pero también las deudas. Para llevarte el pendrive te tenés que hacer cargo de dos cosas más.

¿Hacerme cargo?

Bueno, hacer lo que puedas. Vos verás. Yo no sé si sos muy de hacerte cargo de nada, y mi función no es de auditoría de calidad, sino entregarte lo que me pidieron que te diera. Y para que eso se concrete, te tenés que llevar dos cosas más. Ésa fue su condición.

La mujer va hacia un mueble de madera labrada apoyado contra la pared, una especie de *dressoire*, con dos cajones. De uno de esos cajones saca una carpeta y la lleva con ella. Se sienta y la abre sobre su falda. Así abierta se la pasa a Verónica. Son recortes de diarios. A poco de revisarlos, tiene la sensación de que están todas las notas que ella escribió en *El Progreso*, desde las más importantes a columnas intrascendentes de cuando empezaba a intentar hacer periodismo. Pero también hay entrevistas que le hicieron a ella en otros medios, todas con anotaciones manuscritas al margen, hechas con una letra que Verónica conoce y aún recuerda: la letra de su padre. Algunas dicen «Gran arranque» o «Muy buen desarrollo», otras son aún más contundentes: «Excelente», «Imperdible», «Brillante», «Investigación de lujo», «Diez sobre diez». Verónica se estremece una vez más, pero éste resulta un estremecimiento muy distinto al que sintió cuando pasó frente a la puerta clausurada del departamento de Juliana: a la piel de gallina, la evocación de su padre le suma un nudo en la garganta y francas ganas de llorar.

Después de pasar muchas notas viejas, ordenadas cronológicamente, llega a la investigación sobre Carla Muñoz con la que ganó el Rey de España. Le llama la atención lo escrito al margen: «Mucho para aprender acá. ¡Tu hermana es una genia! ¡Imitala!». Se da cuenta, recién entonces, a quién iban dirigidas las anotaciones de su padre. Al costado de la nota, en el margen derecho, abajo, casi cayéndose del papel, hay un dibujo, el de la cara de una niña con trenzas sacando la lengua, hecha con tinta color verde. Se lo queda mirando. Mayol la observa, espera mientras ella acaricia el papel amarillento con la yema de los dedos, como si estuviera tratando de quitar una basura, o de alisar una arruga inexistente. Apenas Verónica levanta la vista, la mujer le dice:

Me contó que su papá la volvía loca con que tenía que seguir tus pasos, quería que fuera periodista como vos. Pero ella estaba convencida de que, aunque estudiara la carrera, nunca podría ser tan buena haciendo ese trabajo. Decía que las letras no eran su fuerte. Lo suyo era bailar, correr, hacer piruetas. ¿Sabías que fue una gran patinadora? Abandonó hace rato, pero sí, en la adolescencia lo fue. Las letras, no. Y tu papá insistía, parecía encaprichado, le ponía como ejemplo esa nota, la de la casa de citas. Juli se la sabía de memoria, cada detalle. Me dijo que un día se pelearon como perro y gato; o como padre e hija, que esas peleas suelen ser bien bravas. Ella quería ir de viaje de egresados, habían hecho rifas, kermeses, pero no alcanzaba, sus compañeros eran ayudados por sus familias. En cambio, su padre, tu padre, estaba pasando un mal momento económico, y no pudo. O no quiso. Porque parece que ese hombre se había puesto un poco estricto con las salidas de Juli, y hacía comentarios sobre lo preocupado que estaba con que convivieran chicos y chicas en un mismo hotel, el día entero de fiesta, bebiendo más de la cuenta. Incluso, en un principio, se había propuesto él mismo de adulto acompañante, y Juli lo sacó carpiendo. Después vino con eso de que no tenía plata para completar el importe del viaje, que en parte pudo haber sido cierto, no digo que no, pero Juli nunca le creyó. En fin. Parece que fue una pelea feroz, ella se arrepiente de haberlo tratado tan mal. Lo quería a tu viejo, mucho. Y tenía la peor competencia por su cariño: vos, un fantasma. Fuiste siempre un fantasma en la vida de Juli. Entonces, casi como revancha, por el enojo y el deseo fulminante de hacer ese viaje, dijo: si no puedo ser quien escribe esa nota, voy a ser la protagonista. Y así fue como empezó a trabajar en lo suyo. Por rebeldía, por bronca, para demostrar que ella también tenía con qué ganarse la vida. Y para pagar el viaje que su padre no quiso pagar. Él nunca se enteró de dónde había sacado la plata, le dijo que había conseguido un trabajito de intérprete para los médicos de un congreso, o algo así. Y, con el viaje saldado, no se atrevió a prohibirle que fuera. Después, la rebeldía le fue pagando otras cosas, cosas que nunca habría tenido si no fuera por ese dinero. Y una vez que te das cuenta de que tenés un recurso económico poderoso, que es todo tuyo, que podés manejar como quieras y que hará que no dependas de nadie, lo usás, ¿o no? Aunque más adelante sepas que esto último no es estrictamente cierto. Unos años después, tu viejo se murió; su madre, que ya había empezado con algunos olvidos, se agravó y terminó internada. Qué decirte. Lo único concreto que tenía Juli era su trabajo. Para mí, un trabajo como cualquier otro. ¿Para vos?

Verónica no le contesta, en realidad no sabe, nunca se puso a pensar en serio qué opinaba de la prostitución. Ni siquiera cuando hizo la investigación sobre

Carla Muñoz. Las discusiones entre abolicionistas y regulacionistas apenas la rozaron, siempre le pasaron por el costado. Cuando hace unos días discutió con Pablo al respecto, lo hizo más por intuición y por llevarle la contra que por sostener argumentos sólidos sobre la cuestión. Ahora se da cuenta de que tiene muchas dudas, y de que nunca se tomó el trabajo de resolverlas. De cualquier modo, así apurada por Mayol, concluye que quién es ella para juzgar lo que otra mujer haga para ganarse la vida. Lo que nadie haga para ganarse la vida. ¿Acaso no es prostitución también lo que hacen algunos de sus colegas, mujeres o varones, cuando le chupan las medias a Manrique, le festejan sus chistes de cuarta, aceptan sus invitaciones a comer en las que siempre termina borracho, o lo alaban exageradamente y sin motivo para que les aumente el sueldo o les dé un mejor horario en la radio?

¿Para vos?, repite Mayol.

Para mí está todo bien, dice ella, y, a continuación, con la intención de cortar la insistencia de la mujer y sus elucubraciones agrega: ¿Me llevo el pendrive y la carpeta, entonces?

Te dije que había dos ítems involucrados en eso de «sin beneficio de inventario», dos, repite, levanta el dedo índice y el mayor haciendo la ve y luego toma dedo por dedo con la otra mano, para enumerar. Uno era la carpeta, el otro...

La mujer deja la frase en suspenso, se levanta y va a la cocina. Verónica guarda los recortes y se acomoda como para largarse de allí en cuanto Mayol le traiga lo que falta y le dé, por fin, el pendrive. Está impaciente, quiere irse ya, salir de ese lugar que la agobia para volver a mirar todo ese material con tranquilidad, para poder enojarse, o llorar, o penar, o estremecerse, sin testigos. Lo quiere hacer a solas, ni siquiera delante de Pablo. Ya habrá tiempo para contarle.

Con el pendrive hacé lo que te parezca, grita la mujer desde donde está, me dijo Juli que es tuyo, que publiques lo que quieras. Pero tengo un pedido de mi parte: dentro de lo posible, tratá de hacer justicia.

Okey. Me tengo que ir, responde Verónica.

Mayol reaparece con una canasta de tela acolchada. La deja sobre el sillón que ocupaba, y se pone a buscar algo, revisa junto a Verónica, debajo del *dressoire*, detrás de las cortinas. Por fin se agacha al costado del televisor, en una esquina del ambiente.

Sos tremendo, Minino, ves la canastita y sabés que te voy a meter adentro, dice mientras levanta al gato y lo lleva con ella.

La mujer introduce el animal en la canasta transportadora, baja la tapa y luego desliza el cierre, para que no se escape.

Minino también está a tu cargo.

No, yo gatos no...

Sin gato, no hay recortes ni pendrive, dice la mujer.

Usted está..., se detiene sin completar la frase.

¿Loca? ¡Qué novedad! ¿Pensás que si lo decís me ofenderías? Pobre de vos. Mirá, chiquita, éstas no son mis reglas, son las de tu hermana. Que el gato, si fuera por mí, me lo quedo. Pero yo me debo a ella, hice y voy a seguir haciendo lo que me pidió. Es tu elección. Lo querés, tomás el paquete completo; no lo querés, ahí tenés la puerta.

Mayol manotea la carpeta con los recortes y se la saca de la mano. Verónica queda perpleja, quisiera gritarle que por fin la cansó, que se va, que no se lleva nada; sin embargo, se contiene porque sabe que al rato se habrá arrepentido. Y no porque le hayan surgido sentimientos hacia Juliana que aún no reconoce, sino porque, como buena periodista, ahora quiere saber qué hay en ese pendrive. Odia a los gatos. Odia a esa mujer que la manipula. Odia que Pablo tenga razón. Pero le cuesta, a pesar de todo, odiar a su padre. ¿Odia a su hermana? No termina de definir qué siente por ella, si es odio, desprecio, indiferencia.

Deme el pendrive, por favor. Y la carpeta.

La mujer le hace un gesto con la cabeza y revolea su dedo índice en el aire como para que siga enumerando.

El pendrive, la carpeta y...

Verónica es consciente de que aunque le importa mucho llevarse los archivos con la información que le dejó Juliana en el pendrive, más aún quiere tener la carpeta de recortes, para conservar por siempre la letra de su padre. Y aunque le cuesta resignarse a obedecer las reglas que esa mujer le impone, la batalla se encamina a una rendición.

El pendrive, la carpeta y...

Y lo que venga con ellos, completa Verónica.

Mayol sonríe victoriosa, saca otra vez el pendrive del corpiño, abre la canasta transportadora y lo agrega al collar del gato en la misma arandela de la que cuelga la chapa identificatoria con su nombre.

Ahí va seguro, con Minino, si te siguieron, te robarán la cartera, la carpeta, el teléfono, pero nadie se va a llevar un gato que no es suyo. Menos éste, que es cariñoso, pero a simple vista no tiene mayor gracia.

Verónica asiente, la mujer tiene razón, a ella el gato no le produce ninguna gracia, no concibe que alguien se lo quiera llevar si no fuera porque lo obligan. Como a ella. Toma la canasta y se la cuelga del antebrazo. El gato maúlla, seguramente es queja. Mayol se aparta unos pasos, abre el cajón del *dressoire*, toma una tarjeta y se la da.

Es la veterinaria que atiende a Minino, me dijo Juli que ante cualquier duda los llames. Tienen el carnet de vacunas, los antecedentes de enfermedades y el tipo de comida recomendado, le informa la mujer y le devuelve la carpeta.

Verónica lee la tarjeta y se la guarda con desgano en el bolsillo; nada le interesa excepto irse, por lo que no piensa cuestionar ninguna afirmación de la vecina que pueda alargar su estadía en esa casa.

Okey, responde Verónica y se prepara para salir.

Escuchame..., empieza otra vez Mayol y, por el tono y por cómo se desparrama en el sillón, parece dispuesta a seguir con su largo monólogo.

No, no la escucho más, la interrumpe Verónica. Para usted terminó el beneficio de inventario.

Y sin dejar lugar a ninguna otra queja, calza mejor la canasta que trasporta al gato en su antebrazo, pone la carpeta con los recortes debajo de la axila, abre la puerta y se va.

Capítulo 12

¿Cómo que fuiste?

Fui.

No lo puedo creer.

Verónica revuelve cajones, busca desesperadamente un adaptador para poder ver los documentos del pendrive en su notebook de última generación, que no tiene entrada de USB. Pablo la observa, mientras come de parado el sándwich de jamón crudo y pepinos que se preparó como almuerzo tardío.

¿Será posible? ¿Quién usa estos cositos de mierda hoy en día?

Yo, responde él y le alcanza un adaptador. Algunas veces, mis alumnos, ilusionados, me traen sus novelas en esos «cositos».

Pero esa gente no entró al siglo XXI...

Por suerte no, así vos podés ver eso que querés ver. ¿Qué es?

Intento saber qué es. Se supone que acá Juliana juntó material que estaría relacionado con su «caída» por esa ventana.

Suena interesante.

Pablo se sienta en el sillón, mastica y la observa mientras Verónica manipula el adaptador y el pendrive hasta que logra conectarlos. Luego, intenta abrir la carpeta que contiene los archivos.

¡Mierda!, se queja ella.

¿Y ahora qué?

Tiene contraseña.

Él se acerca y mira la pantalla por encima de su hombro. Termina de tragar el trozo de sándwich que tiene en la boca, ataja una rodaja de pepino en el aire, y luego dice:

Se supone que te los dejó a vos. Si es inteligente, o al menos astuta, la clave tiene que ser algo que puedas adivinar, algo a lo que llegues con cierta facilidad. Probá con una fecha en común.

No tenemos fechas en común.

El cumpleaños de tu padre, o el día de su muerte.

El día exacto de su muerte no lo sé, puedo averiguarlo. El de su cumpleaños me lo acuerdo.

Verónica no está muy convencida, pero prueba. Incorrecta. Luego busca en la casilla de mails aquel que le mandara su hermana hace años para avisar que su padre había fallecido, bajo el asunto: «Esta semana murió papá». Por suerte, no lo había borrado. Lee. Se fija día, mes, año del fallecimiento. Prueba. Incorrecta. Pone los números en distinto orden. Incorrecta. Pone sólo los últimos dos dígitos del año de esa muerte. Incorrecta. Prueba las mismas opciones con la fecha del nacimiento de su padre. Incorrecta.

Se terminaron las fechas comunes, dice.

¿Sabés qué día nació ella?

No, si hubiera chance de que ésa fuera la clave la puedo rastrear. ¿Pero quién pone su fecha de nacimiento en una contraseña? Es muy fácil de descifrar.

Yo, confiesa Pablo y se ríe. Aunque en sitios que no me importan demasiado, claro.

¿Y en los que te importan qué ponés?

¿Vamos a compartir las claves de nuestros secretos? ¿Quién empieza?

No, tenés razón.

Verónica googlea «contraseñas más usadas». Prueba las primeras cinco: password, también en su versión en castellano —contraseña— y sus derivadas por la poca recepción internacional de la letra eñe: contrasena, contrasenia; 123456; 123456789; guest, invitado; qwerty.

¿Qué mierda es qwerty?, pregunta.

Una forma de disposición del teclado. Y las seis primeras letras del que usamos por estos pagos.

Verónica las tipea y maldice otra vez:

Madre mía, esto es imposible. Tendría que conseguir un hacker de ultraconfianza, no quiero que nadie sepa lo que hay en estos archivos hasta que yo lo decida.

Tengo un alumno muy nerd, que es medio hacker. Está escribiendo una novela romántica, ¿podés creer? Le puedo hacer alguna pregunta en general, sin mencionar el pendrive ni decir para qué es. Puedo fingir que es una situación que quiero usar en un texto que escribo, y que necesito verosimilitud.

Okey, pero sin darle datos.

Sí, sí, en abstracto.

Verónica busca en Google la fecha de nacimiento de su hermana, la encuentra, la tipea, incorrecta. Por si acaso, sin mucha fe, pone la suya también. Incorrecta. Maldice una vez más. Necesita un descanso. Se levanta y busca la carpeta con los recortes de notas que dejó sobre la mesa. Se la entrega a Pablo sin decir nada y se va a preparar café para los dos. Él se sienta y empieza a mirar una por una.

¿Y esto de dónde salió?

Se la había dejado también a la vecina para que me la entregara junto con el pendrive, le dice desde la cocina.

Está llena de anotaciones. ¿No habrá anotado acá la clave?, pregunta Pablo y de inmediato empieza a buscar números o palabras que pudieran ser la contraseña buscada, dejando de prestar atención a los artículos, sin darse cuenta del impacto emocional que tienen para Verónica las anotaciones al margen. Pablo no sólo sugiere algunas contraseñas, sino que va a la notebook a hacer la prueba. Verónica llega con los cafés y, aunque la decepciona su falta de registro, no le sorprende. Él tipea opciones, una tras otra, sin advertir el malestar. Todas incorrectas. Revisa los recortes otra vez buscando más alternativas.

Hay mucho anotado, algo de todo eso puede ser la contraseña, dice él, entusiasmado.

No creo, pero bueno, con probar..., responde ella.

Puede ser que la chica...

No son anotaciones de la chica, Pablo. Son anotaciones de mi padre, dice Verónica y se le quiebra la voz.

Pablo se toma unos segundos para revisar los recortes, luego cierra los ojos, frunce la cara y se masajea fuertemente el cuero cabelludo con los dedos. Aún no gira hacia ella, no se atreve a mirarla, se siente una bestia. Tal vez lo sea, no una bestia en la acepción de animal cuadrúpedo de carga, sino por bruto. Pero a fuerza de meter la pata, aprende, al menos intenta reparar. Deja la carpeta y abraza a Verónica. Le acaricia el pelo. La besa en la frente. Ella llora, primero suave, luego desconsoladamente. El último terremoto está haciendo estragos en su armadura, esa que se puso hace tantos años, cuando su padre dejó la casa familiar para construir una nueva familia con Mabel y su otra hija, esa chica que ahora agoniza en un hospital, luego de caer por la ventana del departamento donde, seguramente, fue a brindar sus servicios como escort vip. Trata de contener los mocos con el dorso de la mano. Pablo se desprende de ella y va a buscar papel higiénico al baño para que se limpie la nariz y esté más cómoda. Al abrir la puerta Minino sale corriendo entre sus piernas. Lo inesperado de la situación asusta a Pablo, que pega un salto y le pisa la cola. El gato da un maullido de dolor, corre y se mete en la cocina.

¿Viste lo que salió de adentro del baño?, pregunta asombrado y sin atreverse a pronunciar la palabra «gato», porque sabe que Verónica les tiene aprensión.

Sí, vi, dice ella con fastidio.

Pablo le alcanza el papel higiénico y luego dice:

¿No era que no te gustan los gatos?

No me gustan. Es de Juliana. Si no me lo traía, la vecina no me daba el pendrive. Dice que ésas fueron sus instrucciones. ¿Te podrás ocupar de él? Darle comida, esas cosas, lo que haya que hacer para que un gato sobreviva, para que no se nos muera acá. Cuando este lío se encamine y me pueda dedicar a buscar una solución definitiva, veo qué hago con él. Pero por ahora no me queda más remedio que tenerlo en casa. ¿Me podrás ayudar? A vos no te dan alergia como a mí.

Claro, lo hago sin problema, pero tal vez, si lo intentás, termina siendo una inesperada manera de sacarte de encima la ailurofobia.

¿Y eso qué es?

Fobia a los gatos. Lo estudié porque me pareció una característica interesante para un personaje que quería introducir en mi novela, pero lo descarté por temor a que produjera un rechazo en el lector.

Ah, mirá..., rechazo al que rechaza a los gatos.

Algo así.

¿Y quién dijo que yo tengo esa fobia? Lo que tengo es memoria corporal por malas experiencias. Mis abuelos tuvieron un gato que rescataron de la calle, a mi abuela le gustaban mucho los animales domésticos. Yo lo alzaba cuando iba a visitarlos. Al poco tiempo me llené de manchas, me picaba todo el cuerpo. La famosa tiña.

¿Por qué famosa?

Por el dicho: «Si la envidia fuera tiña, cuántos tiñosos habría».

Cierto.

Costó un montón curarlo, a él y a mí. Mamá me llenaba de crema en ese sarpullido horrendo. El gato se lo terminó llevando mi tío; porque si no, yo no podía ir más a visitar a mis abuelos.

Igual, relajá. Hoy en día es raro que un gato más o menos cuidado tenga esas enfermedades. ¿Le diste agua siquiera?

Verónica niega con la cabeza. Pablo levanta las cejas y suspira. Va a la cocina, busca un cuenco, abre la canilla y lo llena; busca al gato pero no lo encuentra, por fin, le deja el agua cerca de donde supone que está escondido.

Se llama Minino, dice Verónica, y apenas lo dice va otra vez a la notebook y prueba esa contraseña: Minino. Incorrecta.

Luego busca en su cartera la tarjeta que le dio Carmen Mayol con los datos de la veterinaria y la indicación de que los llamara «ante cualquier duda». Prueba el nombre, la dirección y el teléfono en distintas combinaciones. Error, error, error. Llama a la veterinaria y mantiene una conversación extraña, presentándose como la persona a cargo de su cliente felino, pero de esa charla no saca nada que pueda servirle. Mientras tanto, Pablo busca en la heladera algo para darle de comer al gato. Encuentra un pote de queso crema abierto, lo huele. Aunque la fecha de vencimiento es de hace dos días, por el olor considera que aún está en condiciones de alimentar a un animal hambriento. Pone parte del contenido en un plato pequeño y aguarda apoyado en el marco de la puerta. Minino, a pesar del miedo que tiene, sale y prueba lo que le ofrece: primero el agua, después el queso. Cuando termina, otra vez busca dónde esconderse. Pablo da unos pasos hacia él y trata de acariciarlo. El gato se detiene y arquea el cuerpo, está tan necesitado de cariño que esa necesidad vence cualquier miedo; poco a poco se acerca, deja que Pablo lo toque, en el lomo, en el cuello, allí donde está el motor que enciende el ronroneo.

Verónica los observa, pero no se puede unir a ellos. Va a la ventana. La ciudad le parece inmensa. Y ella un punto minúsculo, imperceptible. No sabe qué hacer, ni cómo seguir. Por primera vez, siente que quiere que esa chica, la otra hija de su padre, se salve. Y teme que ese deseo no lo mueva un cariño que nunca sintió, sino la necesidad de hacer las preguntas que no formuló en su momento y que ahora la llenan de inquietud. Preguntas que la ayuden a confirmar la admiración que, hoy sabe, tenía su padre por ella, esa que Pablo no pudo detectar cuando miró los recortes. Le parece fuera de tiempo y de lugar que le surjan ganas de saber cómo vivió aquel hombre después de que las abandonó, cómo fueron sus años de ausencia. No reprime el sentimiento, pero se pregunta por qué aparece ahora, cuando pasó tanto tiempo en el que mantuvo un higiénico equilibrio. ¿Habrían aparecido esas ganas si la mujer a la que le cuesta llamar hermana no hubiera caído de una ventana? Es que fueron esos recortes los que le permitieron saber que ella seguía siendo importante para su padre, aun en ausencia y a pesar de su nueva vida. Todos estos años se había protegido de cualquier desilusión que le llegara de su mano; y, por fin, tanto tiempo después, cuando él ya no está, esa chica que agoniza le hace saber que, tal vez, estaba equivocada, que a lo mejor habría recibido de su padre lo que necesitaba recibir. Si lo hubiera dejado. Pablo viene por detrás, la rodea con los brazos por la cintura y la besa en el cuello. A ella le molesta que interrumpa sus pensamientos; aunque no lo rechaza, se contorsiona incómoda.

Tranquila, dice él. Va a salir bien. Yo te voy a ayudar. Vamos a encontrar esa contraseña, vas a poder abrir esos archivos, vas a saber qué es eso que te dejó tu hermana. Y si tiene valor o no.

A Verónica le molesta que él la llame «tu hermana», que se arrogue el derecho de nombrarla así cuando ella todavía no se atreve a darle ese título. Se da vuelta para decírselo, para pedirle que no la trate como a una nena a la que hay que darle falso consuelo. Él está demasiado cerca. Pablo le acaricia la mejilla con el dorso de la mano, más cariñoso de lo que suele ser; ella lo mira a los ojos, siente culpa y lo besa. Un beso que al menos logra el objetivo: que Pablo se calle, que no vuelva a llamar «hermana» a esa chica. Pero no, Verónica no se queda tranquila, por más que él se lo haya pedido. Ni tampoco cree que Pablo pueda ayudarla, por mucho que se rasque la cabeza.

Capítulo 13

Buenos Aires, 23 de mayo de 2022
De la redacción de *El Progreso*

Estado de la causa de la joven escort que cayó al vacío en Recoleta

Juliana Gutiérrez, la mujer de veintitrés años que hace diez días cayó desde una ventana en el barrio porteño de Recoleta, sigue peleando por su vida en el Hospital Fernández, con pronóstico reservado. Mientras tanto, el empresario Santiago Sánchez Pardo, único imputado en la causa, fue llamado a prestar una nueva declaración en el día de ayer. El fiscal, por su parte, hizo un pedido público para alentar a cualquier allegado a Gutiérrez a que se presente como querellante en la causa.

Cuatro claves del caso

1. La declaración del imputado:
   En sede judicial, Santiago Sánchez Pardo, reite-

ró sus dichos anteriores. Según el empresario la joven tuvo «una especie de brote psicótico» luego de ingerir «algo» que sacó de su propia cartera. Reconoció que los dos habían consumido alcohol en su departamento, pero negó, una vez más, haberle suministrado estupefacientes. También argumentó que intentó detener a la joven cuando, descontrolada, iba hacia la ventana, que la sostuvo de un brazo y que, no obstante, la mujer logró soltarse y saltar al vacío. El empresario llamó a emergencias (SAME) para pedir ayuda. La transcripción de la grabación —que consta en el expediente— determina que ese llamado se realizó a los seis minutos de ocurrido el hecho. Para ese entonces ya se habían recibido otras dos alertas. La Justicia deberá determinar qué hizo el empresario entretanto. Sánchez Pardo había dicho en su primera declaración que llamó «de inmediato». Por otra parte, y según consta en la causa, recién bajó a planta baja, a verificar el estado de la mujer y esperar la ambulancia, nueve minutos después. De acuerdo con sus dichos, esta última demora se debió a que estaba desnudo y alcoholizado, por lo que le llevó más tiempo de lo habitual ponerse «en condiciones». Con respecto a la requisitoria de si había más personas en el departamento, Sánchez Pardo se negó a responder aduciendo que, si hubiera habido, se habían retirado antes; y no le parecía de «hombre de bien» involucrar a terceros en un hecho en el que no participaron. El juez le recordó que existen imágenes de cámaras de seguridad donde se ve a dos hombres salir del edificio minutos después de la caída, y que se está trabajando en identificarlos. Sánchez Pardo argumentó que habría algún pequeño desajuste en el reloj de la cámara e, irónico, agregó: «Les deseo suerte con eso; es su tarea, no la mía». Fuentes no oficiales aseguran que, si bien existen las mencionadas grabaciones hechas con la cámara de seguridad, las mismas fueron alteradas antes de ser entregadas a la Justicia, de modo que la imagen en la que podrían verse los rostros de esos hombres se encuentra dañada.

2. Los testigos:
En la causa relacionada con los hechos del pasado 13 de mayo, ya declararon cuatro personas en calidad de testigos. El primero en dar testimonio fue Rodolfo Quintas, el encargado del edificio, que se encontraba baldeando el patio común y regando plantas al momento de caer la joven, ya que, como el hombre sufre de insomnio, suele iniciar sus tareas antes del horario reglamentario. Quintas aseguró que no vio si salieron personas del departamento porque, no bien pidió asistencia a Emergencias y hasta que

llegó la ambulancia, permaneció junto a la joven dado que se dio cuenta de que presentaba signos de vida. Ante la pregunta de si resultaba habitual ver a Gutiérrez en el departamento del acusado, el testigo aseguró que eran frecuentes las visitas de la joven desde un tiempo después de que Sánchez Pardo quedara viudo.

Por su parte, Lucrecia Piamonte, la primera persona que llamó al 911 cuando sintió gritos en la madrugada del 13 de mayo, también prestó declaración el día de ayer. La mujer, que vive en un edificio que comparte pulmón de manzana con el de Sánchez Pardo, dijo que salió al balcón interno de su domicilio alertada por gritos femeninos y que vio a una joven asomarse a la ventana por la que luego caería. Según la testigo, la víctima claramente pedía ayuda y se la veía muy alterada. Dada la poca luz a esa hora de la madrugada, Piamonte no pudo advertir si estaba sola o acompañada. Entró a buscar su teléfono para pedir auxilio y regresó al balcón en el momento en que Gutiérrez caía al vacío.

Finalmente, con identidad reservada, declaró también la joven que aportó datos en el programa de televisión *Vibrato*, del periodista Jorge Bayona. Según fuentes oficiales, la declarante, que trabajó en un grupo de acompañantes al que había pertenecido Gutiérrez, aportó nombres de otras mujeres que podrían conocer circunstancias relacionadas con los hechos, ya que solían ir a los mismos eventos de los que participaba la víctima. Entre esos nombres estaría el de la mujer encargada de reclutar a las jóvenes, entrenarlas e indicarles las tareas a realizar o compromisos a los que tenían que asistir. Todas las personas mencionadas en el testimonio dado por la testigo de identidad reservada serán llamadas a declarar en los próximos días.

3. Los estudios toxicológicos:
Se aguarda para la semana próxima el resultado de los estudios de laboratorio de Juliana Gutiérrez. Con esos resultados se podrán confirmar o no los dichos de Sánchez Pardo. A pesar de que el imputado declaró que hubo consumo de drogas, la policía no encontró estupefacientes en el departamento, ni en el bolso de la mujer que fue secuestrado de la escena del hecho, junto con prendas de lencería fina y preservativos. Se investiga si es fidedigna la versión de Sánchez Pardo que indica que fue tusi lo que Gutiérrez consumió antes de caer, un estupefaciente que él dijo no tener ni consumir, y que ella habría llevado en su bolso. La droga, también llamada «cocaína rosa», está de moda entre jóvenes de alto poder adquisitivo, es elaborada a partir del 2C-B, de ahí su nombre (en inglés

«Two Ce»). Se trata de una feniletilamina de efectos psicodélicos.

4. El estado de salud de Juliana Gutiérrez:
La joven que cayó al vacío sigue luchando por su vida, con estado reservado, en la terapia intensiva del Hospital Fernández. El informe aportado en la causa señala que presenta gran cantidad de hematomas y equimosis, algunas de gran tamaño, así como escoriaciones en el tórax, abdomen, y en sus miembros inferiores y superiores. Los golpes fueron atenuados por el toldo de un balcón del primer piso. Sin embargo, un borde de hierro de ese toldo es lo que parece haber producido el fuerte traumatismo y la consecuente fisura que se detectó en la parte inferior del cráneo de Gutiérrez. La joven también presenta una triple fractura de pelvis. Por su parte, el fiscal Federico Mac Person pidió un nuevo informe del médico forense oficial, para determinar si la escoriación apergaminada de 14 por 10 centímetros que presenta la mujer en tórax y abdomen puede ser compatible con la denominada «lesión 18». Dicha lesión sería un patrón de arrastre indicativo de que Gutiérrez podría haber presentado resistencia, apoyándose contra la ventana de la que finalmente cayó o fue empujada.

Capítulo 14

Verónica, por fin, irá a verla. Esa misma mañana, al llegar a la radio, como hizo cada día, revisa las novedades del caso. Confirma que el estado de Juliana continúa siendo crítico, que Sánchez Pardo sigue como único imputado y permanece en libertad, que además de alcohol encontraron tusi en la sangre de Juliana, y que el fiscal llamó a que concurran parientes o allegados, pero aún nadie se presentó. Se convence de que su visita al hospital no significa una respuesta a ese pedido, sino a inquietudes propias que prefiere mantener en secreto; incluso, que prefiere mantener inconscientes. Va, porque va. Pablo, días atrás e intuyendo que ella planeaba hacerlo, se ofreció a acompañarla. Verónica respondió que no hacía falta, pero él fue tan insistente, algo inhabitual en ese hombre con quien comparte la vida desde hace tantos años, que ella decidió hacer la visita un día en el que Pablo estaría fuera de la ciudad, en un festival de literatura en Córdoba —donde no le pagarían su participación, pero le harían creer que vendería algunos cuantos libros, que haría reportajes en diarios importantes y que su destino de escritor daría un paso más hacia la demorada consagración—. Verónica, ahora, se arrepiente de haber rechazado su ofrecimiento, no habría sido tan grave que la acompañara. Pero ahí está ella, sola, rumbo al encuentro de la otra hija de su padre, dudando de si está preparada para ese acontecimiento.

¿Cuál de las dos es «la otra hija»?, se pregunta. ¿Ella o Juliana? Sólo podría responderlo su padre. La duda la atormenta. No, no está preparada, para qué mentirse. ¿Por qué va? ¿Qué espera encontrar? ¿Qué quiere que suceda? Si ella no cree en milagros. Y en todo caso, ¿cuál sería el milagro posible? ¿Que Juliana despierte o que puedan iniciar, aun al borde de la muerte, una relación con el nombre que sea? ¿Incluso hermanas?

Para no arrepentirse y pegar la media vuelta, se tranquiliza convenciéndose de que su presencia allí obedece a una cuestión de orden práctico, a la búsqueda de una revelación, un dato aleatorio que aparezca en ese encuentro y la lleve a la contraseña de los archivos que no puede abrir. La desazón la invadió hace un par de días cuando supo que el hacker alumno de Pablo resultó estar de viaje hasta fines de julio. Ella intentó encontrar algún otro pirata informático, pero los pocos que entrevistó, por contacto de la productora de la radio o de amigas periodistas, le parecieron poco confiables. Fingió que quería hacerles una nota en el programa, y varios de ellos, con tal de que la hiciera, le contaron demasiados detalles de los casos que resolvieron, manejándose en el límite de la confidencialidad y de la ética, o incluso fuera. Eso la espantó. Ilusa o no, Verónica sigue apostando a que, a pesar de estar cada vez más cerca de esa mujer que agoniza, nadie se entere del lazo que las une.

Aunque días atrás tuvo una discreta charla con el director de Relaciones Institucionales del hospital, a quien durante la pandemia había sacado al aire en varias oportunidades y con quien desde entonces mantiene una relación afable, teme que, a último momento, algún médico se interponga en el camino entre ella y Juliana. En aquella charla, argumentó que son parientes lejanas de parte de padre, «bastante lejanas» dijo, lo que no es estrictamente falso. Y luego le envió copia del documento de identidad, donde aparece su apellido completo, ese que nadie, o muy pocos, tal vez sólo Pablo o Leticia Zambrano, conocen: Verónica Gutiérrez Balda. «Por favor, no hace falta que me mandes ninguna foto de ningún documento, nos conocemos, no vas a mentir justo vos, una periodista de tu prestigio, y menos para robar una nota amarillista». Ella contestó con falsa modestia, agradeció y pidió confidencialidad. Su entrada a terapia, en el horario preciso que marca el hospital, quedó acordada después de ese llamado y sin más requisitos, a la espera de que Verónica tomara coraje y se decidiera a ir algún día.

De todos modos, cierta preocupación persiste cuando esa mañana se dispone a ir a ver a Juliana al terminar el programa de radio; sabe que su profesión y el éxito de *Apenas sale el sol* le abren muchas puertas, pero también que el protocolo para entrar a la terapia intensiva de un hospital es muy estricto. Lo vivió con su madre, los meses en los que entraba y salía de la internación, agonizando por el cáncer que la consumía. Desde entonces, ese lugar, higiénico y hostil, le quedó marcado a fuego por cada mínimo detalle: el olor a limpieza extrema, la luz más fría que haya conocido en su vida, la temperatura que presagia la muerte que acecha, los sonidos de las máquinas y los respiradores recordándole al visitante que él o ella sí están vivos. Y el aire más pesado que nunca haya respirado, un aire que a Verónica le costaba hacer entrar en sus pulmones, porque sentía que se lo quitaba a su madre. Detalles, experta en detalles.

Una vez en la puerta del hospital, con la suerte ya echada, sus dudas se disipan. Tal como le indicó el director de Relaciones Institucionales, se anuncia en la recepción agregando que viene de parte de él, e inmediatamente le señalan el camino. Golpea en la puerta de terapia intensiva; nadie atiende, pero no vuelve a hacerlo porque hay un cartel que dice «Llame sólo una vez y espere». Aprovecha la salida de un médico para pedir por la enfermera a cargo. La mujer se presenta, está al tanto y le recita cuestiones de protocolo a las que ella asiente sin prestar demasiada atención, no por desaprensión, sino porque las conoce de memoria: camisolín, protectores de zapatos, barbijo, lavado de manos con alcohol en gel. Una vez lista, la enfermera la guía hasta el cubículo donde está su hermana. La primera impresión la estremece: esa chica, tendida en la cama, inmóvil, llena de cables y sondas, manchada de moretones, que respira gracias a la máquina a la que está enchufada, es idéntica a Mabel. Hermosa como Mabel. Ella ya se había dado cuenta del parecido por las fotos que salieron en la prensa y las de su Instagram, pero así, en persona, es la viva imagen de aquella profesora que vio por última vez embarazada. La misma belleza, aunque agonice. La enfermera se retira, Verónica permanece quieta en el vano de la puerta, casi paralizada, no sabe qué tiene que hacer. Trata de reconocer el sentimiento que la invade. Para su sorpresa no es rechazo, sí una pena infinita, sí dolor, una versión atenuada de un dolor que ya conoce. Rechazo, no, y eso la asusta.

Se acerca a la camilla, sólo un poco, no se atreve a avanzar más. A un pitido fuerte y sostenido en algún cubículo cercano lo siguen pasos apurados de enfermeros o médicos, una conversación indefinida, el sonido de la máquina que por fin cesa, y otra vez la calma. Esa irrupción, la de la muerte agazapada esperando su turno para entrar en escena, la hace acercarse unos centímetros más. Mira a Juliana con minuciosidad, se detiene en un lunar en la frente, en los labios resecos, en los ojos abiertos pero vacíos, en el cuerpo inerte. Así de cerca, y más allá del parecido con Mabel, reconoce también algunos rasgos de su padre: el color de la piel, las orejas más pequeñas de lo normal, las cejas tupidas. Verónica no vio nunca en ella misma algún rasgo de él, siempre le dijeron que era igual a su abuela materna. Y la falta de parecido con su padre, que después del abandono le resultó tranquilizadora, hoy, en esa habitación, le molesta. La enoja no haberse quedado con nada de él. Que su hermana tenga algunas huellas suyas en el cuerpo le produce una extraña, inexplicable y reprobable envidia. Intenta sacarse ese sentimiento de la cabeza. Rodea la cama y la mira desde otro ángulo. Entre ella, Verónica Balda, Verónica Gutiérrez Balda, y esa chica, que lucha inmóvil frente a una muerte agazapada, ¿habrá algún rasgo común? No lo encuentra. Y mientras la observa así, fijo, buscando respuestas, le parece percibir un leve movimiento en los ojos, un movimiento vertical, apenas perceptible. ¿Será? No, quizás sólo le pareció, quizás es ella la que se mueve, quizás su propio pestañeo la haya confundido. O tal vez fue la luz fría de los tubos fluorescentes, que cada tanto titilan por problemas de tensión y le recuerdan aquella luz del ascensor donde quedó atrapada, angustiada, hasta mearse encima.

Verónica cree que ya está, que es momento de irse. Pero en el instante en que se dispone a hacerlo, entra un médico joven, probablemente un residente, alguien recién recibido que está haciendo prácticas, supone. Entonces, aunque esa llegada le confirma la percepción de que debe irse, apenas se corre a un costado y le da paso al hombre que la saluda con una sonrisa franca y voz grave, tan grave como esas que a

Verónica la conmueven. Una voz muy distinta a la de Pablo. Y ella, de momento, no logra más que pensar en esa gravedad. Por eso, a pesar de que escucha su voz, no termina de entender la pregunta que le hace; si lo entendiera, se abrumaría.

¿Sos la hermana?

¿Cómo?

Si son hermanas.

Ah, no. Parientes lejanas, por parte de padre.

Bueno, habrá algo fuerte en esos genes porque son re parecidas.

¿En serio?

En serio.

Mientras ella se queda pensando qué semejanza habrá encontrado ese médico en donde ella no veía coincidencia alguna, él se acerca a la cama y revisa a Juliana. Le toma el pulso, la ausculta, controla su ritmo cardíaco. Anota valores en una planilla que lleva consigo. Y luego se detiene en los ojos, le abre los párpados ahora cerrados, los mira con la luz de una linterna pequeña, primero uno, después el otro. Por fin, mira a Verónica y le pide que se acerque.

¿Ves? ¿Lo llegás a percibir?, señala los ojos con la luz. Esa oscilación vertical del glóbulo ocular indica que puede tener cierto grado de conciencia.

¿Y eso qué significa?

Que probablemente nos oye y nos ve, pero no puede mover más que sus ojos. Se llama *locked in* o síndrome de enclaustramiento.

¿Entonces sabe que estoy acá?

Probablemente, no puedo asegurarlo, pero apuesto que sí.

Eso es un horror.

¿Por qué? Peor sería que estuviera en coma. O con muerte cerebral.

Verónica duda, sabe que no están hablando del mismo horror, se acerca, mira adentro de esos ojos.

Hablale, cantale, cualquier estímulo puede ser bueno, dice el médico. Para la mayoría de los pacientes la música provoca evocaciones reconfortantes, los lleva a lugares donde estaban más protegidos. No sé cómo será su evolución, pero sea cual sea su destino, saber que alguien la acompaña debe producirle alivio.

Verónica desconfía de que su presencia alivie a Juliana. Qué sabe ese médico de ellas. Tal vez, hasta la perturbe; tal vez sienta un odio abrasador que no puede manifestar con el leve movimiento de sus ojos. Se considera una impostora. Ahora que duda acerca de si Juliana puede saber que ella está ahí, entiende que su presencia puede hacerle daño, y eso le preocupa. Aunque ella no la pueda llamar hermana, aunque no quiera a la mujer atrapada en ese cuerpo, tampoco pretende hacerle más daño del que sufrió. Una enfermera se asoma y le pide al médico que vaya a ver a otro paciente. El médico se disculpa.

Perdón, me tengo que ir, cualquier duda, preguntá por mí, yo estoy todos los días por la mañana, dice y señala su nombre en una identificación que lleva sobre el bolsillo de su chaqueta: Pedro Torrás. Búscame cuando quieras, pero no dejes de venir a ver a tu «parienta», eso la puede ayudar. Y cántale.

El joven le sonríe, inclina la cabeza de lado a modo de saludo, y se va. Verónica se acerca a la cama, tal vez por última vez, piensa, a pesar del pedido de ese médico. Mira fijo a los ojos de Juliana, quiere pedirle disculpas por estar ahí, por haber mentido, pero le es imposible hacerlo. Busca palabras que no encuentra. Decide recurrir a la música, como aconsejó el médico de la voz grave, y a pesar de que ellas no tengan un pasado musical en común que puedan evocar juntas. Busca una canción para apropiarse de palabras de otros, ya que no aparecen las suyas. Cualquier canción, cualquier palabra. O no, mejor una que le haya oído cantar a su padre. «Seminare», de Serú Girán. Recupera la melodía grabada en algún lugar de la memoria, la trae, luego la letra. Llega a entonar «Quiero ver, quiero entrar», pero al tratar de decir «nena, nadie te va a hacer mal» la estrofa se le queda atragantada en la garganta.

Entonces da media vuelta y sale de ese lugar conteniendo el llanto.

Capítulo 15

Y un día, al fin, nos conocimos. «En penosas circunstancias», diría papá, al que tanto le gustaba enunciar frases pomposas con palabras anticuadas, que se me contagiaban y eran la burla de mis compañeros. Desgañitar, botarate, escaramuza, genuflexo, cachivache. Penosas circunstancias. Yo, atrapada en este cuerpo. Vos, atrapada en la vida que elegiste que se te nota en cada arruga de la cara, marcas que no son de vejez, sino de enojo. A pesar de eso, linda. Sos muy linda, ¿lo sabrás? Papá siempre me hablaba de tu inteligencia, nunca mencionó tu belleza, ¿por qué? Vi una foto tuya de chica y sentí mucha envidia, tendrías diez años, en una playa, creo que Mar del Plata. Él hablaba seguido de Mar del Plata, pero nosotros nunca veraneamos ahí, íbamos a Córdoba. Una foto que te debe haber sacado él. Estás bailando, de espaldas al mar, mirando a cámara antes de ir a enfrentar una ola, con una sonrisa hermosa que ahora no traés. Hoy traés un dolor. No creo que sea por mí.

Mi cabeza se me va y vuelve. Es desesperante verte ahí y no poder hablarte después de haberlo deseado tanto tiempo. No sé si algún día podré. Recién empiezo a entender qué me pasa, pero desconozco mi futuro. Al principio, cuando desperté y oía a los médicos hablar a mi alrededor, me desesperé. Quería gritar, quería moverme, y no podía. Varios dijeron que lo mejor era desenchufarme, dejarme ir. Una médica pronunció la palabra «coma», otro habló de estado vegetativo. Usaron términos que no entendía. Hasta que se hizo escuchar un médico joven, un residente al que los demás no le prestaban mayor atención. Habló de *locked in*, de cautiverio; y lo hizo con tanta convicción que no les quedó más remedio que atender lo que decía. Eso me dio una esperanza, no de que esto vaya a pasar —ni pronto, ni nunca—, pero de que al menos alguien sí me ve. Alguien sabe que estoy adentro de este cuerpo inmóvil. Claro que esa esperanza no alcanzará para siempre, si este estado no tiene vuelta atrás, prefiero la muerte. Ellos te consultarán cuando haya que tomar una decisión; no había a quién preguntarle, y apareciste.

Vos fuiste un fantasma para mí, yo debo haber sido un fantasma para vos. Vernos nos convierte en algo real, me podrías tocar. Ahora somos cuerpos. Algo vas a tener que hacer. Aunque no me quieras, aunque me odies, tal vez por responsabilidad. Si sólo estás aquí porque querés saber, sería una desilusión para mí, pero lo entendería. Estoy segura de que aún no pudiste abrir los archivos. Sé que vas a poder. Confío en vos. «Tu hermana es la mujer más inteligente del mundo», decía papá. A mí me daba muchos celos cuando me hablaba así de vos. Pero también orgullo. No se lo decía a nadie. Mis amigas no sabían que tenía una hermana. ¿Cómo les iba a decir que existías si después no venías a mis cumpleaños, o no aparecías en los actos escolares?

No sabés lo que deseé este momento, cada minuto de mi vida. Quizás sí lo sabés, porque recibiste los mails que te mandé, los mensajes que te escribí, los llamados que no atendiste. Cada día en que me despreciabas me prometía olvidarte, me lo juraba, y al día siguiente me despertaba otra vez pensando en vos, en cómo acercarme. Te quería odiar, pero no podía. Tenés ojos hermosos, ojos color del tiempo. Hermosos, pero tristes. Una tristeza que viene de lejos. Estás atrapada como yo. Atrapadas las dos.

Papá me decía «tenés que ser como ella». Crecí con ese mandato. Pero yo no soy tan inteligente, ni se me da la palabra como a vos. No le echo la culpa a nadie de mi destino. A papá menos. Es cierto que respondí con rebeldía a eso que me pedía. Tomé mis propias decisiones. Y te soy sincera, si pudiera elegir, tal vez hoy tomaría las mismas. El dinero que gané no lo iba a conseguir de ningún otro modo. Y no sólo era el dinero físico, eran los viajes, los regalos, las estadías en lugares de lujo. Cuando papá se murió yo estaba navegando en un yate en el Mediterráneo con un viejo panzón y sus amigos, también viejos panzones. Trabajando, ganando cada cosa que tengo. Yo tampoco estuve en su entierro. Por eso el mail te lo mandé unos días después, cuando llegamos a un puerto en Croacia, ahí me enteré. Como los anteriores, no lo respondiste. Y hoy, después de tanto rechazo, darías lo que fuera para que te hablara y te diera la contraseña de los archivos. Sé que eso te inquieta. No podía dejarle el código a nadie, ni siquiera a Carmen. La habrían torturado hasta hacérselo decir. No tienen límites cuando quieren conseguir algo. Ninguna combinación de fechas, ni edades, ni antiguas direcciones, como usa tanta gente, habría sido segura. Habrían descubierto cualquier opción, es a lo que se dedican. ¿Sabés qué código tenía papá en el cajero automático? Tu fecha de nacimiento. Así de presente estabas en nuestras vidas.

Si me muero, me gustaría que me cremes y esparzas mis cenizas donde mejor te parezca. No voy a pretender que te quedes con ellas para siempre. Mucho menos te pediría que las lleves a algún lugar en particular, que sólo te traería incomodidades. Nunca entendí esos caprichos *post mortem* que dejan algunos a sus sucesores. Si estamos muertos, estamos muertos. Para qué complicarle la vida a nadie. Sólo te pido que me cremes, después, da lo mismo, tirá las cenizas donde quieras. Me aterra hasta el infinito pensar que los gusanos atravesarán la tierra para llegar a mí y comerán mi cuerpo. Odio los velorios, mío o de quien sea. Y los cementerios. ¿Puedo confesarte algo? Papá quería ir al entierro de tu madre. Estaba convencido de que tenía que hacerlo, aunque corriera el riesgo de que lo rechazaras. Quería ir por vos. Se enteró porque lo llamó tu tío. Cada tanto, tu tío y él se hablaban. Pero ese día, el día que enterraron a tu mamá, era también el día de mi comunión, y la mía le dijo que si faltaba a mi ceremonia no nos vería nunca más. Papá se enojó muchísimo, lo sintió una traición, no podía aceptar que ella lo amenazara con el mismo castigo que ya sufría por la decisión de haberla elegido. Y, por otra parte, no le creyó que fuera a abandonarlo; mi mamá estaba muy enamorada de él, era algo evidente. Papá se dispuso a ir al entierro, a pesar de esa pelea. Dijo que era por vos, que te lo debía, que lo necesitabas como un día lo necesitamos nosotras. Y salió. Pero fui yo la que lo hizo volver. Tomé un blíster de pastillas para dormir de mi madre, me tuvieron que llevar al hospital a lavar el estómago. Un vecino salió a buscarlo y lo paró de camino al funeral. No hubo velorio ni entierro para él. Tampoco comunión para mí.

Capítulo 16

La muerte de su madre le supuso a Verónica la conciencia extrema de la soledad. Durante muchos años, apenas ellas dos en su cotidianidad, se había generado una simbiosis que, aunque sabían poco saludable, compensaban tratando de no entrometerse una en la vida de la otra. Es cierto que siempre estuvieron los abuelos, pero con un acompañamiento discreto. Al principio los dos, luego sólo el «Nono» cuando falleció la «Abu». Al tiempo ninguno, cuando el abuelo se murió de pena por la ausencia de la mujer que lo había acompañado toda la vida. El tío Carlos era el especialista en emergencias, sólo se podía contar con él cuando sucedía algo grave, inusual. Fue el que resolvió la situación del día de la bañera, incluso se mudó a vivir con ellas los primeros tiempos después de que el padre de Verónica las abandonara; y volvió a instalarse en el departamento cuando su hermana fue diagnosticada de cáncer y no se quería levantar de la cama. Para catástrofes, el tío era muy bueno; pero le costaban los festejos. Ella cree que, aunque tal vez nunca le sentaron bien las celebraciones, el trauma se le instaló después de aquel cumpleaños de quince frustrado, que confirmó que cualquier fiesta podía terminar mal, muy mal: y prefería ahorrase la intensidad efímera de la alegría, para que la tristeza no tuviera nada que empañar.

Por eso, porque estaba dentro de su catálogo de habilidades, en el velorio y el entierro de la madre de Verónica, el tío Carlos desplegó lo mejor de sí y satisfizo cada necesidad. Funcionaba como maestro de ceremonias: recibía a los que venían a dar el pésame, los acompañaba a servirse café, escuchaba anécdotas relacionadas con su hermana, y hasta les alcanzaba pañuelos de tisú si se les caían algunas lágrimas, mientras contenía las suyas. Asentía cuando le decían «qué pena, tan joven», «para sufrir tanto, mejor irse», «cuánto dolor en un cuerpo tan frágil», o «ahora te toca cuidar a Verónica», rol que ejerció en la medida en que su sobrina lo permitió, lo que fue poco y cada vez menos. La mayoría de los que llegaban le agradecían que les hubiera avisado, lo abrazaban, le palmeaban la espalda. Quien no conociera a esa familia habría supuesto que el tío Carlos era el marido de la difunta y Verónica una extraña pariente que había quedado en shock, con la vista ausente y los ojos secos. Ella no le había avisado de la muerte de su madre a nadie, sólo había informado en el trabajo el motivo de su ausencia. De todos modos, habían venido unas pocas amigas de la facultad —que se enteraron porque una de ellas la había llamado en el momento en que los médicos le daban la noticia de la defunción—, la enfermera que la ayudaba a cuidar a su madre, Pablo —con quien había empezado a salir unos meses atrás— y Leticia Zambrano, su jefa y editora del diario desde hacía un tiempo.

Después del velorio, el tío Carlos hizo subir a Verónica en el primer coche del cortejo que los llevaría al entierro y luego se sentó a su lado. Pablo estaba atento a la situación, le pareció que Verónica lo miraba a través de la ventanilla, pero como no hizo ningún gesto claro para que se acercara, dudó de si se les debía sumar o no. En medio de la incertidumbre, el auto que llevaba a tío y sobrina arrancó, detrás de él marcharon otros vehículos de la funeraria. Pablo, que casi no conocía a nadie, se terminó subiendo al coche de un familiar que tenía lugar disponible. De camino al cementerio, el tío tomó la mano de Verónica, pero ninguno de los dos dijo una palabra. Al llegar, él asumió otra vez su rol, le dio algunos consejos a su sobrina que no pasaban de los lugares comunes que daría el empleado de la casa de sepelios en esas circunstancias, luego la condujo hasta la capilla, la dejó sentada en el primer banco y salió otra vez a recibir y guiar a quienes llegaban al responso. Durante un largo rato, Verónica estuvo sola, mirando una cruz de madera que no le significaba demasiado. Unos minutos después, la gente que se había quedado hablando afuera empezó a entrar y a ocupar los bancos. Pablo se sentó tres filas detrás de ella, suponiendo que los lugares principales estarían reservados para parientes directos. Además, si bien él la había acompañado durante la enfermedad de su madre —al menos tanto como pudo—, apenas conocía a esa mujer que todos lloraban. Tal vez por eso, tal vez simplemente por cobardía, al momento de asumir las responsabilidades que devienen de los vínculos, consideró que lo mejor era quedarse un poco más atrás, entendiendo que, si Verónica quería que se sentara a su lado, ya se lo iba a hacer saber.

El tío Carlos avanzó llevando del hombro a un primo lejano y terminó sentado en la primera fila junto a él, en el lado izquierdo de la nave, pasillo de por medio con el sitio que ocupaba Verónica. Leticia Zambrano llegó cuando la mayoría de los asistentes habían entrado a la capilla y se quedó parada en el marco de la puerta; pero, al ver que Verónica estaba sola frente al cadáver de su madre, y que así seguía cuando empezó el responso, avanzó por el medio del pasillo para ubicarse junto a ella, sin importarle que el cura la siguiera con la mirada hasta que se sentó, y que varias cabezas se sumaran a ver quién era esa mujer tan decidida. Pablo sí sabía quién era, la había conocido un día que había ido a buscar a su novia al diario. Sin lugar a duda, era la persona que ella más nombraba, incluso más que a su madre, no importa de qué se trataran sus conversaciones. Él también, aunque por distintas razones que el resto de los presentes, siguió atento su recorrido hasta que se acomodó en el primer banco; y, recién ahí, sintió que debería estar donde estaba ella, junto a Verónica. ¿Por qué Zambrano y no él? Si esa mujer tampoco era parte de la familia, si esa mujer la conocía desde hacía tan pocos meses como él. Entonces, porque el temor a que otro u otra ocupara su lugar resultó ser más fuerte que su apatía sentimental, se levantó y fue hacia donde estaba su novia. Pero en el momento en que se acercaba para sentarse, Zambrano, que notó que Verónica sollozaba, le pasó un brazo por detrás de la espalda, a la altura del hombro, y la atrajo hacia ella para consolarla. Pablo sintió que, después de ese gesto, no había lugar para él, y se detuvo. Los tres, allí delante, eran como un cuadro en el que los personajes habían sido ubicados en el espacio en el lugar preciso, de modo que agregar o modificar cualquier detalle arruinaría la composición. Se sintió expuesto, parado delante del primer banco, mientras el cura hablaba de lo que le esperaba a la difunta madre de Verónica en el reino de los cielos, pero volver a su sitio habría sido más lastimoso aún. Por eso se sentó de inmediato, ahí donde estaba, a un metro de ellas, incómodo, agachó la cabeza y se masajeó el cuero cabelludo con los dedos.

El cura pidió rezar el padre nuestro, entonces todos se pusieron de pie, también ellos, Pablo, Verónica y Leticia Zambrano, pero, a diferencia de otros, ninguno de los tres recordaba la oración de memoria. O si alguno la recordaba, no la dijo. Cuando terminó el rezo, y ya podían sentarse otra vez, Pablo aprovechó la coreografía para ubicarse más cerca de Verónica. Entonces, su novia por fin lo vio, hizo un gesto de asombro —como si recién se hubiera dado cuenta de que estaba ahí—, y le dedicó una sonrisa triste, que él leyó como un permiso o incluso un pedido. Sin embargo, cuando estaba a punto de deslizarse sobre el banco para acercarse más a ella, Verónica giró hacia el otro lado, se abrazó a Leticia Zambrano y se puso a llorar desconsoladamente sobre su hombro, confirmándole a Pablo que no había interpretado bien su gesto.

Al terminar la ceremonia, el tío Carlos junto a algunos amigos de la familia tomaron las manijas del cajón y lo llevaron hacia la salida. El resto de los asistentes salió en fila detrás de ellos. La capilla se fue vaciando hasta que sólo quedaron ellos tres: Verónica y Zambrano abrazadas, Pablo a un lado con las manos cruzadas sobre su regazo.

Capítulo 17

De camino hacia la calle, Verónica se detiene, una lágrima le rueda por la mejilla; no puede creer las veces que lloró en los últimos días. Si ella no llora. Se apoya contra la pared, se toca la cara con la punta de los dedos, luego los mira, roza la yema del pulgar con las del índice y el mayor, se lleva el índice a la boca, percibe la humedad densa y salada del llanto. Busca el ascensor que la debe conducir a planta baja, pero es tanta la gente que lo espera que opta por las escaleras. Al enfilar el pasillo de salida, se topa con el médico joven de sonrisa franca y voz grave que acaba de conocer en terapia intensiva. Ya no lleva el camisolín, sino un abrigo de paño azul, tal vez demasiado abrigado para la temperatura del día. A Verónica podría haberle pasado inadvertido si no fuera porque el muchacho le sonríe y hace la misma inclinación de cabeza a modo de saludo que hizo al despedirse de ella, frente a la cama de Juliana. Ya no lleva la placa que dice su nombre, pero Verónica lo recuerda: Pedro Torrás. Ella y los detalles. Cuando el joven se da cuenta de que está llorando, se acerca, le pone una mano en el hombro y dice:

Tranquila, estamos haciendo todo lo que podemos. Ahora también estás vos. Tu familiar debe estar muy agradecida de que viniste. Y probablemente más calma.

Su voz, o la mano que aún deja sobre su hombro, o la forma en que la mira, hacen que a Verónica se le cierre el nudo que tiene en la garganta; por eso, impedida de decir nada, se pone en marcha. Pedro se da cuenta de su congoja y la acompaña sin alarde, como un escolta silencioso. Una vez en la puerta, cuando están a punto de despedirse, descubren que los dos van hacia el mismo lado, así que, por qué no, caminan juntos. En realidad, Verónica miente, no lleva un rumbo, no sabe hacia dónde va, señaló una dirección cualquiera, por decir algo. Pedro también miente, debería ir a la parada del colectivo que está en la otra esquina, en dirección opuesta a la que se dirigen, pero no piensa dejarla sola así, llorando, por eso finge que el de Verónica es también su camino. Mientras esperan que la luz del semáforo les dé paso, ella logra romper el silencio e iniciar una conversación:

Nunca había oído hablar de *locked in*, no conocía el cuadro.

Tal vez sí lo conocías, pero no te habías enterado del nombre, ni de qué se trataba. ¿Leíste *El conde de Montecristo* o viste la película?

Hace siglos, responde ella.

¿Tomamos un café y te cuento?, pregunta él.

La propuesta la sorprende. Pero no le vendría mal un respiro y conversar con alguien tan amable, así que acepta. Se meten en el primer bar que aparece. Para evitar interrupciones, Pedro espera y recién arranca su explicación cuando el mozo les trae los dos cafés que pidieron.

El asunto es así: el síndrome de cautiverio es una patología que se produce por alguna lesión del tronco encefálico y hace que quien la padece no pueda tener una respuesta motriz. Las causas son diversas: un derrame cerebral, tumores, lesiones traumáticas, que sería el caso de tu parienta, mordeduras de serpiente, abuso de sustancias, infecciones o enfermedades neurodegenerativas como la esclerosis lateral amiotrófica. No te quiero llenar de tecnicismos médicos. El paciente está consciente, con funciones superiores, por lo que puede ver y oír. Pero por la tetraplejía y la parálisis de pares craneales bajos, no puede moverse ni hablar. Trato de explicártelo lo más sencillo posible. Cualquier duda me decís. Un paciente o una paciente con este cuadro sólo puede mover los ojos en sentido vertical o los párpados; así podría comunicarse. A mí siempre me interesó este síndrome, tanto que mi trabajo final en la universidad fue sobre este tema. Vi todo el cine y todas las series donde aparecían referencias a este tipo de casos. La película más tremenda: *Johnny tomó su fusil*, ¿la viste? Es de los setenta, de Dalton Trumbo, yo la vi porque me la recomendó un profesor cuando nos dio una clase sobre eutanasia. Un soldado estadounidense, que estuvo en una terrible explosión en la Primera Guerra Mundial, despierta en un hospital sin piernas ni brazos. No habla, supuestamente no oye ni ve, está reducido a un tronco viviente. No es una descripción del síndrome muy exacta, pero una buena aproximación, con un final brutal, no te recomiendo que la busques ahora. Si querés mirar algo, te sugiero un capítulo de *Dr. House*, «Encerrado», temporada 5, episodio 19. Hay un paciente en la guardia que los médicos están por desenchufar. House lo ve de casualidad, porque tuvo un pequeño accidente de tránsito y está en la cama de al lado, pero ese poco tiempo juntos le alcanza para darse cuenta de que el muchacho está en cautiverio y lo termina salvando. Para mí es un tanto forzada la voz del paciente en off que eligen, pero reconozco que en realidad poco sabemos de qué tan precisa es la actividad consciente en estos casos, ni cómo se elaboran los pensamientos. Al responder moviendo los ojos para arriba y para abajo podemos asegurar que esa consciencia existe, lo que no sabemos es cómo y cuánto funciona. También mi tutor de tesis me había recomendado un libro de Émile Zola que toca el tema, *Teresa Raquin*; no lo leí, no lo conseguí por ninguna parte, pero ya lo voy a conseguir. *El conde de Montecristo* sí que lo leí muchas veces. No te exagero si digo que es mi libro de cabecera. Y vi todas las versiones cinematográficas que encontré, las buenas, las malas y las pésimas. Todas. Dumas me parece un genio, pensá que escribió esto en 1846 y el síndrome se describe como tal en 1966, aunque ya en 1875 se reporta un caso clínico que podría corresponder con cautiverio. El personaje de Dumas que nos interesa no es Edmond Dantes, sino Noirtier de Villefort, un hombre ya anciano que lleva seis años paralizado por un infarto cerebral pero lúcido, y que se comunica por movimientos oculares. En realidad, es un personaje secundario y clave a la vez, porque, sin quererlo, acerca la desgracia a Edmond, ya que la carta que tiene que entregar y lo lleva a prisión iba dirigida a él. Soy medio nerd, así que te cito una frase que aprendí de memoria, palabras más, palabras menos: «La vista y el oído eran los dos únicos sentidos que animaban aún, como dos llamas, aquella masa humana, perteneciente casi a la tumba; pero de esos dos sentidos, uno solo podría revelar la vida interior de la estatua: la vista. En aquellos ojos se había concentrado toda la actividad, toda la vida, toda la fuerza, toda la inteligencia». En aquellos ojos, te das cuenta, ahí está la clave.

El personaje de Dumas depende de su nieta Valentine; gracias a ella, con un alfabeto y un diccionario logra comunicarse. Y con semejante dificultad para expresarse, hasta salva a Valentine tanto del veneno que le quiere hacer ingerir su madrastra como del novio que le quiere imponer su padre. Dumas cuenta el síndrome mejor que una revista de medicina: «El alma está atrapada en un cuerpo que ya no obedece sus órdenes». Vos podrías ser la Valentine de Juliana, y tal vez ella te pueda retribuir salvándote de venenos o pretendientes o encierros de otro tipo. No te rías, lo digo en serio. Todos tenemos encierros propios, ¿o no? Se cree que el *locked in* es un caso poco frecuente. Pero ¿cómo saber si no hay algunos pacientes que quedan atrapados sin la capacidad de mover los globos oculares o los párpados? Da miedo ser uno de ellos, ¿verdad? Se publicaron estudios que indican que los pacientes pueden pasar un promedio de ochenta días en un cuerpo inmóvil, conscientes, aunque sin poder comunicarse, antes de que se diagnostique adecuadamente. ¡Casi tres meses! No me resigno a que sea así, me desespera. Esa desesperación es la que me llevó a interesarme por este síndrome. Sufro un poco de claustrofobia, supongo que algo traumático me pasó de chico y nadie me quiso contar. En mi terapia no termina de aparecer y, aunque lo manejo mucho mejor, a esta altura creo que seguiré conviviendo con la claustrofobia. Por suerte, para el síndrome de *locked in* cada vez hay más avances tecnológicos. En el caso de Juliana sería algo para evaluar dentro de un tiempo, si logramos estabilizarla, que es la prioridad ahora. Es caro, invasivo y está en desarrollo, pero existe un dispositivo que se puede implantar para registrar las ondas cerebrales asociadas al habla. Y mediante algoritmos informáticos se traduce el mensaje. Increíble, ¿no? Que no haga falta ni parpadeo ni movimiento de ojos y que una máquina pueda traducir lo que una persona piensa. Eso también mete miedo, otro tipo de miedo. Por ejemplo, mirá si yo pudiera saber qué estás pensando en este momento en que me mirás callada. O vos, que pudieras leer qué pienso yo, en mis silencios. Bueno, te saqué otra sonrisa, dos en lo que va de la charla, me siento halagado.

Verónica podría seguir escuchándolo largo rato, incluso cuando ese joven habla como si estuviera dando una clase de neurología, pero se da cuenta de que se hizo tardísimo. Por un momento se sorprende de que Pablo no la haya llamado, y enseguida recuerda que está de viaje en Córdoba. De algún modo, eso la alivia. Por ahora, no tiene ganas de compartir con él lo que hoy sintió. No por el reproche que podría hacerle por haber ido a ver a Juliana, sino porque lo que vivió es demasiado íntimo, demasiado de ella, propio; y, si él no responde con la misma intensidad con que Verónica lo siente, sería una nueva desilusión, que confirmaría algo que desde hace un tiempo empezó a considerar: lo alejados que están. Más de lo que supone.

El mozo trae la cuenta y cada uno paga su parte. Verónica resuelve que irá caminando a su casa, serán cuarenta minutos, una distancia razonable. Pedro le pregunta si le permite acompañarla, ya no quiere fingir que va para el mismo lado que ella. Verónica se da cuenta de que tendrán que cambiar de ruta, y así quedará al descubierto que había mentido al salir del hospital, pero no le importa.

Si es en silencio, sí, responde ella. Necesito pensar.
En silencio, de acuerdo, acepta él.
Caminan uno al lado del otro; cada tanto Pedro le sonríe, y ella le devuelve la sonrisa. Verónica no imaginaba lo placentero que puede ser caminar junto a otra

persona sin la exigencia de la palabra innecesaria. Por fin, llegan a destino. Ella está a punto de despedirse, pero se acuerda de algo.

¿Sabés que puede ser que esté en nuestra biblioteca el libro de Zola que mencionaste? Mi pareja en un tiempo se obsesionó con Zola. Empezó con el *Yo acuso* y siguió con todo lo que encontró. Seguro está *Germinal*. No recuerdo si también la novela que nombraste. Pero nos podemos fijar. ¿Querés subir unos minutos y vemos si la encontramos en su biblioteca?

Claro, responde él. Ojalá esté.

Suben en el ascensor en silencio. Verónica mete las llaves en la cerradura, abre y lo invita a pasar. En cuanto entran al departamento, se les acerca Minino. Ella lo esquiva y sigue. Maldice en voz baja que Pablo se haya olvidado de encerrarlo en el lavadero. O tal vez no haya sido un olvido, sino una forma de demostrarle que, para algunas cosas, él es imprescindible. Pedro, en cambio, se agacha y lo acaricia.

Sentate, dice Verónica, mientras va a la biblioteca.

El muchacho la obedece. El gato lo sigue. Trepa al sillón por el otro extremo, camina hacia él. Pedro lo acerca y se lo pone en el regazo.

Es igual a uno que tenía mi mamá, te juro que parece su hijo.

El muchacho mira la chapa que le cuelga del collar azul.

Minino, lee. No fueron muy originales con el nombre.

Verónica se ríe, aunque no se le ocurren formas originales de llamar a un gato. Pedro acaricia el cuello del animal buscando el ronroneo, juega con él, y en ese juego, sin proponérselo, da vuelta la chapita. Se queda observando el reverso. Verónica vuelve con el libro de Zola.

Estaba, ¿no es increíble? Llevalo, uno más de cautiverio para leer.

¿No tenés que pedirle permiso a tu pareja para prestármelo? Tal vez lo necesite.

Ya se le pasó la fiebre por Zola. Pero en cualquier caso cuando lo termines me lo devolvés, ¿verdad?

Por supuesto. ¿Le saco una foto a tu número de teléfono así te aviso?

No es mi número, lo corrige. El gato no es mío, no me gustan. Lo estoy cuidando. Debe ser el teléfono del dueño, dice y omite quién es la dueña.

Pedro se queda mirando el reverso de la chapita, cuenta en el aire la cantidad de dígitos y luego dice:

Tal vez tampoco sea un número de teléfono, ahora que lo veo bien. Al menos no es un teléfono de acá, ni un celular, le faltarían dígitos, tiene que ser otra cosa.

Verónica se acerca a pesar de su aprensión, quiere mirar pero no se atreve a tocar al gato. Pedro se da cuenta y le sonríe. Le extiende el teléfono con la foto del número, para que pueda mirarlo. Ella agradece, toma el móvil, agranda la foto, lee, se queda quieta un instante, agitada, sabiendo que, por fin, se producirá la epifanía. Los golpes acompasados dentro del pecho se le aceleran. Con el teléfono de Pedro en la mano va hacia la notebook, el joven queda en el sillón acariciando el gato, sin entender qué está pasando. Ella pone el pendrive en el puerto, espera que aparezca la carpeta en la pantalla, tipea los números en el lugar previsto para la contraseña, y esta vez sí funciona: frente a ella, aparece todo lo que su hermana tiene para contarle.

SEGUNDA PARTE

LOS PECULIARES
(Material crudo, notas y apuntes para un documental)

Roxanne
You don't have to put on the red light
Those days are over
You don't have to sell your body to the night
　　　　　　　«Roxanne», Sting (The Police)

PROYECTO DOCUMENTAL:
Los peculiares
Productora: Hotchpotch Films

ANTECEDENTES

En la madrugada del 13 de mayo de 2022, Juliana Gutiérrez cayó al vacío en el pulmón de manzana de un edificio en Recoleta. La joven de veintitrés años murió en el acto. Casi dos años después, las circunstancias del hecho que terminaron con su vida aún no fueron esclarecidas. La noche anterior, Gutiérrez había asistido a una fiesta privada, en el departamento del empresario agropecuario Santiago Sánchez Pardo, quien estuvo imputado en la causa, pero quedó libre por falta de mérito. El fallecimiento de la joven, que trabajaba como acompañante vip, se produjo debido a las múltiples lesiones producidas en la caída. A partir de entonces, al expediente judicial —que no logró avanzar como debía— se le sumaron especulaciones de todo tipo que sólo contribuyeron a agregar confusión a la causa.

El escritor Pablo Ferrer, autor del best seller *Varón y qué*, y la reconocida periodista Leticia Zambrano, exeditora del diario *El Progreso,* mantienen posturas antagónicas sobre lo acontecido y sus derivaciones, con enfrentamientos públicos de magnitud. Su discusión excede este caso en particular, para abordar cuestiones universales relacionadas con el poder y la sexualidad en el siglo XXI.

Verónica Balda, hermana de la joven fallecida y periodista política de la radio News & Folks, no quiso participar en este documental y pidió quedar al margen de la controversia.

A continuación, el material en bruto.

1

«(...) la prostituta, el cliente, el rufián, el psiquiatra y su histérico —esos "otros victorianos", diría Steven Marcus— parecen haber hecho pasar subrepticiamente el placer que no se menciona al orden de las cosas que se contabilizan. Las palabras y los gestos autorizados entonces en sordina se intercambian a precio fuerte».

Michel Foucault, *La historia de la sexualidad.*
Tomo 1: *La voluntad de saber.*
1. Nosotros, los victorianos

2

Leticia Zambrano me había tendido una trampa. No lo supe de inmediato, pero fui atando cabos a medida que avanzaba con la lectura y, para cuando fijamos la cita por la revisión de lo que se suponía la primera novela de una prestigiosa periodista, yo ya no tenía dudas de lo que ella había hecho. O de lo que había intentado hacer. Leticia es una mujer seductora en sentido amplio, va por la vida seduciendo sin discriminar a quién. La conozco desde hace casi veinte años, cuando Verónica empezó a trabajar en el diario. Y no es que Leticia Zambrano lo haga con una motivación erótica, sexual, al menos ése no es su principal objetivo: seduce para manipular, para lograr lo que quiere, para manejar a quien tiene enfrente. En este caso, a mí, que la esperaba sentado en aquel bar, tomando un segundo café, más quemado aún que el primero, con una copia del borrador de su novela a la que, antes de imprimir, le había cambiado los nombres de fantasía por los verdaderos, los que ella no se había atrevido a colocar en el archivo que me envió para que yo revisara y luego trabajáramos juntos. Nuestros nombres: Verónica Balda y Pablo Ferrer.

Llegó diez minutos después de lo pautado. Ella misma había elegido el lugar, un bar en el microcentro, cerca de Plaza de Mayo. Yo suelo juntarme con mis alumnos en uno más cerca de casa, pero dado que Verónica no sabía que nos reuniríamos, me pareció prudente aceptar su propuesta y evitar un encuentro desafortunado. Entró apurada, cargando una bolsa pesada. No bien atravesó la puerta, como un acto reflejo, se sacó los anteojos oscuros. Recuerdo que pensé que habría hecho mejor dejándoselos puestos: en ese local iluminado con potentes tubos fluorescentes, excesivos para la media mañana, sus lentes eran más necesarios que para protegerse del sol en la calle. Metió los dedos en su cabellera y sacudió la mano, desarmando sus rulos mientras se miraba en el vidrio de la ventana, como si estuviera frente a un espejo. Le tomó unos segundos ubicar mi mesa. Yo había elegido una apartada, al fondo del local, lejos de las que suelen preferir los clientes —generalmente junto a la ventana o cerca de la barra—. Por un lado, porque un texto es un asunto privado del que no hay que hablar frente a testigos ocasionales; pero, además, por temor a que en cierto momento la charla se pusiera intensa y alguno de los dos alzara la voz más de lo que las reglas de la buena educación, incluso en un café como ése, aconsejarían. Cuando me vio, sonrió y avanzó hacia mí. Nos saludamos, le ofrecí cambiar lugares después de que se quejara del poco espacio que había de su lado, pero no aceptó, corrió un poco la mesa hacia mí, se acomodó en la silla, pidió un té con leche y, recién entonces, preguntó: «Y, ¿qué te pareció mi novela?». Levanté exageradamente las cejas, hice lo que en teatro se llama «pausa dramática» y, cuando el peso de esa pausa empezaba a sentirse, respondí: «Para primer borrador está bien, pero necesita corrección y bastante retrabajo». Ella me devolvió su pausa, incluso un poco más dramática que la mía, y luego preguntó: «¿Mucho retrabajo?». «Sí, mucho», afirmé sin reparo. Los dos nos quedamos con una sonrisa falsa pintada en la cara, sosteniendo la mirada, midiéndonos, sabiendo que había tanto más por decir, pero a su tiempo. Leticia entonces subió la apuesta, preguntó si yo pensaba que «corregida» alguien la publicaría. La palabra «corregida» la pronunció de una manera particular, irónica. En cambio, lo de la posible publicación lo sentí una amenaza. Sin embargo, respondí como si no me hubiera dado cuenta de su juego. Le advertí que publicar nunca es fácil, le hablé del estado actual del mercado editorial, de que hay gente que escribió novelas valiosas que no fueron publicadas nunca, pero que aun así no descartaba, teniendo en cuenta su nombre y que fue una periodista con cierta popularidad, que alguien apostara a la venta de ejemplares más allá de los valores del texto. «Que de todos modos los tiene», agregué porque hasta a mí, y a pesar de las circunstancias, lo que acababa de decir me sonaba rudo, lapidario, por muy cierto que fuera. Más aún que mis comentarios sobre el borrador, supuse que podía haberle dolido que haya usado tiempo pasado cuando me referí a su predicamento como periodista.

Tengo la fama de ser brutalmente sincero en mis devoluciones sobre el material de otros. Creo que, si no les digo lo que pienso, los estoy estafando. Pero intento ser amable, dentro de lo posible. A veces sale, a veces no. En esta ocasión, tomé una precaución inútil, porque enseguida me di cuenta de que ella no me estaba escuchando. Concluí que, efectivamente, su pregunta sobre una posible publicación había sido una amenaza, por lo que decidí ir al grano. Aunque fui por un atajo, puse sobre la mesa un detalle menor: le pregunté de dónde había sacado que a mí me gustaban las barras de cereal en el desayuno. Elegí al azar esa particularidad inventada por ella, como podría haber elegido de dónde sacó que me froto el cuero cabelludo con las manos cuando pienso, o que me sentí inhibido en el velorio de la madre de Verónica, o la forma en que manejamos nuestro dinero, o nuestra vida sexual. Lo que fuera. Leticia ni se inmutó, y me devolvió otra pregunta: «¿No te gustan las barras de cereal, entonces?». Negué con la cabeza. «Ficción, Pablo. ¿No se trata de eso?», agregó. Fue una salida del paso ambigua, todavía no se hacía cargo ni de lo que había hecho, ni de lo que pretendía hacer. En lugar de contestarle, le extendí la copia impresa de su borrador, donde ya había reemplazado los nombres de fantasía por los nuestros. Zambrano abrió la carpeta, empezó a pasar las hojas y, aunque lo advirtió a primera vista, no hizo comentario alguno. Dio vuelta algunas páginas más, luego volvió al comienzo deteniéndose en mis notas al margen, hechas en color rojo. Las leyó una por una. Se tomó su tiempo. Yo traté de parecer impasible, aunque su parsimonia me estaba irritando. Cada tanto levantaba la vista y me miraba. La escena tenía la tensión de una buena partida de ajedrez, en la que ninguno de los dos estaba dispuesto ni a entregar a la reina ni a aceptar tablas. Al menos por el momento.

Por supuesto, si se hubiera tratado de alguien que realmente quería revisar una novela conmigo y me pedía un trabajo de clínica, el proceso habría sido muy distinto: primero habríamos hablado del conjunto, de la estructura narrativa, del punto de vista, del tono, de los problemas en la prosa, de la composición de los personajes, de cómo mezcló en el texto distintos registros, del pasado versus el presente, del uso indebido de una supuesta crónica periodística, de las innecesarias reflexiones del autor metidas dentro del texto. Recién luego de algunas sesiones, con indicación de lecturas posibles, le habría hecho comentarios puntuales y señalado cada uno de los errores que hubiera encontrado. Y sobre el final de la revisión, le habría pedido que buscáramos juntos un título que reemplazara «Hermanas», el elegido por ella para nombrar el borrador y que a mí me resultaba ñoño. Pero estaba claro que Zambrano no me había pedido que leyera esa novela porque quisiera ni mi opinión literaria, ni mi corrección; mucho menos le debía importar qué pensaba yo del título. Su intención estaba muy clara. Frente a ella, en ese bar, además, caí en la cuenta de que Leticia había insistido tanto en pagar por adelantado mi trabajo no por los argumentos que había esgrimido cuando me contactó, sino por temor a que yo descubriera su juego y declinara revisar el texto. Recuerdo que entonces ella había dicho: «Ahora puedo pagarte; cuando termines la tarea, no sé». Y yo, erróneamente, creí que se refería a una cuestión relacionada con sus finanzas.

3

No, claro que no fue una amenaza. Pablo Ferrer reaccionó como si lo hubiera sido, sí, pero no lo fue. Entiendo que recibir una novela que refleja parte de tu vida debe ser perturbador, aunque sea ficción. Y más aún si el autor —en este caso la autora, yo— se tomó todas las licencias necesarias. Pero de ahí a concluir que escribí lo que escribí para amenazarlo a él, y mucho menos a Verónica, es un disparate. Esa afirmación habla fundamentalmente de lo que es Pablo Ferrer, no de mí. Mis intenciones fueron las contrarias. De alguna manera quería regalarle a Verónica, aquella chica vulnerable que yo había conocido apenas pasados sus veinte años, la posibilidad de tener un acercamiento con su hermana, aunque sea en una relación póstuma. Sólo la ficción se atreve a desafiar a la muerte. En el periodismo, si alguien se murió, se murió. Al menos en el periodismo que conocí yo, antes de tantas *fake news*, que en los últimos tiempos nos han anunciado cantidades de muertos que gozan de buena salud. Más de una vez, en mi trabajo en el diario, habría dado cualquier cosa por no tener que informar alguna muerte. Pero eso no es posible, la noticia es la noticia. En cambio, con la potestad que da la ficción, la reina ficción, la diosa ficción, hice que Juliana no muriera al caer por esa ventana, como efectivamente pasó, sino que viviera un tiempo más para poder encontrarse con Verónica. Aunque el mandato de verosimilitud sólo me haya dejado llevarla a una cama de terapia intensiva donde subsistía encerrada, padeciendo un síndrome de enclaustramiento. Una vuelta de tuerca dramática que me pareció interesante explorar. Incluso así, en ese estado, Verónica podría reunirse con ella, conocer su historia, enojarse si fuera necesario, para luego, sabiendo, reparar. Siempre hay cosas que reparar en las heridas tempranas. Y las de Verónica deben haber sido muy dolorosas, porque era extraño que siendo periodista no quisiera saber. Nosotras siempre queremos saber.

En cuanto apareció la noticia de la muerte de Juliana, intenté llamar a Verónica. Necesitaba transmitirle lo que me había contado su hermana y entregarle el material que me había confiado con el objetivo de que yo se lo diera a ella. Pero entonces me di cuenta de que me había bloqueado en el teléfono. No entendí por qué, no sabía desde cuándo. Nos habíamos distanciado hacía un tiempo, es cierto. No hubo peleas ni discusiones de por medio, pero nuestra amistad, de alguna manera y sin motivo aparente, se había enfriado. Me hago cargo de que soy descuidada, dejé mensajes sin contestar. Tampoco respondí a algunas invitaciones. Ahora, seamos sensatos, nadie bloquea a otra persona porque se siente distanciada. El hecho me perturbó muchísimo, tanto que yo invierto el tema en la novela, lo tergiverso para evitar contar que la bloqueada era yo. Ahí radica el origen de toda esta serie de sucesos desafortunados, porque por ese motivo fue que le envié un mensaje a Pablo, donde le pedía disculpas por usarlo de intermediario, le contaba que necesitaba llegar con urgencia a Verónica y le explicaba que lo hacía a través de él, ya que me parecía que era la vía más sencilla. Un error garrafal, ahora lo sé. Le dije algo así como que me parecía que a ella no le entraban los mensajes que yo le mandaba. No dije «me bloqueó»; aunque habría sido más fácil, pero dicho de ese modo me sonaba infantil y no terminaba de creerlo. En el fondo, me parecía inconcebible que Verónica lo hubiera hecho; no había habido ningún evento o cuestión puntual que lo justificara. En cambio, él no tuvo ningún pudor en decirlo con todas las letras. No sólo me lo confirmó de inmediato, sino que me explicó que Verónica había llegado a la conclusión de que le hacía muy mal hablar conmigo, por lo que, en terapia, de común acuerdo con su psicóloga, había decidido evitar todo tipo de contacto. Hasta me pidió, casi de manera ofensiva, que no insistiera. Al principio me reí, ¿de verdad en esta ciudad la gente consulta con su psicóloga a quién bloquear en el teléfono? Después me enojé. Era como si ella y su terapeuta me hubieran declarado persona non grata. ¿Con qué derecho? ¿Con qué instancia de defensa? Por mucho que algo de lo que yo haya podido haber dicho o hecho la hubiera herido, me indignó que Verónica no pusiera en la balanza lo positivo que tuvo nuestra relación, nuestra amistad. Ésa fue la versión del distanciamiento que yo conocí hasta hace poco, y actué de acuerdo con la información que tenía.

Así fue cómo, ofendida, dolida, en un principio pensé guardarme lo que sabía con respecto a su historia familiar —que, por otra parte, parecía no importarle a nadie, ni siquiera a Verónica— y escribir una crónica con la información concreta que me había dado Juliana con respecto al movimiento político en el que había terminado involucrada a partir de su trabajo como escort: Por la Patria en Peligro. Me parecía interesante, además, sumar un análisis actual sobre las relaciones entre el sexo y el poder. Digamos que desde la *Historia de la sexualidad* de Foucault pasó mucha agua bajo el puente: Buttler, Paul Preciado, Didier Eribon, Luigi Zoja. En particular, me interesaba lo que plantea Sayak Valencia en *Capitalismo Gore*, un libro que, aunque habla de otras violencias, me hizo ver el asunto desde una perspectiva distinta. Cito de memoria, pero habla de la cuestión de los cuerpos como productos de intercambio que alteran y rompen las lógicas del proceso de producción del capital. Algo así de brutal. En fin, había mucho para pensar trabajando a partir de esos autores y autoras, líneas para unir, hipótesis a verificar. Ni hablar de la observación de la realidad, la que vemos cada día, y, sobre todo, la que no vemos, la que tuve el privilegio de conocer de primera mano por Juliana. Ese lugar del mundo donde se cruzan trabajadoras sexuales, espías, servicios de inteligencia, jóvenes con dificultades para iniciarse en su sexualidad y hombres con poder político o económico que quieren ser, también, machos alfa. En este siglo XXI, hay sin dudas una nueva relación entre la sexualidad y el poder. Porque trabajadoras sexuales que responden a servicios de inteligencia hubo siempre; en cambio, personajes poderosos de la política o megaempresarios que se sienten tan impunes como para no darse cuenta de dónde se están metiendo, creo que es algo más de esta época. Señores, supuestamente adultos, que sólo cuando el hecho toma estado público se desayunan de que, mientras ellos creían que una joven despampanante les proveía favores sexuales gracias a la admiración que le provocaban ellos, su dinero y el lujo que ese dinero compraba, ella trabajaba para los servicios de inteligencia juntando información sensible, con la que algún día les pasarían factura. La omnipotencia ingenua y corrupta de los poderosos, que deriva en la exhibición de su vida sexual, aunque sea por error u omisión, es algo de estos tiempos. Antes, la mayor parte de esa vida sexual transcurría en la clandestinidad del burdel. En cambio, hoy estos señores se pavonean en las redes sin disimulo, creyendo que su poder no sólo los protege de cualquier escándalo, sino que se alimenta de que ellos sean lo que son.

Hace tiempo, mucho antes de que conociera a Juliana, un «arrepentido» me dijo *off the record*: «Si es linda, fácil y te da bola: es servilleta». «Servilleta», argot para llamar a los service o al servicio de inteligencia. Sin embargo, incluso ante la evidencia más contundente, muchos hombres prefieren seguir creyendo que esas chicas están con ellos por sus atractivos: físicos, de personalidad o económicos. Una autoestima que les envidio.

4

«Al menos 12 agentes del Servicio Secreto de EE.UU. llevaron trabajadoras sexuales a sus habitaciones del hotel en Cartagena donde se alojaban, con motivo de la visita realizada a Colombia, en abril, por el presidente Barack Obama, en ocasión de la Cumbre de las Américas.

»El hecho es parte de una investigación en curso a cargo del Comando Sur de EE.UU. El documento oficial fue difundido ayer por una cadena de televisión. Tras el escándalo, nueve de los agentes involucrados fueron dados de baja.

»Paradójicamente, el informe relativiza los hechos al concluir: "La interacción de los militares estadounidenses con las mujeres del tercer país no representó un riesgo para la misión operativa o para la seguridad nacional de los Estados Unidos". Y concluye que lo ocurrido se debió a "una combinación de tiempo libre no estructurado, la prevalencia de prostitución legalizada y la decisión individual de los militares de incurrir en mala conducta"».

La mirada diaria, Bogotá, agosto de 2012

5

Salí de ese bar en un estado particular al que me cuesta ponerle nombre, una mezcla de confusión, perplejidad e indignación controlada, cargando demasiadas cosas, tanto en mi cabeza como en mis manos. Además del hecho de ser uno de los protagonistas de una novela escrita sin mi autorización y con poco cuidado por mi caracterización, ahora sabía que había una trama enrevesada, y tal vez peligrosa, detrás del mediocre borrador de Leticia Zambrano. Confieso que la construcción del personaje que me representaba —pusilánime, cobarde, siempre atrás de Verónica, en eterno e inmerecido segundo plano— me había molestado desde el momento en que tomé conciencia de que se refería a mí. Pero no iba a darle el gusto de mencionar esa molestia, me alcanzaba con marcar la referencia a las barras de cereal en el desayuno. En algún momento anterior a la cita, había planeado recibirla rascándome la cabeza a dos manos, como describe tontamente en su libro; luego, lo descarté porque me pareció mejor dejar que ella moviera sus piezas primero. Lo que estaba claro es que ni Verónica ni yo éramos como esa mujer nos había retratado. Si al menos su prosa fuera maravillosa, pero lejos estaba de serlo.

Decidí tomar un taxi. Es un gasto que prefiero evitar excepto en casos que lo justifiquen, y éste lo era.

No sólo llevaba de regreso el borrador de una novela dedicada a Verónica, sino también una voluminosa carpeta con el material de investigación de Juliana que incluía recortes periodísticos, notas manuscritas, desgrabaciones de audios, fotos robadas de pantallas de teléfonos ajenos, actas, formularios, fotocopias de expedientes judiciales, listados con punteos de temas de su puño y letra. Y Zambrano no me había dejado la bolsa en la que había traído semejante cantidad de papeles —una bolsa de tela sin mayor gracia, de un congreso de periodismo al que había asistido—, no sé si por descuido, porque la quería conservar o por maldad. Lo cierto es que cargué la pila haciendo equilibrio, aun teniendo serias dudas acerca de si algo de todo ese papelerío podía servir para una futura investigación periodística, más allá del entusiasmo que aquella chica había logrado transmitirle a Leticia Zambrano.

Sin embargo, debo decir que mis dudas se esfumaron en cuanto llegué a casa y me puse a revisar el material, con tiempo y cuidado. Me tomó casi tres horas hacer una primera lectura, aunque lo recorrí en diagonal, salteando algunos párrafos con el afán de tener una visión completa de lo que tenía entre las manos, tratando de despejar la paja del trigo. Porque también había mucha información que me parecía insustancial. Mágicamente, en algún momento de ese proceso, algo de lo que leí destrabó mecanismos dentro de mí, y sentí lo que desde hacía un tiempo añoraba: unas ganas irrefrenables de escribir. Y eso me llevó a una conclusión contundente: que la historia que podía surgir, a partir de lo que había reunido Juliana, era mucho más atractiva de lo que Leticia me había contado en ese bar. Quizás, la parte sentimental de la historia —dos hermanas desencontradas, el padre que abandona a la mayor, la muerte de la menor en circunstancias poco claras— había hecho que esa periodista avezada no ponderara el valor del núcleo de la investigación en sí misma, y lo que podía derivarse de ella. O quizás cometió ese error —poner la emoción por encima de la razón— por efecto de la relación tóxica que mantuvo durante tantos años con Verónica, de la que ninguna de las dos se atrevía a salir. Por lo que haya sido, y sin lugar a duda, la investigación de esa chica carente de conocimientos periodísticos era infinitamente más interesante que la novela de Leticia Zambrano. Al menos para mí. Esos papeles desordenados e inquietantes contenían la semilla de un libro potente, urgente y oscuro. Muy oscuro, en el mejor sentido. En esa época, parte de mi trabajo era revisar material de otros; yo sé detectar si algo tiene valor: esto lo tenía, casi en exceso. «Un libro que me gustaría escribir a mí, si no fuera que yo me dedico a la ficción», pensé en aquel momento. Una premonición.

Frente al material de alguien, quien sea, que me consulta sobre su trabajo, me planteo qué puede hacer el autor para mejorar lo escrito. Suelo empezar preguntándome cómo lo haría yo. Tenía dudas acerca de si se podía encarar esa escritura sólo desde la ficción. Ni yo ni nadie que se dedicara a inventar relatos podría abordarlo con la precisión que el asunto reclamaba. Pero me daba pena que un material tan fecundo terminara encorsetado por los límites de la crónica o la investigación periodística. Era difícil pensar quién era la persona indicada para escribir esa historia y con qué registro, más allá de la voluntad de Juliana de que lo hiciera Verónica. En cualquier caso, había que plantar la semilla para que germinara; porque si el material no encontraba quien lo escribiese, nunca dejaría de ser apenas la pila de papeles que juntó una chica escort, creyendo que ahí había algo que merecía ser contado. Dependiendo de quién lo trabajara y cómo —con mayor o menor virtuosismo, con mayor o menor rigurosidad, con mejor o peor prosa—, el resultado sería diferente. Pero al menos, una vez escrito, ese desborde de datos e información se convertiría en un texto publicable que, convertido en libro, podría discutirse. Y así se rendiría honor a los papeles desordenados que esa chica había robado. Si el material se encaraba como crónica periodística, género que a primera vista parece serle más afín, debía sumar entrevistas, consultar fuentes propias, confirmar datos, chequear información. «Si se entusiasma con el proyecto, Verónica hará eso hasta llegar a niveles obsesivos», me dije entonces. Ella era la primera opción de escritura, la persona a la que, según Zambrano, le pertenecía el material por herencia sentimental manifiesta. ¿Y si no? ¿Si Verónica rehusaba? ¿Nadie haría germinar la semilla? Una picardía. Me angustió pensar que una historia así se podía perder por el desgano o la impericia de quienes dieran vueltas alrededor de ella. Escritores o periodistas que rechazaran el desafío o, peor, que lo terminaran haciendo mal. Hay gente que trabaja muy mal. Pero entonces, en medio de la desazón que me producía haber llegado a esa primera conclusión, me di cuenta de que había una tercera opción, una posibilidad intermedia, a mitad de camino entre la novela y la crónica: si ese material lo tomaba un escritor de ficción, como yo, y encaraba el trabajo como un texto «basado en hechos reales», un híbrido generoso que pusieron tan de moda las series en streaming, la cosa podía ser no sólo más sencilla, sino, incluso, más interesante.

Pensar en los orígenes de ese tipo de narración, en Truman Capote y su *A sangre fría*, me terminó de convencer. Nadie puede objetar cuánto se aleja el relato de los hechos concretos, nadie puede objetar cuánto se acerca el relato a la pura ficción. Como un péndulo, el texto puede ir de un extremo al otro buscando su esencia para dar lo mejor de sí. Me acuerdo perfectamente de una larga discusión que habíamos tenido con Verónica acerca de si *La escalera*, serie de HBO basada en el caso del escritor Michael Peterson, acusado de matar a su esposa, era mejor o peor que el documental sobre el mismo caso, filmado unos años antes por Jean-Xavier de Lestrade. Por supuesto, yo votaba por la serie basada en hechos reales y Verónica por el documental. A todas luces, la serie ganaba en ritmo, en tensión narrativa, en composición de los personajes. Verónica decía que el documental ganaba en verdad. Pero ¿a quién le importa hoy la verdad cuando se trata de contar una historia?, ¿a quién le importa la verdad, a secas? Lo mismo sucedía con lo investigado por Juliana: convertido en documental, podría resultar tedioso, con excesiva información, una propuesta que el lector habría abandonado a poco de empezar. En cambio, con imaginación y buena pluma, era posible eliminar datos innecesarios, llenar algunos vacíos, potenciar personajes, generar tensión dramática y suspenso, para ofrecer un texto mucho más atrapante, que nadie pudiera dejar de lado hasta la última página.

La clave era encontrar el corazón de la historia, desde dónde narrar. Y un detalle administrativo, pero no por eso menos importante: gracias al «basado en hechos reales», el autor estaría cubierto, aun sin confirmar datos y fuentes, ante un eventual reclamo de que tal o cual cosa no es exactamente como fue o como sigue siendo. Ni hablar del hecho de que, si un texto se mete con los servicios de inteligencia, aunque apenas los roce, la ficción puede operar como una vacuna que proteja de su escarmiento; vacuna no siempre efectiva, pero al menos reductora de daños colaterales.

Si alguno de los que habitan los sótanos de la democracia, frente a ese libro, viniera a apretar al autor, a amedrentarlo, cabría la posibilidad de argumentar que el relato es un invento. Incluso, desde el primer momento y antes de que nadie se dé por aludido, se podría dejar en claro la operación de escritura con una nota tipo *disclaimer*. Y, luego, recordarlo en cada entrevista: «Esta historia fue inspirada por hechos reales, pero la trabajé desde la ficción». De todas maneras, ¿por qué me preguntaba estas cosas tan temprano?, ¿por qué pensar, hasta entonces, que Verónica no lo haría?

Tal vez, porque la conocía demasiado.

6

Hoy me pregunto si no debería haber llevado ese material al juzgado. Con el diario del lunes, todo es certeza. Los periodistas no somos funcionarios públicos, por lo tanto, no tenemos la obligación legal de denunciar aquello de lo que nos enteramos en el ejercicio de nuestra profesión. Tal vez, sí debería haberlo hecho por una cuestión ética. Creo que, en ese sentido, me manejé en el límite. Un límite difuso. En algo sí tiene razón Ferrer: me dejé llevar por la emoción. Por el cariño que siempre tuve por Verónica Balda, pero, principalmente, por compasión hacia Juliana, la chica que, poniendo en riesgo su vida, había reunido semejante información para dársela a su hermana. Quise cumplir su deseo. Estaba convencida de que lo que me había entregado era más que un regalo para Verónica: era una ofrenda que confirmaba su voluntad de ser familia. Juliana creía que, con ese gesto, por fin, ellas se acercarían. Y que, además, gracias a la investigación que su hermana podría desarrollar a partir de la información que había juntado para ella, Verónica ganaría un nuevo premio de periodismo. Otro como el que tanto valoraba su padre, pero esta vez lo obtendría gracias a Juliana, esa otra hija a quien nunca quiso conocer. Creo que fue también la manera que esa joven encontró para devolverle algo de lo que sentía que le había quitado, no por decisión propia, sino como consecuencia de las acciones y elecciones de su padre. Ésa era su ilusión. Y yo no le podía torcer la voluntad a una chica muerta.

Entonces, para honrar la promesa que le había hecho en vida, debía acercarle a Verónica el material que recogió su hermana. Pero ¿cómo llegar a ella si no quería saber de mí? ¿Presentándome en la radio —como le hago hacer a la particular vecina de mi novela— y correr el riesgo de que me diera vuelta la cara? Estoy grande para esos desplantes y, todavía peor, me habría ido sin lograr lo que me había propuesto. Fue entonces que se me ocurrió lo de la ficción como caballo de Troya, y le propuse a Pablo que hiciéramos una clínica con mi trabajo. Por otra parte, siempre quise escribir una novela. No niego que también estuvo ese deseo como motor: mis ganas de escribir —por fin y después de tantos años de ejercicio del periodismo— un texto que no me reclamara ni la pirámide invertida, ni quién, qué, por qué, cuándo, dónde y cómo, ni fuentes privilegiadas ni no privilegiadas, ni exigencias de tantos caracteres, ni *click bait*. Ficción. Aunque lo deseaba, no me ponía a hacerlo, a pesar de que ahora tenía más tiempo libre. La historia que me trajo Juliana, pero sobre todo su muerte y la dificultad para llegar a Verónica, le pusieron urgencia a mi deseo y me ayudaron a que me sentara a escribir una novela. A decir verdad, ya tenía bastante escrito: llevo un diario desde hace años, episodios como el del ascensor o el del velorio de la madre de Verónica estaban contados allí en una versión más de entrecasa. Era retocar un poco esos textos, hacerlos más atractivos, sacarles cualquier referencia a «mi querido diario» y sumar otras anécdotas, las que Verónica me había contado en tantos años de amistad que, lastimosamente, ella había terminado tirando por la cloaca cobarde del bloqueo —o eso creía yo—. El resto era imaginar, inventar, zurcir con palabras. Mi oficio de periodista me ayudaría a escribir rápido, no se me escapaba que transmitir el legado de Juliana era algo urgente.

Así llegué a la conclusión de que ése era el único camino posible para asegurarme tanto de que Pablo leyera la historia como de que, una vez que supiera quién era Juliana y cuánto quería conocer a Verónica, una vez que se enterara de la ofrenda que le había dejado esa chica muerta a su hermana, él mismo intercediera para que Vero también supiera.

Me equivoqué, claro. Me equivoqué de cabo a rabo.

7

Ese día, el día de mi reunión con Zambrano, Vero llegó más tarde que de costumbre. Había tenido un cóctel o una presentación o una conferencia, no recuerdo qué; en cualquier caso, un compromiso del que seguramente me había avisado y yo olvidé. Su demora me dio tiempo para una segunda lectura del material, esta vez completa y detallada. Me entusiasmó aun más que antes. No sólo me sorprendió, diría que percibía un entusiasmo inusitado en mí. Buscaba la palabra y la encontré: excitado, ese material me había excitado. Me preparé un Aperol spritz y esperé a Verónica en el living comiendo quesos con uvas. Mientras lo hacía, me reí con sorna de que la escritura de Zambrano se limitara a asignarle a mi personaje una barra de cereal; una imaginación de poco vuelo, que no le permitía acercarse a un detalle real, a mi tentempié favorito: quesos con uvas. Para calmar mi ansiedad, puse una serie inglesa que me tenía muy enganchado, pero cada escena sólo conseguía derivarme a una imagen relacionada con ese libro que debía ser escrito. Cuando Verónica abrió la puerta me encontró leyendo, una vez más, con los pies sobre la mesa ratona, algo que ella detestaba. Aunque temí su reprimenda, no me moví. Me pareció que hacerlo, una vez descubierto, era un gesto de cobardía, de los que le asignaba Zambrano a mi personaje en su manuscrito. Y yo no era cobarde, ni nunca lo fui. Para mi sorpresa, Vero estaba tan cansada que sólo bufó, sin agregar nada, y se dejó caer en un sillón. Le sonreí, puse los papeles sobre la mesa, boca abajo, y le ofrecí un Aperol que aceptó de buena gana. Me contó que el evento había sido soporífero, que quería irse no bien había llegado, lo que resultaba imposible. Pero que, sin embargo, el encuentro con tanta gente también había tenido un efecto secundario benéfico: le había hecho notar que, por primera vez en semanas, no se le había cruzado por la cabeza que algunas de las personas que se acercaban a hablarle podrían haber descubierto su relación con Juliana y venían a cuestionarla, aunque ella no supiera el porqué. Me dijo que, al fin, sentía que el asunto empezaba a diluirse, y que, con ello, se reducía su terror a que el tema saliera a la luz de la peor manera. Apostó a que eso le permitiría relajarse, concentrarse en sus cosas, en sus proyectos, volver a la calma anterior a la desgraciada muerte de esa chica que cayó al vacío. Me acuerdo de que usó la palabra «fantasma»; me sorprendió, ya que es una imagen que Zambrano había usado en su novela para referirse a la relación entre las hermanas, y que yo no había notado que Verónica la usara hasta entonces. Ésta fue su expresión: «Durante todos estos años Juliana fue un fantasma, ahora quiero que el fantasma se desvanezca y olvidarla para siempre». Ante esos comentarios dudé qué hacer. Tenía que dudar, era mi responsabilidad: yo no era sólo su pareja, era su única familia. Si Vero no quería saber más de su hermana, si ella rogaba que el tema se desvaneciera en el aire como si nunca hubiera existido, ¿era correcto que la forzara a leer la novela de Zambrano? ¿Era correcto que le entregara el material que había juntado para ella alguien a quien Verónica consideraba un fantasma al que quería olvidar?

Empecé a convencerme de que no, de que no le iba a hacer bien. Como no le hacía bien tampoco hablar con su exjefa; y por eso, hacía un tiempo, con cierta reserva, pero también con coraje, me había tomado el atrevimiento de bloquear su número en el teléfono de Verónica. Ella nunca lo advirtió, al menos hasta donde supe. Y no tengo ningún problema en reconocerlo ahora, porque estoy seguro de que, cuando se entere —si es que aún no lo sabe—, Verónica no sólo lo entenderá, sino que me lo agradecerá. Yo había sido testigo de que cada vez que Leticia la llamaba, Vero quedaba perturbada, ansiosa, preguntándose si había dicho mucho o poco, si tal frase estaba bien o mal, dudando de sí misma. No se puede vivir así, preso de inseguridades. El infierno son los otros, lo dijo Sartre y no lo recordamos lo suficiente. Leticia Zambrano era para Verónica «El Otro» con mayúsculas. La Otra. El infierno. La única mirada que parecía importarle. Aunque Vero algún día llegara a la conclusión de que esa relación no le hacía bien, la culpa nunca le iba a dejar romper la amistad tóxica que habían construido juntas. Por eso hice lo que hice, y no me arrepiento. Verónica, después de ese bloqueo, fue otra, una mujer más centrada en su eje, más conectada conmigo, menos pendiente del teléfono. Al principio, inquieta, con síndrome de abstinencia, varias veces me preguntó si yo entendía por qué Leticia se había esfumado. Buscaba una razón, un hecho puntual. Le expliqué que el deterioro de las relaciones no siempre tiene un detonante, sino que por lo general los matrimonios, las amistades o las convivencias implosionan por acumulación de mugre. Uno deja pasar la primera suciedad, la segunda, la tercera, y llega un día en que no hay forma de desandar el camino para encontrar porqués. Lo entendió. Con el tiempo estuvo mejor, sin dudas mucho mejor. Qué ironía del destino: poco después, esta descripción de una ruptura fue aplicable a nosotros.

Como dije, llegué a la conclusión de que seguir hurgando en la historia de Juliana no le iba a hacer bien. No me cabía duda. Hacía tantos años que compartíamos la vida, que conocía a Verónica como la palma de mi mano. Crecimos juntos, nos hicimos adultos uno al lado del otro. Sabíamos de nuestras virtudes y defectos, de nuestras fortalezas y debilidades. Y yo quería lo mejor para ella. Quiero lo mejor para ella. De todos modos, antes de tomar una decisión por mi cuenta, me pareció necesario corroborar mi primera impresión. Recuerdo que estábamos los dos sentados en el sillón, yo la abrazaba. No di rodeos, se lo pregunté concretamente, aunque usé el condicional: «Si hoy viniera alguien y te dijera que sabe detalles de la historia de Juliana, cómo vivió su vida junto a tu padre, por qué se dedicó a lo que se dedicó, qué pensaba de vos, ¿te interesaría saber?». Verónica se quedó en silencio. No sentí que estuviera dudando qué decirme, sino buscando la respuesta adecuada para ella, no para mí. Se tomó demasiado tiempo y temí que dejara mis preguntas sin responder. Y yo necesitaba su confirmación, por eso insistí. Me incorporé, la miré a los ojos y repetí: «¿Te interesaría?». Suspiró, se tomó unos segundos más, moviendo la cabeza de lado a lado, como si la negación encontrara en el modo corporal una forma más rápida de expresarse, y por fin dijo: «Creo que no». Luego quedó con la vista perdida, otra vez sin compartir qué se le cruzaba por la mente. Me levanté y di algunos pasos por el living. Estaba cada vez más inquieto, me sentía responsable de haber mencionado el tema y que eso pudiera hacerle mal. Sin embargo, un rato después, serena y al mismo tiempo firme, ella repitió: «No, no, creo que no». Me sonrió, hizo otro silencio, breve, y luego agregó: «Tengo que descansar de una vez, ¿no te parece?». Antes de responder me incliné hacia ella y la besé en los labios, siempre fuimos muy cariñosos entre nosotros. «Sí, claro que me parece; yo también creo que tenés que descansar, amor, lo necesitás y te lo merecés», le respondí. Le di la mano y la ayudé a incorporarse. «Vamos a dormir, que es tarde», le propuse. Mientras ella apuraba los restos de Aperol que le quedaban en el vaso, junté los papeles que tenía desparramados sobre la mesa. «¿Trabajando en la novela?», me preguntó. «No», le respondí, «dejé la novela en *stand by*; trabajando en un nuevo proyecto». «¿En serio?». «Sí, en una historia basada en hechos reales».

Yo mismo me sorprendí al escucharme, era como si las palabras brotaran de mi boca sin que yo les hubiera dado la orden de hablar por mí. Como si una fuerza superior hubiera decidido que, ante el rechazo de Verónica, era yo quien debía escribir esa historia, buscarle el corazón al material. «Ah, mirá, no sabía que te interesaba ese género», dijo ella. «Inspirada en hechos reales, mejor dicho, me tomo muchas licencias», aclaré, y lo que dije a partir de ahí me vino como una revelación, como una epifanía: «Yo tampoco sabía, pero con esta historia lamentable que nos tuvo tan pendientes las últimas semanas empecé a bucear en el mundo de las trabajadoras sexuales y de los hombres que quedan entrampados en esas redes. En ellos especialmente. Estuve haciendo algunas averiguaciones y creo que ahí hay un libro que me gustaría escribir». Verónica me escuchó atenta, asintió, sonrió, pero no agregó nada tras mi declaración. Me costaba evaluar si era porque le inquietaba de alguna manera lo que acababa de decirle o por simple desinterés acerca de mi trabajo, algo que yo venía notando desde hacía tiempo: solía preguntar lo mínimo indispensable como para demostrar que le importaba lo que yo hacía, pero un minuto después estaba con la cabeza en otra parte. Y a renglón seguido pasaba a hablarme de su propio trabajo, de sus logros o de los problemas con que se enfrentaba.

Quiero aclarar que esto que digo no es una queja, yo soy consciente de que Verónica tenía y tiene una carrera profesional impresionante, que no le deja mucho espacio para otros temas. Siempre estuve orgulloso de ella. Lo estoy. Y, de todos modos, a mí su falta de interés me podía incomodar, pero no era lo que me inquietaba en ese momento. Lo importante, lo que yo tenía que saber, era si ella daba su consentimiento para embarcarme en este libro. «¿Te molestaría?», pregunté. «¿Y por qué habría de molestarme?», respondió ella. «Bueno, porque de alguna manera es el mundo en el que estaba metida tu hermana». «No era mi hermana», me corrigió. Callé, no quise contradecirla, evidentemente el tema seguía afectándola, por eso hice un gesto que pretendía darle la razón. Lo que acababa de suceder me confirmaba que había hecho bien al no mencionarle la existencia del material. Nos quedamos un instante en silencio, parados uno frente al otro. Luego ella dejó el vaso sobre la mesa y agregó: «Mientras no me nombres, ni develes que tengo un vínculo de sangre con esa mujer, por mí hacé lo que quieras, en serio». «No estaba pensando hablar de esa chica. Y por supuesto no develaría nada que te involucrara, no hace falta ni que lo aclares, amor, ¿no lo sabés, acaso?». Le acaricié una mejilla con el dorso de la mano y dejé que la caricia llegara hasta sus labios. Era un gesto que repetíamos muy a menudo. Ella pareció estremecerse, y bajó todas las barreras. «Lo sé, sí, perdón», dijo, y me regaló una sonrisa que tenía algo de tristeza. «¿Entonces?», pregunté. «Entonces todo bien, para mí el tema de esa chica, su muerte y el mundo escort terminó, pero si para vos implica un libro que te calienta escribir, adelante. Estamos tan flojos de deseo en este siglo XXI que, cuando alguien lo detecta, sería una pena dejarlo pasar».

Verónica había dado en la tecla exacta de lo que me estaba pasando: la posibilidad de escribir ese libro me calentaba. Y sí, yo hasta el momento venía flojo de deseo, ella estaba en lo cierto. Como dije, los dos nos conocíamos demasiado, era recíproco, y Vero acababa de demostrarlo una vez más. Sentí un cariño infinito, por su generosidad, por no poner escollos a mi proyecto, aun cuando se trataba de un tema que podía inquietarle, pero, por sobre todas las cosas, por darme el aval que necesitaba para meterme en un libro que, en ese momento ya lo intuía, iba a ser el más importante de mi carrera.

Fui hasta mi escritorio a dejar los papeles. No quería que Verónica los encontrara y se malograra el cuidado que yo había tenido para protegerla de esa historia que la lastimaba. Cuando volví, nos abrazamos un largo rato. Después le acaricié el pelo, en silencio; a ella le encantaba que le acariciara el pelo. Le di un beso en la frente, la agarré de la mano y nos fuimos al dormitorio, pegados uno al otro como en los buenos tiempos, dando por terminado ese día en el que, sin saberlo, comenzábamos a transitar el camino hacia el cambio rotundo que tomaría nuestra historia.

8

«Según una investigación de *The Hill Times*, de 2020, alrededor de cien trabajadoras sexuales viajan a Davos cada año cuando se celebra el Foro Económico Mundial. Gracias a entrevistas realizadas por distintos medios a estas mismas trabajadoras sexuales, se sabe que los servicios ascienden a 800 dólares la hora y a unos 3000 dólares la noche.

»Las mujeres se alojan en los mismos hoteles previstos por la organización del evento para los invitados al foro y se visten con ropa "adecuada", aparentando ser mujeres de negocios, para pasar inadvertidas. Aunque los concurrentes saben bien por qué están allí.

»Cabe destacar que en las últimas ediciones de este Foro se han discutido cuestiones de género, por lo que desde organizaciones feministas critican la hipocresía que demuestran organizadores y participantes, ya que su comportamiento al bajar del atril se contradice con lo que pregonan en sus pomposos discursos».

Cable de Agencia Robert Capa

9

Sí, lo recuerdo perfectamente: recibí una primera llamada de Juliana Gutiérrez dos meses después de que me fui del diario. Fue una llamada confusa, enrevesada; en lugar de preguntar por Leticia Zambrano preguntó por Leticia Sampietro o Giampietro, no entendí bien; en cualquier caso, no era Zambrano, ella trataba de dar explicaciones y estuve a punto de cortar. Pero, antes de que llegara a hacerlo, se corrigió, dijo bien mi apellido y, como si se hubiera destrabado la dificultad con que había arrancado la conversación, fue directo a lo que quería que supiera: que creía tener información que podía interesarme, relacionada con aquella nota con la que Verónica Balda y yo habíamos ganado «el famoso premio que no me acuerdo ahora el nombre, disculpe, no quiero meter la pata otra vez». Así lo aclaró, después de tratar de recordarlo con esfuerzo y sin éxito. Su voz era firme, lo que decía era algo concreto, sin embargo, noté cierta inseguridad, un titubeo particular que me hizo acordar, ya en ese primer momento, a una oscilación en el discurso que yo percibía en Verónica Balda y que le insistía que corrigiera en público, sin saber hasta entonces que esa mujer y ella eran hermanas. O medias hermanas. O hermanastras. O nada, porque más allá de la cuestión biológica y a pesar de los intentos de Juliana, no existía un vínculo familiar genuino entre ellas.

Debo reconocer que acepté tomar un café más por aburrimiento que por interés real. Por mucha fantasía que me había hecho con respecto a las lecturas, películas, paseos, escrituras y viajes en que emplearía el tiempo libre después de mi retiro del diario, me costaba llenar las horas vacías. Verónica había dicho «un ritmo frenético» cuando vino a presentar su renuncia. Y entonces subestimé el adjetivo que empleó, como de alguna manera también la subestimé a ella, concluyendo que si no soportaba el modo en que se trabajaba en *El Progreso* era porque no tenía pasta genuina de periodista. Me llevó tiempo darme cuenta de que esa vorágine, en la que todos nos fuimos degradando poco a poco, se había hecho carne en mí hasta que ya no pude diferenciar qué podía soportar sin hacerme un profundo daño y qué no. Para ese entonces, apenas dos meses después y habiendo aceptado un retiro voluntario generoso —impulsada por el temor a que me despidieran para reemplazarme por alguien más joven, con menos experiencia y menor sueldo—, aún sentía síndrome de abstinencia del frenesí de la redacción. Ése fue el motivo por el que dije que sí en un primer momento: para llenar las horas vacías. También puede haber influido el azar. O el instinto. Pero en ningún caso lo hice porque tuviera conciencia de que allí me esperaba una nota que valiera la pena. Lo cierto es que tres días más tarde me reunía con Juliana Gutiérrez en un bar de Recoleta, muy cerca del edificio donde ella encontraría la muerte poco tiempo después.

La joven, bella a pesar de evidentes e innecesarios retoques en los labios, apareció vestida con un jean y una remera blanca, ajustada, que marcaba sus pechos de tamaño desproporcionado con respecto al resto de su cuerpo y que, aun detrás de la tela de algodón, dejaban en claro que desbordaban el contorno del corpiño. Llevaba puestos anteojos negros, el pelo atado en una cola de caballo y una sonrisa franca a pesar de sus labios gruesos. No traía más que un manojo de llaves y su teléfono en la mano, supuse que viviría cerca, no sabía que tanto. Me pidió que nos cambiáramos de mesa a una más alejada de la puerta y se sentó de espaldas a la ventana. Sacó un sobre hecho con papel de aluminio de su bolsillo, metió su móvil adentro y me dijo que hiciera lo mismo con el mío. Dudé, pero le obedecí, entusiasmada por la rareza de la situación y entregada a una suerte de aventura a punto de empezar, que venía a quitarle monotonía a mi retiro. Preferí creer que se trataba de una excentricidad o incluso de un gesto exagerado elegido deliberadamente para darse importancia, sin considerar como opción, hasta entonces, el temor real de esa chica de que su teléfono estuviera intervenido. O el mío. O ambos.

Después de pedir ella su café y yo un té, porque a esa altura de la mañana ya tenía exceso de cafeína en sangre, Juliana se sacó los anteojos, los dejó sobre la mesa y empezó a hablar sin ninguna introducción. Tenía ojeras y la mirada cansada, pero su piel era tersa, impecable, no había marcas de estragos del sol, ni de tabaco, ni de una vida agitada. Lo primero que dijo fue: «Soy hermana de Verónica Balda, tal vez no sabe de mí porque soy una hermana de la que ella no habla». Eso cambió por completo toda composición de lugar que me pudiera haber hecho acerca de la situación y de los motivos de ese encuentro. Se equivocaba, yo sí había oído hablar de ella, Verónica me había contado que su padre había abandonado a su madre para irse con una profesora que estaba embarazada. La profesora que ella más quería. Eso era lo que sabía de esa chica sentada frente a mí, el trauma de un embarazo que daría lugar a su nacimiento, el nombre robado a una muñeca y unos pocos detalles más, pero nunca la había pensado como una persona adulta que anda por la calle como cualquiera de nosotras. Me excusé, le dije que yo estaba ahí porque había entendido que ella tenía información periodística importante para darme, pero que, si se trataba de un asunto personal o familiar, más aún si involucraba a alguien con quien me unía una relación profesional y hasta de amistad, como era el caso de Verónica Balda, prefería que no continuáramos con la charla. Ella me interrumpió con educación, pero también con firmeza; me dijo que la estaba juzgando de manera prejuiciosa, y reafirmó lo que ya me había dicho: que la información que tenía era periodística, que involucraba a gente muy poderosa de la política y del mundo empresarial, y que sólo había mencionado el parentesco porque le parecía honesto que yo lo supiera.

A pesar de su descargo, y como diría Whitman: «¿Que yo me contradigo? Pues sí, ¿y qué?», de inmediato me contó que, aunque había intentado varias veces hacerle llegar el material a Verónica, no había tenido suerte. Entonces, viendo que habíamos trabajado juntas en aquella investigación icónica que la había impulsado a encarar la suya, decidió mostrarme la información que había obtenido, por si me interesaba. En ese momento, me ocultó que su objetivo principal seguía siendo que se la hiciera llegar a su hermana. Sólo si ella rechazaba el material se habilitaba la posibilidad de que yo lo trabajara como mejor me pareciera. Le tomaría un par de encuentros poder decírmelo con esa franqueza, pero no se lo reprocho ni siento que ese detalle menoscabara la honestidad con que siempre se manejó conmigo. Tal vez, ella no lo tenía tan consciente en esa primera reunión. Juliana Gutiérrez era una chica intuitiva más que racional, que se movía a fuerza de impulsos que la iban llevando, a veces, a lugares adecuados, a veces, a lugares inconvenientes. Incluso a algunos muy inconvenientes.

Aunque no dijo «Yo soy escort», no hacía falta; Juliana asumía ese lugar con naturalidad y desde ahí hablaba. Intentó argumentar acerca de la relación entre las dos investigaciones, la que se podría hacer a partir de los datos que tenía para ofrecerme y aquella con la que Verónica y yo habíamos ganado el premio Rey de España.

Pero más allá de que quedaba claro que se trataba de un entramado de sexo, poder, política y servicios secretos, se enredó tanto en su discurso que no terminé de entender qué intentaba explicarme. Tal vez porque se dio cuenta de que su relato no terminaba de cuajar y para trasmitirme seriedad, se ocupó de remarcar que tenía muchos documentos, fotos y papeles para apoyar lo dicho, que estaban a mi disposición, pero que no los había traído a esa reunión porque los guardaba en un lugar preservado, del que por seguridad no los quería sacar a menos que yo aceptara el encargo. Le pregunté si también los mantenía envueltos en papel metalizado y se rio del chiste. Esa risa le dio pie para contarme que muchas chicas que trabajan como acompañantes de políticos, funcionarios o empresarios de peso tienen el teléfono intervenido. «Los controlan a través de nosotras, porque consideran que no nos damos cuenta y ellos sí. Nos toman por tontas». Me dijo que creía que el suyo estaba limpio, pero que tomaba la precaución del papel metalizado porque «nunca se sabe cuándo te lo pinchan». Asentí sin estar muy convencida de lo que me decía; por supuesto no me sorprendía que los servicios de inteligencia de mi país intervinieran teléfonos e hicieran escuchas sin autorización judicial, no habría sido ni la primera ni la última vez, pero hasta ese momento no terminaba de creerme que Juliana estuviera involucrada en algo de tanto peso como para merecer un seguimiento de ese tipo. Mucho menos, que el papel metalizado nos protegiera de nada. «¿Y cómo te das cuenta de que te escuchan?», pregunté por curiosidad. «Porque aparece un eco que repite tu propia voz. ¿Nunca te pasó?». Claro que me había pasado y, aunque me inquietó enterarme a posteriori de qué significaba, negué con la cabeza. Intenté recordar qué estaba investigando en el momento en que escuché ese eco, pero no lo logré. Ella, por su parte, siguió dándome una clase de escuchas telefónicas que me parecía de lo más interesante. «Cuando hablamos con el cliente que quieren espiar, en el móvil de él no se siente, pero en el nuestro sí. Si no estás advertida, pensás que es un problema de mala señal. Y no siempre se trata de controlar conversaciones de ellos, cada tanto lo hacen "los nuestros" para chequear qué tan confiables somos sus chicas. Auditoría de calidad. Creo que ése es mi caso. Igual vos tranquila, te hablé desde el teléfono fijo de mi vecina que es imposible que tengan en el radar». «Tranquila», repitió y suspiró, dejando salir el aire de manera pesada, una señal del agobio que intentaba ocultar. Luego se quedó un rato en silencio, no podría definir si pensando en otra cosa o en nada. «Qué inquietante esto de sospechar que podemos tener los teléfonos intervenidos, ¿no?», dije para traerla otra vez al ruedo. Ella asintió, luego miró su reloj; aunque le costaba regresar a la conversación, intentó ser amable: «Hay varios métodos para chequear si te chuparon el teléfono, yo los conozco casi todos, si te interesa algún día te cuento, pero hoy se me hizo demasiado tarde, será en otra ocasión». Por fin, sonrió dando por terminada la charla y buscó al mozo con la mirada para pedir la cuenta.

Mi curiosidad periodística había mordido el anzuelo. El anuncio de que la reunión estaba por terminar me produjo ansiedad. Quizás era el efecto que Juliana buscaba. Insistió en invitarme el té. Mientras ella pagaba con unos billetes arrugados que sacó de su bolsillo, propuse que nos reuniéramos dos o tres veces en los próximos días para que me pudiera contar la historia con tranquilidad, sin apuros. Quería que empezara por la propia, porque estaba segura de que a partir de lo personal llegaríamos de una manera más ordenada a la información política que ella había acumulado. Así el material ganaría en espesura y permitiría lograr un texto más interesante. Accedió, y quedamos en encontrarnos el siguiente miércoles. Me pidió que fuera en mi casa; me sorprendí, pero ella insistió. Dijo que sería muy cuidadosa, que se aseguraría de que nadie la siguiera, que la disculpara por el atrevimiento, pero se sentiría incómoda conversando de este tema en lugares públicos. «Y mi departamento puede ser un lugar de riesgo, no descarto que haya micrófonos y hasta cámaras», se lamentó. Aunque volví a desestimar su temor, acepté. Le di mi dirección; no quiso anotarla, sólo la repitió varias veces para confirmar que la memorizaba. Sacó los teléfonos del sobre metalizado, me alcanzó el mío y guardó el suyo en el bolsillo del jean. Antes de irse me dio un beso en la mejilla, y de inmediato pidió perdón, como si lo hubiera sentido un exceso de confianza. Para mí, en cambio, fue un gesto que hizo más evidente su vulnerabilidad.

Al día siguiente, un servicio privado de correo dejaba en mi casa una caja con el material que había reunido Juliana Gutiérrez sobre el movimiento Por la Patria en Peligro. Dos días después tuvimos nuestra primera reunión. Todas nuestras conversaciones están grabadas. Tuve el buen tino de no darle esas grabaciones a Pablo Ferrer. Ni siquiera se las mencioné.

10

Grabación número 1

¿Ya estás grabando? ¿Arranco?

Me parece bien empezar por mi historia, okey. Aunque no creo que importe lo que cuente de mí, es cierto que se ordena mejor el relato si voy por el principio, sí. Y, además, me imagino que si quiero que presten atención a lo que tengo para decir, hay que alimentar un poco la curiosidad y el morbo, ¿no? Al menos eso es lo que veo que hacen en los noticieros de la tele. Ustedes dos pertenecen a otra clase de periodismo, ya lo sé. Pero es importante que muchos nos escuchen. Así que empiezo por ahí, y después pasamos a la historia de ellos, que es la que me importa contar.

¿Viste que la gente necesita entender por qué? Por qué una chica de clase media, que fue a un buen colegio, que está comenzando una carrera universitaria, con padres más o menos como cualquiera, se dedica al servicio de acompañantes. Yo sé que lo hacen buscando una respuesta que los tranquilice. Necesitan confirmar que su propia hija nunca será escort. Su hija no. Eso es lo que les importa. Así duermen bien. En ese sentido lamento desilusionarlos. No hay una línea que defina quién entrará en el mundo del acompañamiento vip y la prostitución y quién no. ¿Me entendés? Puede haber algunas cuestiones puntuales, características de la personalidad o conflictos familiares que funcionen como detonante, pero no son una causa directa. Cosas que se le pueden presentar en la vida a cualquiera, y no todos las resuelven de la misma manera. Yo puedo encontrar un camino, vos otro, ¿quién dice cuál es la mejor opción? En el caso de la prostitución tradicional casi siempre buscan el origen en necesidades económicas, o porque son inmigrantes o porque son pobres. Te ponen el sello. También hay quienes dicen: «Lo hacen porque les gusta». Bueno, si les gusta bienvenido, digo yo, que es mejor trabajar con placer que a disgusto. Cuando se trata de escorts, en la mayoría de los casos se descartan dificultades económicas graves, cuestiones de supervivencia o de clase social; entonces, como no entienden, buscan motivos más retorcidos. Leí por ahí una teoría acerca de que muchas chicas escort fueron diagnosticadas como borderline. ¿Conocés la palabra? Yo no les creo. Alguna lo será. No es mi caso: a mí nunca nadie me diagnosticó nada, ni tuve comportamientos que indicaran ese trastorno. Monté una escena con la medicación que tomaba mi mamá el día de mi comunión. Fue algo estudiado, para llamar la atención, no para suicidarme. Tragué muchas menos pastillas de las que dije. El resto del frasco lo tiré por el inodoro. Yo nunca pensé en matarme, aunque los haya convencido de que sí. Y borderline no soy. De cualquier modo, googleé y algunas de las características que usan para el diagnóstico las podríamos tener casi todos. En este trabajo y en otros. Inestabilidad emocional, sentirte una inútil, inseguridad, impulsividad, dificultades en las relaciones sociales. ¿Quién no? ¿Vos no? ¿Mi mamá no? ¿Verónica no?

Perdón, ¿puedo fumar un pucho? En el balcón, sí.

Yo no era más insegura ni me sentía más inútil que mis compañeras. Es cierto que mi papá siempre me comparaba con Verónica, estaba obsesionado con que llenara ese hueco que le había quedado en el corazón desde que se fue de aquella casa para formar una familia con nosotras. Por eso necesitaba que yo me pareciera a ella lo más posible, algo que estaba condenado al fracaso. Ojo, sé que hay montones de personas a las que sus padres les ponen como modelo un hermano mayor exitoso. Y cada una hace lo que puede. Yo lo hice por oposición. Me opuse. A todo dije no. Si mi padre quería que fuera como Verónica, jamás iba a lograrlo; más aún, si quería que yo fuera ella, me esforzaría por ser su revés. No pudo verme a mí. Yo amo bailar, cantar, nadar, patinar. Obvio que por ese lado no iba a encontrar ninguna carrera que a mi papá lo tranquilizara. Y aunque no pensaba hacer lo que él quería, necesitaba que me dejara vivir en paz. Entonces, cuando terminé el colegio me anoté en Relaciones Públicas, lo social se me da fácil, hablo idiomas, me gusta conversar. Él lo tomó bien, y a mí me servía. ¿Sabés que hay muchas chicas metidas en el acompañamiento vip que estudiaron Relaciones Públicas? Es que tenemos que saber manejarnos en eventos de cierto nivel, necesitamos tener roce. Cuando te piden tus datos, suma. En abogacía también hay muchas, van dando materias a medida que pueden, pero terminan con un título como el de cualquiera. En general, se reciben en facultades privadas de segundo nivel, que les tienen más paciencia. Algunas, además, como parte del currículum blanquean su historial en organizaciones de ayuda al necesitado, o a niños enfermos, del estilo de Make-a-Wish o algo así. ¿Conocés? O son «amigas» de museos o de teatros importantes y organizan cenas para recaudación de fondos. Entran en cualquiera de esas instituciones como voluntarias. De movida muestran que tienen contacto con gente de dinero que hará buenos aportes; imaginate, las reciben con los brazos abiertos. Para algunas mujeres, el servicio de acompañantes será sólo un trabajo transitorio, pero muchas llegarán a la conclusión de que es su mejor medio de vida posible. Ésas van a ejercer la profesión mientras el cuerpo resista. Es que, aunque hagamos promesas de que cuando nos recibamos dejaremos esta vida, el ingreso es tan superior a cualquier honorario de abogada principiante o de relacionista pública que ese día se demora o nunca llega. No entiendo quién se atreve a reprocharlo.

¿Puedo pasar al baño?

Te vas a sorprender. Ya no es como antes. ¿Tenés hijos? ¿Sobrinos? Preguntales. Antes, supuestamente no había trabajadoras sexuales entre las compañeras de colegio, entre las amigas. Hoy la misma chica que cursó con vos todo el secundario te aparece un día en OnlyFans, con un video grabado en su propio cuarto, o casi en tetas en Instagram o en Tinder. Bueno, yo misma, de hecho, soy ese ejemplo. No tengo idea de si mis amigos de la adolescencia saben a qué me dedico, aunque si me siguen en las redes y son un poco vivos deberían adivinarlo. No creo que se espanten. Seguro que tu sobrino, si encuentra a alguna de sus compañeras metida en esto, tampoco se espantaría. Hoy los pibes saben que las promesas del mercado laboral, en las que ustedes confiaban, demostraron ser una farsa. No existen. Tenemos que buscar cómo sobrevivir en otro lado, de otro modo. En apuestas online, criptos, startups. ¿Por qué no en servicio de acompañamiento? Cada uno ofrece lo que mejor le parece. Lo entienden. Aunque después, por más que sea una cosa aceptada, no nos eligen de novia, ¿viste? Pasan años y años, el mundo se moderniza, pero tener una novia «puta» sigue siendo algo sucio. Incluso para varones que están de nuestro lado, que apoyan nuestras causas, los que llamamos «aliados». Son pocos los que se atreven. No me preocupa mayormente, no está en mis objetivos armar una pareja con un chico de mi edad. El mundo no es lo que nos prometieron. Ellos y nosotras somos lo que queda de una gran desilusión. Nosotras, chicas que vivimos con las comodidades de nuestra clase media o media alta, y que cuando estamos por ser adultas nos damos cuenta de que ya no podremos tener una vida como la que llevábamos junto a nuestros padres. Que no podremos ir a vivir solas a un lugar razonable, ni podremos viajar como viajábamos cuando lo hacíamos en familia, ni podremos comprarnos la ropa que queremos, ni hacernos las lolas, ni retocarnos los labios, ni siquiera ponernos unas extensiones de mierda. A ellos les deben pasar cosas parecidas. Lo mismo que si tenés que bajar de estilo de vida porque tus padres se separaron, o porque vivieron cagando más alto que su culo, o porque les fue mal en algún trabajo o negocio. No todas las personas están preparadas para aceptar ese bajón. Entonces resulta que, por alguna circunstancia y no porque tengas un trastorno, en el momento en que aceptás que no hay salida se te presenta la oportunidad de trabajar en esta actividad que te ofrece un camino para conseguir plata de manera rápida y fácil. Rompés una barrera. Lo hacés una vez y ya está. No porque te sientas condenada o manchada, sino porque el día que te das cuenta de que no sos otra por haber tenido sexo a cambio de dinero tus miedos desaparecen. Sos la misma, pero con plata; entonces sos más fuerte. Entendés tu poder. ¿Por qué buscar un trabajo donde te pagan diez veces menos y te explotan en otros sentidos? ¿Qué es un trabajo digno? Para algunos sólo vale hablar de dignidad en el trabajo sexual. ¿Por qué en otros trabajos no? ¿Un tipo que se encarga de echar a veinte mil empleados a la calle tiene un trabajo digno? ¿El gerente de recursos humanos de una empresa que te paga en negro? ¿La enfermera que les limpia el culo cagado a montones de pacientes en un hospital? A mí ahora no se me ocurre, pero en el periodismo tiene que haber ejemplos de poca dignidad parecidos a éstos. Los que nos quieren «encauzar» se rasgan las vestiduras partiendo de la base de que lo peor que hay en la vida es tener sexo sin deseo. ¿En serio? ¿Sólo nosotras? ¿No está lleno de mujeres y hombres en pareja que tienen sexo sin deseo? Tampoco creo que ellos lo hagan gratis, algo reciben a cambio. El deseo es un bien bastante escaso en estos tiempos. El dinero, para muchas de nosotras, también. Pero tiene solución.

Otro pucho, sí, tres pitadas en el balcón y vuelvo.

Deciles a tus sobrinos que te muestren perfiles de amigas o conocidas que trabajen de esto. Seguro conocen. Y no vas a tener necesidad de entrar a páginas específicas como Badoo, Locanto, Shokka, OnlyFans. Ni siquiera a redes de citas como Tinder o Happn. Están en Instagram, así, en bolas. Pezón tapado, eso sí, porque si no te lo banea la aplicación. Con un reloj

Cartier en la muñeca, un bolso Jackie Smith colgando del brazo, una remerita Gucci con strass. Nada de lujo discreto: cuanto más se muestre el lujo, mejor. Posando, con un trago en la mano, en una playa de arena blanca y mar turquesa, o metiendo los pies en una pileta inmaculada rodeada de palmeras, o tomando sol en la cubierta de un barco, en Punta del Este, el Caribe o el Mediterráneo. Algunas chicas, en medio de fotos que dejan en claro que están en esta actividad, suben imágenes familiares, y de repente te encontrás con un posteo donde están manejando una camioneta 4x4 junto a su madre, que sonríe feliz por lo bien que le va a la nena. ¿Son ignorantes de la situación, cómplices, administradoras del negocio? Debe haber de todo. Los míos nunca supieron. Nunca; eso me alivia. El último año de la secundaria estaban atentos a otras cosas, que volviera entera del viaje de egresados, que no me llevara materias, que eligiera una buena profesión. Cuando empecé la facultad, ya estaba trabajando en lo mío y me alcanzaba el tiempo para las dos cosas. Estudiar una carrera me protegía frente a ellos: si me veían cargando libros o apuntes, estaban contentos y preguntaban poco.

¿Me das agua, que tengo la garganta seca?

Empecé a acompañar señores en quinto año del colegio. Todavía era menor, pero tenía la cédula de la hermana de una amiga, que me había prestado para entrar a boliches. La llevaba por cualquier cosa, aunque nunca me la pidieron. Por eso, algunos de mis primeros clientes me conocían como Juana, el nombre que figuraba en el documento. Cuando arranqué, estaba muy enojada con mi papá porque decía que, por problemas económicos, no podía pagar mi viaje de egresados. Yo sabía que no era cierto, y su negativa me ponía furiosa; no nos sobraba la plata, habíamos tenido tiempos mejores, pero él lo hacía de cuida. Desde que me salieron las tetas mi papá se puso muy cuida. Parecía mi guardaespaldas. Me controlaba las salidas, no me dejaba usar alguna ropa que él consideraba «de riesgo». La pollera siempre le resultaba demasiado corta, el jean demasiado apretado, los tacos demasiado altos. Ni hablar de las remeras ajustadas, pretendía que usara blusas sueltas, batones. Un ridículo, pobre, peleaba una batalla perdida. Fue una etapa insoportable de nuestra relación. Según mi mamá, se puso así porque un amigo de su edad, un día que estaba medio borracho, le hizo un comentario sobre mis tetas. El comentario mereció una piña, terminó con esa amistad, y, peor aún, hizo que mi papá se pusiera alerta y nunca más bajara la guardia. Empezó a darse manija con que había otros hombres, borrachos o no, que también me miraban como lo había hecho su amigo. Eso era algo obvio e inevitable, yo ya no era la nena que él llevaba a patín de la mano y a la que esperaba en un banco de la plaza para acompañarla de regreso a casa. Creo que su fantasía de hija ideal se había quedado pegada a aquella Verónica de quince años; porque más allá del tiempo transcurrido, más allá de sus logros, para papá Verónica seguía siendo esa adolescente que él había abandonado el día de su cumpleaños. Estoy segura de que, cuando se fue para armar una familia con nosotras, a mi hermana todavía no le habían salido las tetas. ¿Yo que culpa tenía si las mías eran prematuras y más grandes que las del resto de mis compañeras? Ojo, no eran éstas, éstas tienen ayuda, aquéllas eran un poco más chicas, pero bien lindas de todos modos. El incidente del amigo borracho de mi papá me hizo tomar conciencia de que yo tenía un superpoder que valía infinito: la atracción que ejercía, sin proponérmelo, sobre muchos de mis amigos, sobre algunos profesores del colegio, sobre los tipos que me cruzaba en la calle y me decían algo. Imaginate si, además, me lo proponía.

Cuando fue lo del viaje de egresados, estaba como loca. No podía con mi enojo. Quedaban dos meses y había que pagar cuanto antes para garantizar el lugar. Tuve una conversación muy seria con mis viejos y, aunque mi mamá dijo que lo iban a pensar, me quedó claro que mi papá no cambiaría de opinión. Me fui de casa a los gritos, golpeé la puerta, lloré en la calle mientras corría no sabía a dónde. Y por esas cosas del destino me crucé con Jacky, una compañera que no estaba entre mis mejores amigas pero con la que me llevaba bien. Era un poco más grande que el resto del grupo, venía de otro colegio, había repetido un año o dos, nunca terminamos de saber bien su historia. Algunos decían que se había ido un tiempo de la casa, y que por eso se atrasó. Me preguntó por qué lloraba; era imposible negarlo, tenía la cara roja y los ojos vidriosos. Le conté lo que me pasaba, me venía bien hablar con alguien, hasta entonces me había dado vergüenza contarles a mis amigas que mi papá no quería pagar el viaje. Me interrumpió. «Te equivocaste de papi», me dijo. Yo no entendí. Ese día escuché por primera vez lo de *sugar daddy*. Ella me lo explicó súper bien: señores que te «adoptan», que te pagan cosas, que te llevan de viaje, que te invitan a recitales, a restaurantes caros, a navegar, a mundiales de rugby o de fútbol, a cambio de que vos establezcas con ellos una relación cercana, por llamarla de alguna manera, con derechos y obligaciones a definir entre los dos. Pero en líneas generales, ellos te dan dinero en billete o en especies, y vos satisfacés su necesidad de compañía. Jacky se esforzó en aclararme que nadie te obliga a nada, que el tipo te pide cosas, si vos querés las hacés, y si no, no. Yo le presté atención; no me espantó lo que dijo, ni me sorprendió. Tal vez fue por la naturalidad con la que me lo contó. Ni siquiera cuando me di cuenta de que, por más que Jacky insistiera en dejar claro ese punto, las necesidades de los clientes, la mayoría de las veces, incluyen sexo. Nadie te regala ni una cartera de mil dólares, ni un reloj de oro, ni un viaje de egresados a cambio de una sonrisa y buenos modales en una salida. Me contó que a ella el viaje se lo pagaba su *sugar daddy*, y yo no le pregunté qué tenía que dar a cambio. Sus padres estaban separados hacía mucho; de su papá no sabía nada, su mamá era encargada de un local de ropa en Flores donde le pagaban un sueldo que apenas les permitía llegar a fin de mes. Me aseguró que «para chicas como nosotras», ésa era una de las pocas opciones de acceder a la vida que tenían todas, incluso a una vida mejor. Aunque me sonó raro eso de «chicas como nosotras», empecé a sentirla cómplice en el mejor sentido. Yo quería ir de viaje de egresados, lo quería con todas mis ganas. Por eso, a medida que Jacky avanzaba en su relato, más me interesaba lo que me contaba. El tema es que no se consigue un *sugar daddy* de un día para otro, y yo estaba apurada. Mi amiga me dijo que ella conoció al suyo después de estar un tiempo trabajando con Lola, una mujer que reclutaba o recluta chicas para hacer trabajo de escort. Otra palabra que aprendí ese día, escort. En esa investigación que escribieron ustedes y que mi papá me leyó tantas veces no se mencionaban ni *sugar daddies* ni escorts. Tal vez no existían entonces, o existían con otro nombre, o no venían al caso en aquella investigación. Y yo lo que sabía de prostitución, hasta entonces, lo había leído ahí. Jacky conoció a Lola en Punta del Este, pero me dijo que en invierno bajaba a Buenos Aires, porque acá había más clientes. Me ofreció presentármela y me entusiasmó con que estaba segura de que, trabajando bien, sin matarme pero poniéndole onda, iba a llegar a juntar bastante plata. Y si faltaba algo para pagar mi viaje, ella le podía pedir un adelanto a su *sugar daddy*, que seguro estaría dispuesto a colaborar. «Capaz a la vuelta nos pide que se lo paguemos juntas», me dijo y me guiñó un ojo. Hasta entonces, yo había tenido sólo relaciones con un novio sin ninguna experiencia, con el que había salido en cuarto año. Le confesé a Jacky que la oportunidad me interesaba mucho, pero que me daba miedo probarme en la tarea teniendo tan poca vida sexual previa. Ella me alentó, dijo que con conocer a Lola no iba a perder nada, y que tuviera claro que siempre decidía yo qué quería hacer y qué no. «No somos prostitutas, somos escorts», insistió, una frase que escucharía muchas veces a partir de entonces y que no me convencía del todo. Tampoco me importaba. A mí, francamente, me daba lo mismo el nombre que me pusieran, yo lo que quería era ir al viaje de egresados. Llamó a Lola y coordinamos un encuentro. Por sus respuestas, me di cuenta de que la mujer le preguntó si yo era mayor de edad y Jacky respondió que sí, que se quedara tranquila.

Voy al baño otra vez; perdón, pero soy muy pillona.

¿Dónde estábamos? Ah, sí. O a Lola le caí súper o estaba muy necesitada de encontrar a alguien, porque me contrató para el día siguiente. Me volvió a preguntar si era mayor, y dije que sí, aunque me quedé preocupada porque, si me pedía el documento, yo no lo tenía encima. Además, aunque lo hubiera tenido, ya le había dicho que me llamaba Juliana. Nunca me lo pidió, pero me advirtió que lo llevara, «a veces los clientes lo quieren ver». Jacky puso cara de «tranquila, que no pasa nada», y me di cuenta de que ese «a veces» era nunca. Lola me contó que se había enfermado la chica que alguien había contratado para una cena de negocios, y que no encontraba reemplazo adecuado. Me preguntó si hablaba inglés. «Inglés y algo de francés», le respondí. Me sonrió con satisfacción. Me dijo que el cliente era de Houston, que hablaba castellano, pero que tal vez alguno de los otros invitados no, por lo que podía ser que la conversación general fuera en inglés. Le aseguré que no habría ningún problema. Después quiso saber si tenía ropa adecuada para la salida. Dudé, yo no solía ir a lugares muy elegantes. Antes de que llegara a responder, sacó unos billetes y le dijo a Jacky que me llevara a comprar algo, «sexy pero fino». Más tarde, en el shopping, mi amiga y yo nos reímos de esa frase; cada vez que me probaba algo, cualquiera de las dos preguntaba: «¿Es fino?», y nos tentábamos frente a la vendedora que no entendía el chiste. Lola también quiso saber si manejaba algo de cultura general. Jacky se anticipó a responder, mintió, dijo que yo era un bocho, la mejor de la clase. «Qué bien. ¿No me digas que además sos virgen?», preguntó Lola, y yo estaba por contestar que no pero mi amiga me pateó por debajo de la mesa y respondió por mí que sí lo era, mintiendo otra vez. Yo no entendí por qué lo hizo, pensaba que era mejor mostrarme experimentada; recién cuando estuvimos a solas, camino a casa, me aclaró que la virginidad aumenta la tarifa. Me acuerdo que me dijo: «No es justo que pierdas ese extra de bienvenida por haber tenido en el colegio un novio medio nerd de eyaculación precoz». Yo estaba muy nerviosa, preocupada por lo que acababa de aceptar, y ella me hizo reír. Era buena amiga Jacky, me sabía llevar.

No, no, hace mucho que no sé nada de ella.

Antes de pasarme el contacto del señor con el que tendría mi primera cita, Lola me hizo leer y firmar un instructivo. No me quiso dar copia, dijo que era para un control de ella. Pero todavía retengo algunas frases de memoria. El documento hablaba más de los derechos de los clientes que de los nuestros. Básicamente dejaba en claro cuál era la prestación y resaltaba la importancia del compromiso de confidencialidad. Parecía un documento hecho a partir de una mala traducción de otro idioma. Aclaraba lo que ya me había dicho mi amiga, que la principal tarea de una escort es acompañar. Acompañar estaba escrito en negritas. Me imagino que el objetivo era señalar, como antes lo había hecho Jacky, que la agencia no vendía sexo ni alentaba la prostitución, y que si eso se daba era porque se trataba, en todo caso, de acuerdos privados entre las partes, a posteriori. Seguramente, habrá sido una precaución legal, que no creo se le haya ocurrido a Lola, sino a sus abogados. «Yo putas no contrato, sólo escorts», le escuché decir a más de un cliente. Me impresiona la necesidad de diferenciar una palabra de la otra cuando no dejan de ser esencialmente lo mismo. ¡Explícame la diferencia!

Después de algunas vueltas, ya sobre el final, el documento iba al punto. Se aclaraba que dentro de las funciones de acompañamiento estaba la de ayudar a que se disfrutara mejor un evento o una cena, haciendo «relajar» a quien pagaba por el servicio. Y que el tiempo que contrataba el cliente dependía de él; que, si lo proponía y nosotras aceptábamos, podíamos quedarnos juntos y pasar un rato a solas cuando terminara «el acto social». Decía que las escorts pueden ofrecer servicios sexuales o no, pero que está bien visto que los acepten. Y por último había un casillero donde tenías que poner una cruz si eras «shemale escort» o «sexy pornstar escort». No sabía entonces lo que eran esas opciones. Podía deducirlo, pero no estaba muy segura, así que no las marqué. Hoy que lo sé, tampoco debería tildar esos casilleros: yo soy una escort clásica, tradicional. Y, de algún modo, creo que eso fue lo que me llevó a formar parte de la trama política que enseguida te voy a contar, faltando a uno de los compromisos fundamentales en este trabajo, la única otra palabra que también se destacaba en negritas en esos formularios: confidencialidad. Porque, aunque alguna de nosotras no firme nada, todas sabemos que hay un compromiso sobrentendido de que nunca diremos lo que no tenemos que decir. Sé que voy a faltar a ese compromiso, que lo estoy haciendo ahora mismo, pero si ellos tanto hablan de un bien superior que deben cuidar, yo estoy protegiendo el mío. Y el de mi hermana.

Me acuerdo de memoria, sí. Enseguida te digo.

«Si en el intercambio se recibe alguna información sensible, nunca será revelada. Los detalles de la vida privada de su cliente estarán siempre a salvo». Algo así decía lo que firmé. La palabra «sensible» me llamó la atención. Lola me pidió que leyera ese punto en voz alta, dos veces, y me hizo comentarios a medida que leía. Repetía más o menos lo mismo que yo, pero insistiendo mucho, marcando exageradamente lo que decía, agregando algún detalle. Que la seguridad de sus clientes incluía proteger los datos personales, garantizar la discreción y mantener una conducta profesional. «Está claro, ¿verdad?», preguntaba cada tanto y yo asentía. Cuando terminé la lectura se me quedó mirando un rato en silencio, era como si en mis pupilas quisiera descubrir si mentía o no. Hasta que por fin dijo: «Okey, confío», y dio por cerrado el tema. Yo me sentí como si hubiéramos hecho un pacto de sangre. Muy bizarro. Mientras guardaba el papel, me aclaró que al ser mi cliente un extranjero, también tenía la tarea de reconocer situaciones peligrosas y tratar de evitárselas, por ejemplo, recomendando que no fuera a ciertas zonas de la ciudad, a menos que ella me indicara que lo llevara allí. Recuerdo que esa aclaración me extrañó, y aunque antes de terminar me consultó si quedaban dudas o preguntas, no dije nada. Faltaba hablar del dinero, que para mí era un asunto clave. No sabía si correspondía mencionarlo o debía esperar. Me incomodaba plantearlo, lo que era ridículo porque estaba claro que lo que iba a hacer era a cambio de plata. Y si no lo preguntaba entonces, cuándo. Pero, bueno, se trataba de mi primera vez, me puse nerviosa y se notó. Hoy creo que Lola me estaba midiendo también en ese aspecto, porque cuando la cuerda se tensó demasiado lo dijo ella y me evitó el mal momento: «Querrás saber cuánto vas a cobrar. Teniendo en cuenta que sos virgen, creo que podemos pedirle 800 dólares a este yanqui, le voy a tirar 1000 a ver qué dice, y de eso vamos mitad y mitad, ¿te sirve?». Traté de que no se me notara el entusiasmo en la cara, pero claro que me servía. Mi mamá tenía que dar treinta horas de clases para cobrar una suma parecida. Mi mejor amiga, que trabajaba los fines de semana cuidando chicos, no ganaba ese dinero en meses. Yo, en cambio, entraba sin experiencia a un mundo que me permitía obtener en una noche la plata que nadie a mi alrededor recibía. Ni siquiera sé si mi padre, como gerente de banco, cobraba a fin de mes una suma semejante. Era cuestión de concentrarme en mis objetivos y convencerme de que no estaba mal lo que iba a hacer. Y que, si alguien me miraba con desprecio, antes de amargarme tenía que ver si su matrimonio o su trabajo no daban más vergüenza que lo mío. El mundo está lleno de hipocresía, y lo indigno no es la persona, sino las reglas del juego. Puede pasar con cualquier trabajo. Eso me lo enseñó mi papá, sin sospechar cómo terminaría ganándome la vida. ¿Quién tiene derecho a juzgarme por querer asegurar no sólo mi viaje de egresados sino mi futuro? La única persona cuyo juicio me importaba era mi papá. A pesar de su teoría sobre la dignidad de quien trabaja y la indignidad de las reglas del mundo, no tengo dudas de que habría sido una gran desilusión para él enterarse de lo que yo hacía. Me cuidé para que no lo supiera. Murió sin saberlo. O eso creo.

Espero que haya muerto sin saberlo.

No, no, estoy bien, tranquila.

¿Cómo me decidí? No me costó mucho convencerme de que el camino que estaba tomando era el correcto. En mi casa, para justificar que conseguí el dinero, dije que me habían contratado de intérprete en un congreso de médicos. La memoria de mi mamá empezaba a dar algunas malas señales, todavía no sabíamos de qué se trataba. Se lo tuve que repetir varias veces. Nunca lo chequearon. A mi papá no le gustó que ese ingreso arruinara sus planes. Seguramente maldijo que su nena, de tetas más grandes de lo que hubiera querido, pudiera ir de viaje de egresados. Pero ya no pudo impedir que fuera. Y mi mamá lo convenció de que, en vez de amargarse, tenía que sentir orgullo de que su hija supiera cómo ganarse la vida.

¿Tenemos un rato más o por hoy ya es suficiente?

¿Mi primera cita? En mi primera cita, todo salió bien. Los detalles son innecesarios y hacen a mi intimidad. Pero quiero decir que tuve la suerte de que me tocó un señor muy educado. No siempre es así. A la mañana siguiente me llamó Lola, me dijo que el cliente me había calificado con cinco estrellas en los comentarios de la página de la agencia. Pero que ella tardó en darse cuenta de que era yo, porque el tipo puso que me llamaba Juana. Como una tonta, me apuré a decir que ése era mi segundo nombre y que usaba los dos alternativamente. «¿Juliana Juana? Le gustan los trabalenguas a tu mamá», se burló Lola, para demostrar que sabía que le estaba mintiendo. Pero enseguida agregó que igual no estaba mal tener nombre de fantasía porque protegía, y que sólo le avisara cuál iba a usar para no hacer lío.

Lola tenía como pantalla de su actividad una agencia de modelos, pero ninguna de nosotras participó jamás de una publicidad, ni caminó por una pasarela. Cuando me pidió fotos para su página me dio algunas especificaciones artísticas «just in case»: que en una toma avanzara con los pechos en primer plano, si era posible vestida con un top apretado; que en otra usara tanga y sacara cola quebrando la cintura; una de la cara, primer plano, haciendo trompita; una de cuerpo entero, llevando un piloto o tapado abierto, que sugiriera que debajo no había otras prendas, ni siquiera ropa interior. Me dijo que con el tiempo agregaríamos detalles siguiendo un «código universal». En muchos países donde está regulada la actividad, se pueden hacer anuncios con mayor claridad, y las páginas de escorts ofrecen un servicio de «acompañantes confirmadas». ¿Sabías? Es una forma de garantizar la contratación segura, es decir, que esas chicas han superado de manera exhaustiva el proceso de investigación y antecedentes. Se suele poner en sus imágenes en los sitios web la leyenda: «FOTOS REALES». En un país como el nuestro, con gran inventiva y poca regulación, encontraron un método alternativo de confirmación de calidad. Mirá lo que son las cosas, ese método sería lo que un tiempo después haría estallar todo por el aire: un cisne de hule. Entre las fotos que las chicas subían a la página de la agencia no hacía falta agregarlo, porque la garantía era Lola misma. Pero en sus propios perfiles de Instagram o de Tinder, muchas posteaban fotos tomadas en una pileta o en una playa, con un cisne de hule. Eso, en el mundillo del acompañamiento vip, significaba que esas mujeres no sólo eran modelos o «influencers», como decían sus biografías en la aplicación, sino también escorts. Un código que manejan también los servicios de inteligencia. Y si hay servicios metidos, la confidencialidad ya no es tan importante como la amenaza o la extorsión. En el momento en que ellos lo crean necesario, claro.

Yo nunca subí foto con un cisne de hule a mis redes. No me terminaba de convencer esa imagen falsa. Lola me decía que, si la subía a mi IG, me iban a llover clientes y a mejor tarifa. Pero trabajo no me faltaba. Y cuando me cruzaba con fotos de chicas con el bendito cisne, me resultaba algo fuera de lugar que no quería para mí. Como un iglú en medio del desierto. Cuando saltó el *affaire* del gobernador, casado y padre de cuatro hijos, navegando en un mar europeo con una acompañante vip, todos empezaron a preocuparse. Lola, las chicas que trabajan con ella, los clientes también. Esa acompañante había sido una chica de la agencia y tenía fotos con cisnes de hule en todas las redes. A pesar de que argumentó que le habían hackeado la cuenta, se decía que ella misma había filtrado las fotos que comprometían a su cliente. Claro que esas filtraciones siempre las contrata y las paga un interesado. De repente, desaparecieron las fotos con cisne de hule de los perfiles de Instagram. Incluso de los de mujeres que las habrán subido inocentemente, pensando que así estaban a la moda. Ahora, aunque busques, no vas a encontrar ni una. A pesar de que no existe una foto mía con inflable de ningún tipo, yo había trabajado con Lola y eso no lo podría negar. En el ambiente, aunque hacía tiempo que tenía exclusividad con Sánchez Pardo, seguía siendo una de «las Lolas». Ahí arrancaron mis problemas, sospechaban de todas y yo caí en la volteada. En realidad, hacían bien en desconfiar de mí, pero no por los motivos que suponían. Yo nunca trabajé para los servicios de inteligencia. Hacía años que había dejado la agencia de «modelos» que se cuestionaba. Sánchez Pardo era mi *sugar daddy*. Bueno, en principio, todavía es mi *sugar daddy*. Sigo trabajando para él. Y desempeño, también, tareas para el movimiento Por la Patria en Peligro. Aunque nuestra relación esté pasando por un momento de tensión, los dos fingimos que todo está como siempre. Veremos cómo termina esta historia.

Pero eso lo dejamos para otro día, ¿sí? Hoy estoy muerta.

11

El Salón Kitty fue un burdel de elite en Berlín, del que se hicieron cargo los nazis durante la Segunda Guerra Mundial, con el objetivo de espiar clientes y extraerles información sensible. En 1939, el coronel Reinhard Heydrich, jefe de la Oficina Central de Seguridad del Reich (R.S.H.A.) ordenó infiltrar prostitutas fieles al partido. No conforme con eso, al poco tiempo decidió tomar el control del lugar para introducir mujeres especialmente entrenadas en tareas de espionaje. El plan fue llevado a cabo con obsesión por Walter Schellenberg, mano derecha de Heydrich. Madame Kitty tenía dos opciones, colaborar o morir en un campo de concentración. Eligió la primera.

El nuevo Salón Kitty empezó a funcionar en 1940 y el prestigio del lugar se desparramó entre diplomáticos extranjeros, militares, personal de las embajadas. Las SS ya habían instalado micrófonos en las mejores habitaciones. Las escuchas se realizaban desde una oficina montada en el altillo. Se decía que en este lugar prestaban servicio las prostitutas más hermosas y profesionales de toda Alemania. Las trabajadoras sexuales debían pasar exámenes rigurosos, después se elegía a las mejores. Se las instruía en diversas cuestiones: idiomas extranjeros, asuntos militares, política y economía. Pero, sobre todo, se las adiestró en técnicas para obtener información secreta. El cliente vip tenía que saber una contraseña, «Vengo de Rothenburg». Una vez pronunciada, madame Kitty le mostraba un álbum con fotos, de donde él elegía según su parecer. Por el Salón Kitty pasaron diplomáticos extranjeros, pero también altos mandos militares alemanes, lo que permitió detectar disidentes. Uno de los famosos clientes del salón fue el conde Galeazzo Ciano, ministro de Asuntos Exteriores de Italia; dicen que, en algunas de las grabaciones que se le hicieron, quedaron plasmadas sus críticas a las pocas aptitudes de Hitler, tanto para sus funciones de Estado como para la cama. El mismo Heydrich fue cliente habitual del salón, pero a él no se le intervenían las conversaciones. Incluso lo fue el ministro de Propaganda nazi, Joseph Goebbels.

El salón sirvió de centro destacado de espionaje hasta julio de 1942, año en que fue bombardeado por fuerzas aliadas. En lo que quedaba de 1942 y en 1943 siguió funcionando parcialmente en los sótanos del edificio. Luego los nazis lo dejaron y volvió a manos de madame Kitty. La mayoría de las prostitutas continuaron trabajando para ella. Schellenberg fue detenido en el 45. Nunca se encontraron los discos de cera con las grabaciones.

El modelo de espionaje del Salón Kitty fue copiado por la KGB, que montó un local de masaje en pleno Frankfurt (RFA). Estaba ubicado a pocos kilómetros del centro de operaciones europeo de la CIA. Su madame era Lydia Kuzazova. Este establecimiento sumó cámaras ocultas a los micrófonos. El material obtenido se usaba para chantajes. Al ser descubiertos, dejó de funcionar en 1965. Lydia huyó a Moscú. En 1969, llevaron el modelo a otras ciudades. En Bonn, la madame era una profesora de gimnasia de la RFA llamada Martha. El burdel quedaba en una de las zonas más ricas de la ciudad, pero se trataba de un establecimiento humilde. Las habitaciones estaban decoradas con espejos. Detrás de ellos había cámaras ocultas. El material completo se seguía mandando a Moscú. Martha fue detenida en 1978 y el burdel desmantelado.

«Espías y prostitución», compilación de artículos
de diversos autores, bajo la supervisión
de la licenciada Cora Rabassa,
para la Universidad de Pamplona

12

«No era algo habitual. Pero la idea empezó a rondarme con más insistencia cuando Dalia llegó a la menopausia y su deseo se apagó. Si yo la buscaba, ella me rechazaba o respondía a mis pedidos de mala gana, y eso no era bueno para ninguno de los dos. El tiempo pasaba y yo sentía necesidad física de estar con una mujer, desnudos, en una cama, satisfaciéndonos sexualmente. Ante el desinterés de Dalia, me imaginaba distintos cuerpos femeninos, distintos sabores, distintas posiciones. Muchas noches me excitaba y terminaba masturbándome. Repudiaba al adolescente que se atrincheraba dentro de mí.

A una edad en la que apenas habíamos pasado la mitad de nuestra vida, Dalia estaba bloqueada para lo que habíamos disfrutado hasta hacía poco tiempo:

nuestros cuerpos entregados uno al otro. Me resultaba muy triste. A medida que aumentaba la abstinencia, en lugar de conformarme mi deseo ganaba intensidad. También mi frustración y mi bronca. No me parecía justo que, ante esa insatisfacción, yo estuviera cada día más enojado con una compañera incondicional como era ella. Entendía los cambios hormonales que se dan en las mujeres, respetaba el proceso de Dalia, pero eso no alcanzaba para que yo renunciara a mi deseo. Habría sido como ir contra la naturaleza. ¿Entonces? ¿Qué debía hacer? Tener una amante no terminaba de convencerme. Las pocas veces que había sido infiel, rompí esas relaciones no bien las terceras en discordia empezaban a exigir condiciones que podían poner en peligro mi matrimonio. La pareja que construimos nunca estuvo en duda. Nuestra familia, menos. Habíamos pasado más vida juntos que separados; Dalia era mi confidente, mi amiga, la testigo de cada cosa buena o mala que me hubiera sucedido.

Un día en que me desperté francamente mal, amargado, habiendo dormido pésimo y poco —después de una masturbación seca que había aplacado mi calentura pero no mi frustración—, le conté a mi entrenador físico lo que me pasaba mientras hacíamos una rutina de ejercicios. Me escuchó con atención, me dijo que en el gimnasio conoció a muchos hombres a los que les había ocurrido lo mismo. Y luego, con mucha discreción, me sugirió que contratara a una profesional que pudiera satisfacer mis necesidades, pero en un marco donde quedara claro qué ofrecía cada uno en esa relación, sin expectativas a futuro. Me pareció un gran consejo, él mismo me pasó el contacto de una agencia de acompañantes. En una primera etapa fue una buena solución, yo estaba mejor, y eso renovaba la energía que ponía en mi matrimonio y mi amor incondicional por Dalia. No sospeché que esa joven que parecía tan amable, siempre dispuesta a lo que le pidiera, prudente, culta, agradecida y, por momentos, hasta cariñosa, una chica con quien entramos rápidamente en confianza, tanto que ni siquiera contaba los billetes cuando yo le pagaba el valor de la tarifa pactada, iba a terminar siendo la persona que arruinaría mi vida.»

Fragmento de *Varón y qué*,
Pablo Ferrer, Ediciones El Clavel

13

Sí, es cierto. A pesar de mis dudas iniciales, a medida que avancé con la escritura me fui alejando cada vez más del «basado en hechos reales» para dejarme llevar por la ficción y sumergirme en ella. Mi ficción. Digamos que *Varón y qué* terminó siendo un libro originado, provocado, concebido a partir de hechos reales, más que basado en ellos. Una diferencia tal vez sutil, pero que no está de más aclarar. Si en un primer momento me obnubilaron esos papeles robados, desbordantes de material, y tuve que apoyarme en la realidad para permitirme abordar el proyecto, creo que se trató de una estrategia inconsciente para tomar coraje y poder escribir esta historia. Cuando intuí que ahí había un libro urgente y oscuro, no fue por lo que contenían esos papeles en concreto, sino por lo que habían despertado en mí: un irrefrenable deseo de escritura a partir de mi imaginación. Los datos fríos, repetitivos o informativos habrían aburrido a cualquier lector. Lo que valía era el proceso interior que destrabaron, la escritura que prometían: ficción pura y dura. Y allá fui.

Estoy convencido de que la decisión de contar esta historia con el punto de vista y la voz de un hombre fue la más acertada en muchos aspectos, no sólo el literario. No tengo dudas de que así respondí al requerimiento de un clima de época que es evidente y que muchos aún no se atreven a mencionar: el malestar de los varones frente a la imposición de protagonismo de las mujeres. Las pruebas de que no me equivoqué están a la vista. Treinta y cinco mil ejemplares vendidos en apenas tres meses, la editorial está imprimiendo una cuarta edición, mucha recomendación de boca a boca, ya firmé una opción para audiovisual con una plataforma de streaming. ¿Qué más se puede pedir? En momentos como estos, en que pocos libros atraen la atención de los lectores,

Varón y qué es un suceso innegable, le moleste a quien le moleste. De hecho, este documental es, justamente, la prueba más contundente del éxito de mi libro. Sin él no habría habido controversia, ni discusiones en los medios, ni documental. Tampoco Leticia Zambrano habría tenido oportunidad de largar sus parrafadas acerca de lo que opina del asunto. Considero un honor que mi texto haya despertado a una sociedad dormida, y que le dé voz a lo que esta época quiere callar. Es muy importante que salgan a la luz temas reprimidos por temor a que no sean políticamente correctos. La cancelación es la Inquisición de nuestros tiempos. A mí me importan un rábano las críticas del feminismo. O al menos de algún feminismo, me corrijo. Era un riesgo que yo sabía que estaba corriendo. Pero si un escritor deja de hacer lo que tiene que hacer por miedo a la reprobación del grupo que sea, estamos listos. Sería el fin de la literatura, ¿o no?

Por supuesto que yo me defino como feminista, pero en un sentido humanista, de respeto del otro, o sea, en un buen sentido, no en los extremos que plantean grupos de mujeres radicalizados, que juegan en contra del propio movimiento. Ahora, que yo considere a las mujeres tanto como considero a los hombres no debe ser impedimento para tomar la mejor decisión literaria. Además, no tengo dudas de que si hubiera elegido contar la historia desde el punto de vista de una chica escort me habrían acusado de apropiación cultural. Siempre hay algo para decir sobre el trabajo del otro. Y los que más tienen para decir son los que no son capaces de escribir un libro que alguien pueda leer con ganas. De un tiempo a esta parte, parece que ciertas historias sólo pueden contarlas las mujeres, otras sólo las personas trans, otras sólo personas excedidas de peso, otras sólo quienes pertenecen a alguna etnia en particular. Eso es desconocer lo que fue, es y será la literatura. Hay que parar con esa locura de una buena vez, a menos que queramos que esta rama del arte, a la que le debemos tanto, se extinga definitivamente.

Una vez que tomé la decisión de quién sería el protagonista, me concentré en crear un personaje que lograra generar empatía con mis lectores, los que ya tenía y los que iba a tener a partir de este libro. Un varón de estos tiempos, alguien que pudiera ser cualquiera de nosotros o de nuestra familia, el marido de una amiga, un hermano, un primo, un compañero de trabajo, quien sea que recurre al servicio de acompañantes para satisfacer necesidades que, seamos sinceros, todos conocemos. Quise que mi historia contara su motivación, por qué lo hace. Simplemente eso. Sin juzgar, sólo entender. Poco a poco, me fui alejando del caso real, que es lo que dio el primer impulso a mi escritura, y dejé que apareciera más ficción, el mar donde nado mejor.

En los estudios y materiales disponibles sobre trabajo sexual se nota la ausencia de la voz de los varones. Y en las conversaciones privadas se escuchan palabras negativas para nombrarlos: gatero, putañero, putero. Hay incluso un malentendido acerca de que los hombres que contratan servicios sexuales son misóginos. Eso se desmiente en el trabajo de campo, cuando preguntás, cuando entrás a los foros de internet que los reúnen y ves que los violentos son baneados. Por otra parte, la mayoría de los consumidores de sexo pago busca trabajadoras independientes para desmarcarse de cualquier sospecha de trata. Pero persiste, en ciertos sectores de la sociedad, una mirada punitivista que piensa en términos de víctima y victimario. Por eso me pareció interesante explorar la incomodidad que produce que el cliente sea un tipo común, como cualquiera, y no un misógino negligente ni un pervertido. Más aún en el caso de escorts. Elegir el punto de vista es prerrogativa del autor, ¿o acaso no? Aunque debo reconocer que había otra razón muy importante para hacerlo: de ese modo alejaba mi historia de la de Juliana. Eso fue algo muy meditado, un cuidado extra que quise tener con Verónica.

Andrés, protagonista de mi novela «inspirada en hechos reales», recurre a los servicios de una escort cuando Dalia, su mujer, pasa por un período de poco deseo, o deseo nulo, y él siente que sus necesidades lo queman por dentro. Apuesta a una disociación entre la sexualidad, por un lado, y la intimidad afectiva, por el otro. Una situación bastante típica, con la que muchos hombres se identifican. Él es lo que puede llamarse un «consumidor eventual». No tengo dudas de que gran parte de los lectores de mi libro se sienten o se han sentido solos, incluso dentro de una relación afectiva. Como tantos otros varones. Como me sentía yo mismo, a pesar de que seguía queriendo a Verónica Balda. El amor que uno pueda tener hacia una mujer no necesariamente nos libra de encontrarnos en la más cruda soledad.

Sí, hay otros tipos de consumidores que fueron apareciendo en el trabajo de investigación y en el proceso de escritura. Si bien están mencionados en el libro, me di cuenta rápidamente de que no me servían como protagonistas, porque hubiera sido mucho más difícil que los lectores se identificaran con ellos. Por ejemplo, el virgen, que recurre a estas trabajadoras para iniciarse sexualmente, me llevaba el libro al campo de la literatura juvenil o novelas de iniciación. Y, discúlpenme la sinceridad, pero a mí nunca me atrajeron las historias de adolescentes al estilo Salinger y su *El guardián entre el centeno*. Por su parte, el machista, el que separa las mujeres entre «la madre de mis hijos» y las «putas», hoy puede producir cierto rechazo. Son tipos que ven a las unas para sexo vainilla —sexo convencional, el que podemos tener en pijama y mientras miramos una serie en Netflix— y a las otras para sexo duro. Ni que hablar del consumidor de sexo pago con problemas psicológicos o mentales que le impiden mantener una relación afectiva típica, y que sólo puede dar rienda suelta a su sexualidad si se mantiene distante de la mujer. Ese tipo de cliente deja afuera a muchos lectores. Nadie considera que tenga problemas mentales. Alrededor de cada uno de estos tipos de consumidores hay demasiado prejuicio y se sacan conclusiones muy apresuradas. En un estudio de algunos años atrás, que revisé cuando escribí mi libro, se señala que, si bien hasta hace poco la mayor parte de los varones que pagaban por sexo eran hombres casados, hoy esa mayoría pertenece al grupo de entre veinte y cuarenta años, con una media de treinta, preferentemente solteros. Evidentemente, lo que antes se buscaba en un burdel, ahora se busca en redes sociales. Y son los jóvenes los que están allí.

En cuanto a las críticas de que no me quise meter con la política, simplemente me pareció que hacerlo era rebajarle la categoría al relato. Cuando se mete la política, desaparece cualquier intento poético. Si una chica le copia los archivos del teléfono, le revisa sus papeles, le roba documentos o le graba conversaciones a un cliente, está mal; no importa si ese cliente es un político, un empresario, un estudiante o vive de rentas. Cuando un hombre se entera de que la mujer con la que generó intimidad, con la que se metió en la cama, está dispuesta a traicionarlo, dando información sensible y privada, se produce una revelación muy perturbadora. El hecho de que Andrés, mi protagonista, no tuviera nada que ver con la política me permitía hacerle vivir al lector, en carne propia, lo mismo que sentía mi personaje. Y así generar una identificación mayor. Sin falsa modestia, funcionó de maravillas, los que se enganchan con *Varón y qué* lo adoran, me piden que Andrés vuelva en otro libro. Si fuera un político sería mucho más difícil, la gente hoy detesta a los políticos. En cambio, sus fans se preocupan por él, quieren saber si su mujer lo perdonó, cómo fue su vida en Italia. Sobre todo, me escriben preguntando si la acompañante que lo traicionó terminó presa. Éste es un punto interesante y muy importante, porque demuestra que poca gente asocia a la escort de mi historia con Juliana Gutiérrez, tal como fue mi objetivo. Habría sido imposible cargar con su muerte en mi libro. En ese sentido, podría decir que le hago un homenaje impensado a la novela *Hermanas*, de Leticia Zambrano, donde la mujer que cae al vacío sobrevive. Yo tampoco me atreví a matarla.

Para mí, el mayor logro fue conseguir generar una corriente de energía positiva hacia un personaje que estaba condenado al repudio, según usos y costumbres de esta época plagada de hipocresías políticamente correctas. Como logró Patricia Highsmith con su Ripley: por más canalla que sea, los lectores quieren que las cosas le salgan bien. En nuestros tiempos, quien muestra cierta comprensión hacia el varón que paga por sexo lo hace en privado, por temor a ser criticado, agraviado o incluso cancelado. Lo que se espera es la condena social, como si ese hombre fuera proxeneta o manejara una organización de tráfico de mujeres. Es lo que pasó con el famoso exgobernador cuando aparecieron aquellas fotos en un barco; aunque puertas adentro sus amigos o compañeros de partido lo comprendieran, nadie se puso de su lado públicamente, ni siquiera los más cercanos que bien sabían que le habían hecho una cama. Muchos de ellos también consumidores de sexo pago. Hombres que podrían haber estado en su lugar y, en vez de compadecerse y protegerlo, se abrieron de gambas, respirando aliviados de que la bala haya pasado cerca, pero haciendo blanco en otro pecho. El susto les debe haber durado un tiempo; se habrán cuidado hasta que la amnesia selectiva les haya permitido seguir pagando para complacer su masculinidad.

No, no me parece que yo me tenga que hacer cargo de la muerte de Juliana Gutiérrez en mi texto. Ya lo expliqué. Para nada. Siento muchísimo que su historia haya terminado así, ojalá no hubiera caído por esa ventana. Reconozco que el material que ella misma recogió me sirvió para tomar el primer envión. Pero hacía falta un escritor que le diera vuelo. Lo que me entregó Leticia Zambrano era una pila de documentos donde yo vi una perla, y trabajé durísimo para convertirla en lo que es. Mi libro reproduce una versión libre, muy libre. Asumí la responsabilidad que dejó pasar Verónica: hacer germinar la semilla. Los grandes dramas de la humanidad deben ser contados. Sin embargo, no todos están preparados para esa tarea.

La literatura necesita poesía, universo, coraje. Y escritores.

14

Claro que no estoy de acuerdo. La protagonista de esta historia era y es Juliana Gutiérrez. Ella hizo la investigación, ella juntó la evidencia, ella murió —probablemente la hayan matado— mientras intentaba dar a conocer lo que sabía. Pero Ferrer elige de protagonista a un señor que quiere tener sexo extramatrimonial y que, para no sentirse culpable por meterle los cuernos a su mujer, contrata una escort. Insólito, además, el razonamiento que lo llevó por ese camino: el cansancio de los varones frente al protagonismo de las mujeres y al feminismo. Hay señores que se cansan demasiado rápido, mientras nosotras aguantamos siglos. Ni hablar de eso que le escuché decir en alguna entrevista, «cuando se mete la política, desaparece cualquier intento poético». Por favor. Me parece de un nivel de cinismo inadmisible. Creo que el asunto no resiste mayor análisis: lo que hace Pablo Ferrer es, cuando menos, indigno.

Quizás, que haya decidido que un protagonista masculino era la mejor opción para su libro obedezca a criterios de marketing, pero no puede pasar por encima de los límites de la ética periodística. Está claro que Ferrer no es un periodista, quizás ahí esté el problema también, pero si se apropia de un material que no le pertenece para hacer un libro falsamente «inspirado en hechos reales», al menos que honre esos hechos. La protagonista de esta historia, la heroína, la voz que cuenta y quien obtuvo el material que él usó impunemente es Juliana Gutiérrez. Lo contrario es tergiversación. Además, así se pierde lo más sustancial, porque la clave de esta historia, el meollo, hay que buscarlo en la relación entre el sexo, el poder y la política. Precisamente, lo que Ferrer descarta o intenta desviar del foco de atención. ¿De qué se trata la particular sexualidad de la política y el poder de este siglo? Los empresarios involucrados en la muerte de Juliana no sólo son parte de esa política, sino sus dueños en las sombras. Ellos y los servicios de inteligencia manipulan la vida de estas mujeres a su antojo. El recorte argumental arbitrario que realiza Ferrer deja afuera conceptos medulares que hacen a lo que debería haber contado. Que él y su editorial vendan muchos ejemplares no garantiza que haya sido una decisión acertada. Afirmar semejante cosa es una conclusión no sólo mercantilista, sino contrafáctica, porque no sabemos cuántos libros habrían vendido si hubiera tomado otro camino. ¿La misma cantidad?, ¿el doble?, ¿cómo adivinarlo? Tampoco sabemos cuántos vendió por ser la expareja de Verónica Balda, hermana de Juliana Gutiérrez. Por otra parte, siempre hay un pacto implícito de lealtad con la historia que se quiere contar, y Ferrer lo rompió con alevosía. Se rasga las vestiduras porque una chica escort reniega de un pacto de confidencialidad, pero no por los pactos que él ignora. Ni hablar de haberse quedado con una investigación que había sido hecha para Verónica. Ni siquiera tuvo el cuidado de mencionar a Juliana, ya no digo como fuente, sino en los agradecimientos. Y a no confundirse: si la menciona ahora no es porque esté revisando esta posición, sino porque salió a la luz su descaro, y quiere protegerse dando su versión de los hechos. Una versión mentirosa, canalla.

Estamos parados sobre el juego de la oca más siniestro, dando pasos hacia atrás. Es evidente que una ola ultraconservadora se esparce por el mundo entero, no sólo por nuestro país. Lo que parecía superado, regresa. Los consensos se rompen, derechos que parecían adquiridos para siempre se ponen en cuestión y peligran. Lo que se callaba porque era vergonzante, ahora se grita a los cuatro vientos. Muy triste. Ferrer da cuenta de este estado de las cosas ya desde el título de su libro, en ese sentido no se le puede endilgar que trate de engañar; su intención es explícita. Y le saca provecho. Leer *Varón y qué* me remitió sin escalas al «Manifiesto de los 343 cabrones». Esos señores que, en 2013, hicieron público un texto que tenía como subtítulo: «No toquen a mi puta». Se bautizaron así para establecer un vínculo irónico con la carta abierta a favor del aborto redactada por Simone de Beauvoir y firmada en 1971 por trescientas cuarenta y tres mujeres (Catherine Deneuve, Jean Moreau, Françoise Sagan y otras personalidades). Aquella movida del 71 quedó inmortalizada en la revista *Le Nouvel Observateur*, cuando la práctica aún estaba prohibida en Francia. A la semana siguiente a la publicación del manifiesto, el semanario satírico *Charlie Hebdo* publicó en su portada un dibujo que criticaba a los políticos varones con la frase «¿Quién dejó preñadas a las 343 zorras (*salope*, en francés) del manifiesto sobre el aborto?». Por supuesto se las siguió recordando como «las *salopes*». La carta de los «cabrones» salió publicada en diarios y revistas franceses de prestigio; estaba firmada por intelectuales y artistas que se oponían a un proyecto de ley del gobierno de François Hollande que preveía penalizar con multas de hasta tres mil euros a los clientes de la prostitución. «Nos gusta la libertad, la literatura y la intimidad. Y cuando el Estado se ocupa de nuestros culos, las tres están en peligro», pregonaban. En el caso de las mujeres del 71, se pedía disponer del propio cuerpo; en el de estos hombres, disponer del cuerpo de otras. Adviértase la diferencia entre el coraje de ellas y la provocación de ellos. Por muy descabellado que nos pueda sonar, teniendo en cuenta lo que Ferrer llama «el clima de época», no me sorprendería que veamos una acción de este tipo en cualquier momento. Los autodenominados «cabrones» argumentaban que su carta no era a favor de la prostitución, sino de la libertad; y declamaban que, cuando el Estado se pone a dictar normas sobre la sexualidad, la libertad está amenazada. Clima de época sin dudas: la tergiversación del uso de la palabra «libertad» como principal bandera. Y los cabrones, claro.

Otro punto importantísimo que está eludido en el libro de Ferrer es esa paradoja de nuestros tiempos en que aparecen movimientos políticos que desprecian a las mujeres, sobre todo a las feministas, y, a la hora de conformar el cupo de género impuesto por una ley que ellos rechazan, recurren a chicas que conocieron en el mercado del trabajo sexual. Así entra Juliana Gutiérrez en Por la Patria en Peligro. Así había entrado Carla Muñoz en La Historia Argentina Integral. De alguna manera, aquella investigación con la que ganamos el premio Rey de España anticipaba lo que hoy es moneda corriente. Sin embargo, en aquel tiempo, si se revelaba que alguna de las participantes del movimiento u organización o partido manejaba un prostíbulo, la involucrada quedaba invalidada para encontrar un lugar en las esferas políticas donde pretendía desarrollar una carrera, por propia voluntad o a instancias de otro. Fue lo que pasó con Carla Muñoz que, después de que se publicara nuestra investigación, abandonó La Historia Argentina Integral y nunca más incursionó en organizaciones similares. Hoy eso ya no sucede. Pero ¿por qué no podría tener un cargo político una trabajadora sexual? A mí me parece muy bien que así sea, como cualquier persona que esté capacitada para esa tarea. El problema es que en muchos casos se trata de mujeres con discursos ultraconservadores, machistas, a veces hasta misóginos, que defienden supuestos valores que no resultan coherentes con las decisiones que toman para sus propias vidas. Mujeres que, además, en su mayoría no tienen los conocimientos necesarios para ejercer los cargos que ostentan —ni por estudios, ni por experiencia en el campo social o en el territorio, ni por trayectoria política o de gestión—, por lo que están condenadas a ser manipuladas por los hombres que allí las ponen. Para eso las ponen. No son las únicas, el gobierno en sus distintos estamentos está lleno de hombres sin condiciones para ejercer los cargos públicos que ocupan, aunque eso no lo cuestione nadie. Ni la política es el único campo en el que se da esta situación. Dentro: Juliana tuvo un gesto de resistencia ante esa manipulación y lo pagó con su vida. Fuera: Verónica terminó siendo manipulada por Pablo Ferrer, sin enterarse del juego al que estaba siendo sometida hasta que ese libro infame salió a la calle.

Quiero retomar algo que mencioné antes: yo creo que el tema trascendente, la clave de esta historia, el meollo de la cuestión del que no se hace cargo Ferrer en su libro, es la sexualidad del poder en el siglo XXI. Ésa es la omisión más imperdonable de su panfleto machocéntrico. Y me refiero al poder en su sentido muy amplio, en su arquitectura, en su estructura piramidal. La sexualidad de los hombres poderosos que mueven los hilos de un país, la de los jóvenes que sostienen el aparato de su movimiento político, la de los personajes que empiezan desde abajo en ese entramado y escalan peldaños hasta transformarse en líderes, la de las mujeres que ocupan cargos de relevancia junto a estos señores. Hoy todo eso es, sexualmente hablando, muy particular. Extremadamente particular. Por ejemplo, la proliferación de muchachos agresivos, patoteros, que ya no se desafían en un baile para ir a pelear a la vereda, sino que se hacen los guapos en el anonimato de las redes. Pibes que son capaces de ejercer la violencia virtual más brutal, contra quien sea, mientras da la impresión de que no tienen más vida sexual que la que puedan propiciarse frente a una pantalla. Una actividad que, evidentemente y para colmo, en lugar de dejarlos satisfechos los pone más agresivos. Ferrer, a pesar de la información clave incluida en los papeles de Gutiérrez, no encontró nada en este sentido que fuera digno de ser contado. Se le pasó inadvertido el fenómeno que en los Estados Unidos llaman «incel», o celibato involuntario. La participación de Juliana y de otras chicas que ella coordinaba para iniciar a este tipo de jóvenes estaba muy clara en los papeles que le di. Una tarea que puede llegar a transformarse en trascendental si alguno de esos muchachos involuntariamente célibes hace carrera y asciende en la pirámide del poder, si se convierte en asesor destacado, ministro, senador o presidente. Es evidente que, con ese logro, tendrá asegurada alguna vida sexual: el dinero y el poder siguen siendo importantes afrodisíacos. Frente al cambio de estatus, con sexo a disposición, sentirá que ahora sí se lo valora como hombre, del modo en que lo merece. Y se ocupará de dejar constancia en las redes de esa sexualidad ganada, de manera que todos nos enteremos de cuánto puede. Aunque la prueba no sea mucho más que un posteo de lencería femenina tirada en el piso junto a sus zapatos, una mujer que se asoma por debajo de las sábanas mientras el varón en cuestión maneja una plantilla de Excel en su notebook, o una supuesta mancha de semen sobre el edredón de la cama donde pasó la noche. Es en esa manifestación explícita de la vida sexual donde los ex incels, devenidos varones satisfechos que ostentan poder, chocan con el estilo que históricamente usaron para manejar estos temas los integrantes más conservadores de su movimiento político, los más antiguos, muchos de ellos fundadores del partido al que pertenecen, que vienen de modelos tradicionales donde se incluyen prostitución y acompañantes, pero también discreción, mucha discreción. Lo que sucede es que a estos nuevos varones con pretensiones de macho (casi) alfa no les interesa ser discretos. Por el contrario, cuando salen de detrás de la pantalla y descubren ese mundo nuevo pretenden que todos sepamos que desbloquearon un nivel en el videojuego de su «real life» y ahora tienen una intensa vida sexual.

En la sexualidad del poder de turno podemos encontrar muchas de las claves que nos explican problemas de nuestros tiempos. Lo sabían quienes contrataban a Juliana. Lo sabía ella, y por eso dejó un material clave, donde era fácil bucear para escribir un libro revelador. Ferrer, en cambio, apostó a vender ejemplares.

15

«Incel: involuntary celibate.

(...) en nuestro propio miserable momento en la historia del internet, la palabra "incel" se refiere a una específica comunidad de hombres heterosexuales, centrada alrededor de foros como Incel.me y cerebrocels. Este grupo recientemente ha tenido mucha mala prensa debido a que en los últimos años han estado creando asesinos en masa más rápido de lo que Marvel puede crear películas de Avengers. Pero la mayoría de los incels no son asesinos violentos. Sólo son hombres que han formado su identidad alrededor de no tener sexo».

> Natalie Wynn, canal YouTube Contrapoints, capítulo: Incels

16

Grabación número 2

Listo, sí.

A Sánchez Pardo lo conocí en una cena. Yo había ido de acompañante de un ingeniero bastante mayor con el que salía por primera vez, un señor amable, tranquilo; apenas me subí a su auto me contó que había enviudado hacía unos meses. Desde que llegamos al lugar, un restaurante en una marina muy exclusiva que había sido cerrado para nosotros, me di cuenta de que Santiago me miraba de un modo raro. Estoy acostumbrada a que me miren, no era eso, pero lo hacía como si me conociera de otro lado, como si quisiera chequear que yo era yo y esperara que le respondiera con algún gesto a esa pregunta que me hacía con los ojos.

Nos sentamos alrededor de una mesa para doce personas, todas parejas. No había esposas, cada hombre estaba con chicas de mi estilo, a un par las conocía. A Santiago lo acompañaba una rubia preciosa, su belleza destacaba entre todas nosotras, que también éramos bien lindas. Sin embargo, resultaba evidente que había algo de mí que lo atraía particularmente. Santiago miraba al que hablaba más por ser amable que por interés real; y después volvía a clavar los ojos en mí, una vez tras otra. Al tiempo, cuando ya estábamos juntos, me quiso convencer de que había sido por mis conocimientos de cultura general, que no solían verse en esas reuniones. «Vos fuiste otra cosa, desde el primer momento», me dijo. No era cierto, mi conversación en la mesa podría haber sumado puntos después, pero no creo haber hablado hasta cerca del postre. Y yo ya había notado sus ojos sobre mi cuerpo mucho antes de decir una palabra.

Me acuerdo de cuál fue esa intervención, sí. En la mesa se armó una discusión sobre países en donde la población había envejecido más que la media mundial, y yo pude dar varios ejemplos. Japón, Finlandia, Portugal. Fue casi por casualidad, si hubieran hablado de museos o de literatura o de historia no habría tenido mucho para decir; pero mi mamá era profesora de Geografía y solía pasarme artículos que le llamaban la atención, los recortaba de una revista mensual a la que estaba suscripta. Hacía poco que había muerto mi papá; a partir de allí, empeoraron sus problemas de memoria. Sin embargo, era llamativo comprobar que en asuntos relacionados con la geografía aún podía conectarse y mantener el interés, como si nada hubiera afectado sus recuerdos. Incluso hoy, hojea con gusto revistas de geografía que le llevo cuando la visito. Pobre mamá. Me imagino que la nota que yo había leído era la misma que había leído el señor que trajo el tema a la mesa. Al día siguiente de aquella cena, me llamó Lola para decirme que Santiago le había preguntado por mí. Fue la última vez que trabajé para ella, ya que muy pronto firmaron un acuerdo de exclusividad que disponía que yo saliera de la agencia. Deben haber sido condiciones muy buenas, porque Lola aceptó sin dudarlo. Me aseguró que iba a ser lo mejor para las dos, pero más allá de los beneficios, y sin que lo dijera explícitamente, me dejó en claro que era muy difícil decirle que no «al Pardo». Así lo llamaba ella: el Pardo. «En todo caso, si no te va bien siempre podés volver a la agencia, todas tenemos fecha de vencimiento», me dijo. Pero nunca volví.

Yo sabía que no habían sido mis conocimientos de geografía los que llamaron la atención de Santiago cuando nos conocimos, pero no quise contradecirlo la primera vez que hablamos de eso. Recién estaba afianzando la relación con mi *sugar daddy* y no me convenía entrar en discusiones de ningún tipo; si algo quiere un tipo como él, además de sexo, es que no le rompan las bolas. Con el tiempo entendí: la verdadera razón por la que Santiago me miraba de ese modo es que tengo un parecido extraordinario con su hija. Lo comprobé y se lo dije un día en que me mostró una foto de la ceremonia en la que ella recibió un premio de una universidad de Estados Unidos, por un trabajo de investigación: «La familia, el matrimonio y el parentesco en el mundo occidental». Me impactó el título, de algún modo es un tema que a mí me atravesó toda la vida. No tenía idea de por qué le habría interesado a ella. Le pregunté a Santiago y se hizo el desentendido. Me dijo que nunca terminaba de saber por dónde iban las cabezas y los gustos de sus hijos. Pero, sin dudas, estaba orgulloso, y se notaba que la extrañaba. Entonces, una pregunta que hice cambió violentamente el tono de nuestra conversación: «¿No tenemos un aire tu hija y yo?». Lo dije mientras ponía la foto junto a mi cara. Santiago se puso mal, tenso. Me la arrebató de la mano y se fue a servir un whisky. Pasaban los minutos y no me hablaba. Yo no sabía si tenía que pedir perdón o qué. Parecía ofendido más que enojado. Estábamos en su barco, amarrado en la misma marina donde nos habíamos conocido, no íbamos a salir a navegar, pero teníamos planeado pasar la noche ahí, había luna llena. No entendía por qué se había arruinado todo. Santiago salió a la cubierta y desde ese lugar, mirando al río, por fin me dijo: «¿Cómo se te ocurre una cosa así?». El parecido entre su hija y yo era innegable. Me acerqué, pero me quedé a unos metros de él. Movió los hielos dentro del vaso con el dedo índice durante un rato, tal vez buscando calmarse, luego se sentó, me pidió que lo hiciera también y, cambiando totalmente de tono, como si lo hubiera tranquilizado haber encontrado la respuesta justa, me dijo que, en cualquier caso, su hija era igual a su madre cuando era joven, y que él alguna vez estuvo muy enamorado de aquella mujer. No admitió ninguna transgresión o pequeña perversidad en el hecho evidente de que yo fuera parecida a su hija. Si lo hubiera admitido, nos podríamos haber reído de eso. No me iba a asustar de los ratones que caminaban dentro de su cabeza. En ese momento, yo tenía más o menos la misma edad que ella cuando se había ido a vivir al extranjero; más parecidas o menos, no cabía duda acerca de la referencia. Santiago mintió, yo había visto algunas fotos de su esposa de las épocas anteriores a su enfermedad —los últimos tiempos estaba muy delgada, casi irreconocible—, y ni con treinta años menos se parecía a mí. Pero no valía la pena llevarle la contraria. Nunca hay que olvidar que un *sugar daddy* es un cliente, y el cliente siempre tiene la razón. El día que empezás a fantasear con que en esa relación puede haber algo más que un intercambio de compañía y sexo por dinero es cuando arrancan los problemas. Aunque los míos no hayan tenido que ver con nada de eso.

Santiago me llevó a varias cenas con señores que formaban parte del movimiento Por la Patria en Peligro. Nunca me queda claro si se trata de un movimiento, un partido político, una fundación o qué, pero sí sé que es un grupo de hombres muy poderosos económicamente, que tiene voluntad de ejercer ese poder en los asuntos de nuestro país. Creo que él no estaba involucrado desde un principio, se sumó un tiempo después, pero de cualquier modo lo incluían dentro de sus «fundadores» y parecía que manejaba los hilos de la organización con cierta autoridad. Yo no me aburría mientras discutían sus asuntos porque la política siempre me interesó. En mi casa se hablaba de geografía o de política. Mi papá, cuando era muy joven, había militado en el socialismo, «en el de Alfredo Palacios», me aclaraba siempre, supongo que para él habrá sido importante señalarlo. Pero sabía y opinaba de todos los partidos políticos, incluso los de otros países, y aseguraba que cada uno lo había desilusionado por distintos motivos. Su lema era, «amo la política, detesto a los políticos». Aunque no lo reconocía, a mi mamá le aburría el tema, así que, en cuanto tuve una edad adecuada, fui yo con quien tenía ese tipo de charlas, en las que, básicamente, él hablaba y yo escuchaba. A Verónica le habría gustado conversar con papá de estas cosas. Y a él con Verónica. Pero la que estaba ahí era yo. Me daba cuenta de que no habría sido la elegida en primer lugar, y por eso me esforzaba aún más por entender. Así que cuando en las reuniones de Por la Patria en Peligro se ponían a hablar de política, el intercambio me resultaba familiar. Y, si me daban pie, hasta podía participar, ya que era un tema en el que estaba entrenada. Debo admitir que lo hacía con gusto, porque más allá de que lo que opinaba esa gente estuviera en el extremo opuesto a lo que mi papá proponía, la charla me recordaba a él. A veces, de regreso en el auto, si Santiago tenía ganas de conversar, me hacía preguntas acerca de lo que se había discutido en la cena, para que yo le señalara tanto alguna cosa que me había parecido muy acertada, como un disparate. Era un juego, de la nada él decía «acierto» y yo tenía que dar un ejemplo. Luego decía «disparate», y lo mismo. A veces coincidíamos y a veces no. Ya desde entonces, tuve la clara sensación de que él me estaba probando. Aunque todavía no sabía para qué.

Sí lo supe, por fin, después de una de esas reuniones políticas, cuando me propuso que trabajara para ellos. No fue muy específico. Me dijo: «Necesito que seas un comodín, que estés para lo que haga falta». En ese momento yo no sabía cuánto podía abarcar esa definición. Con el tiempo me fui enterando: desde conseguir nombres de chicas para cumplir con el cupo femenino en listas a cargos públicos, hasta buscar una que le hiciera de novia a cierto integrante del movimiento en ascenso y con dificultades sexoafectivas, o iniciar en la vida amorosa a algún pibito eficiente en las redes, pero al que ya no lo satisfacía tocarse frente a la pantalla y se estaba pasando de agresivo. Nunca llegó a pedirme tareas de espionaje, de haberlo hecho habría roto una barrera, con riesgos también para ellos. «Sos mi madame gerente», me decía. Santiago me dio una cuota fija extra de dinero a cambio de ser muy profesional en el trabajo que me había asignado, me prometió poner el departamento donde vivo a mi nombre, y me asignó un auto para que me manejara con las chicas si hacía falta algún traslado. Sin embargo, más importante aún: pagó un excelente médico neurólogo para mi mamá. Algo que aún hoy le agradezco, porque si bien su estado de salud no puede mejorar, se controló el avance de la enfermedad tanto como se podría controlar en el caso de una persona rica. Mi mamá...

Estoy bien, no te preocupes.

Sí, me pone mal hablar de mi mamá, pero ya está, ya pasó. A veces me pregunto cuánto tendrá que ver su enfermedad con que yo haga lo que hago. Me culpo. Con la cabeza perdida ella no se entera de nada, está protegida. ¿Sabés que la mamá de Verónica decía en el barrio que la mía era una puta? Ella se enteró, se puso muy mal. Mi mamá es una mujer bastante tradicional que tuvo la mala suerte de enamorarse de un hombre casado. O la buena suerte, porque se querían mucho. Pero la sufrió. Los médicos me dicen que lo de ella es algo genético, neurológico, que no tiene que ver con traumas o cuestiones psicológicas. Pero nunca pude hacer la pregunta que hubiera querido con claridad, como para quedarme tranquila: «Dígame, doctor, ¿usted cree que mi mamá está así porque yo soy puta?». No daba.

¿Voy al baño y seguimos?

Mi tarea era similar a la de una selectora de personal: tenía distintas cualidades que evaluar, pero la clave estaba en la confidencialidad. Todas las mujeres que proponía tenían que ser de extrema confianza. Me enfrentaba a un compromiso muy delicado. Yo puedo poner las manos en el fuego por mí, pero es difícil jugarse hasta ese punto por las demás. Todas ocultamos algo, es parte de nuestro trabajo. Y la confianza tiene un precio: aunque Santiago o su movimiento pagaran bien, siempre podía aparecer otro que pagara mejor.

A pesar de la inquietud que me generaba, acepté la propuesta. Me acordé de aquello que me había dicho Lola unos años antes: «Al Pardo es difícil decirle que no». Y más allá de algún fracaso con un pibito que se terminó enamorando de la chica que le hacía el servicio y se puso muy denso, casi «creepy», y con un funcionario de gobierno que se pasó de cocaína y no había cómo sacarlo del departamento de otra de las chicas, todo salió más o menos bien. Incluso varias de nuestras mujeres fueron propuestas para integrar futuras listas de diputados provinciales o de concejales y, aunque la mayoría sólo prestó el nombre, algunas se entusiasmaron con el rol y no me extrañaría que terminaran ejerciendo el cargo.

Pero había un punto que a Santiago le producía contradicción: la decisión de mezclar a los de siempre con gente que no era del palo. «No vienen de la misma tradición, pero es inevitable incorporarlos: entre los nuestros, son pocos los que quieren trabajar duro», me explicó. Al hablar de los nuestros se refería a su clase social, a sus contactos, a sus hijos, a los hijos de sus colegas. Gente a la que le gusta manejar los hilos del poder sin embarrarse en la cancha. Él mismo y sus amigos pretenden dirigir el país pero mantenerse protegidos, en las sombras. Poner la firma no le gusta a nadie, ni al presidente de un consorcio. Entonces, no hay más remedio que darle espacios en el poder a lo que él llamaba «esta gente peculiar». Los peculiares, así les dice. Las chicas que yo le conseguí para meter en futuras listas forman parte de esa peculiaridad. Aunque no son las únicas. En una oportunidad en que le pregunté a qué se refería con esa palabra, se puso a buscar sinónimos y me dio una larga explicación, me dijo que eran extravagantes y raros, pero gente valiosa. Y que no todos tenían la suerte de nacer en familias como «las nuestras». Me habló de valores, de recursos a disposición, de máximas posibilidades al alcance, con una educación que ya no depende tanto de ir a un colegio u otro, sino de un modelo familiar. Dijo «somos una estirpe». Una palabra rara, ¿no? Él tenía claro que esa gente venía de otro lado, que se vestía distinto, que hablaba distinto, pero que también estaba dispuesta a dar la batalla que ellos solos no podían dar. «Ellos son soldados, nuestros soldados que no hacen ningún problema si les toca ponerse en la línea de fuego». Me repetía lo valiosos que eran y que había que dejar los prejuicios de lado. Pero, al decirlo, los reafirmaba. «Esta gente va a hacer por nosotros y por la Argentina lo que hay que hacer».

Santiago siempre me habla como si yo fuera parte de ese «nosotros», pero los dos sabemos que yo tampoco soy de ese lugar. Sin dudas, soy una de sus peculiares. Su propia peculiar.

17

Cuando estalló el *affaire* de los cisnes de hule empezaron los problemas reales de Juliana. Un hecho azaroso. Más de una guerra estalló por un hecho azaroso. No tengo certeza de que esta circunstancia esté directamente relacionada con su muerte, pero no me extrañaría. Por secreto profesional y por su expreso pedido, intenté lograr que el material llegara a Verónica. Pero me equivoqué, fui por el peor camino; creo que eso quedó claro, vistos los resultados y el mal uso de la documentación que hizo Pablo Ferrer. Ante esa evidencia fue que finalmente me decidí no sólo a hablar, sino a entregarle a la

Justicia la información que me quedaba. Espero que no sea tarde. Lamento no haberlo hecho antes, me costó definir si debía poner el secreto profesional por encima del esclarecimiento de los hechos, o no.

Juliana intuyó el peligro apenas vio la noticia. Un escándalo mayúsculo que provocaba indignación en algunos y burlas en otros. Una modelo —aparentemente también una chica escort que habitualmente prestaba servicios sexuales y de acompañamiento para un exgobernador— había subido imágenes comprometedoras a Instagram: los dos navegando en el Mediterráneo, los lujosos regalos que el señor le había hecho, las habitaciones de un suntuoso castillo medieval en que habrían estado alojados. Todavía había algo peor, la involucrada había posteado una foto muy sexy que dejaba intuir su cuerpo debajo de transparencias, y que no pasó inadvertida: de inmediato en las redes compararon la bata que llevaba puesta con la que había subido a sus redes sociales la esposa del exgobernador el día de cumpleaños. En su caso, no la lucía, sino que la exhibía en una caja de un negocio de lencería de moda. O el hombre le había obsequiado una prenda idéntica a la modelo, o le había dado, incluso, la bata de su mujer. Gastos impúdicos, además, para un político de un país donde la pobreza alcanza los niveles que registra en el nuestro. Aun partiendo de la base de que el exgobernador pagó esos gastos con su dinero y no con los del Estado, lo que todavía está por verse.

El *affaire* se convirtió en un festín para todos los medios, serios o pasquines, oficialistas u opositores. Según me contó Juliana, la chica en cuestión había sido una de «las Lolas», mujeres que trabajaban en la agencia donde ella se había iniciado. Ya no figuraba en su página, por eso la prensa no podía confirmarlo, pero lo dejaban correr usando el condicional: «habría pertenecido». De cualquier modo, y más allá de que yo contaba con una fuente privilegiada, entre los periodistas corrían rumores de que el vínculo existía o existió. Se especulaba que se había dado de baja de la página cuando la modelo empezó a aparecer en algunos programas de televisión, con la intención de que no fuera evidente que trabajaba como escort. Pero había quedado registrado un detalle no menor en su Instagram: una foto de ella con un cisne de hule, flotando en una pileta sin fin, en un hotel de Maldivas. Cisne de hule —un inflable ordinario que se puede comprar en Easy o en Ikea— funcionaba como oxímoron de semejante hotel y llamaba la atención por fuera de lugar, por absurdo. Un mensaje encriptado que cada uno descifraba según sus propias fantasías. Lo cierto es que, al poco tiempo de conocerse la noticia, desaparecieron todas las fotos con cisnes de hule que cualquier mujer hubiera subido a redes sociales en los últimos años. Nadie sabía qué quería decir exactamente el juguete flotador, pero en cuestión de horas se había convertido en algo maldito. La prensa recurría a contactos judiciales y de ex servicios de inteligencia, que daban declaraciones ambiguas. Aunque ninguna hipótesis podía ser verificada, a nadie le importaba mientras mantuvieran la pantalla caliente. Un exdirector de la SIDE se paseó por cuanto programa de tevé lo invitara. Decían, pero no decían; mostraban expedientes donde se investigaba prostitución vip, espionaje y lavado de dinero a través de este tipo de agencias, pero ninguno donde se hablara, con claridad, de situaciones con las mismas características de la que involucraba al exgobernador. Como mínimo, en los medios se conjeturaba que un cisne de hule avisaba que esa mujer estaba ofreciendo sus servicios de acompañante o trabajadora sexual, y algunos daban un paso más sugiriendo que ese código señalaba que la mujer en cuestión había pasado algún control de calidad, aunque no se terminara de entender quién otorgaba esa verificación. Entonces empezaron a rodar mitos y rumores alrededor de todas las chicas escort. Hasta que, a partir de un informe en un programa de streaming, comenzó a correrse la voz de que la mayoría de «las chicas cisne» trabajaban para los servicios de inteligencia, una versión que podía no ser veraz, pero sí verosímil. A nadie se le pasaba por alto que al escándalo del exgobernador se le podían sumar, al menos, dos escándalos anteriores cercanos en el tiempo, antecedentes directos de éste: uno que involucraba a un embajador y otro a un juez de la Cámara Federal. En ambos casos, al buscar los archivos de la época, las mujeres relacionadas con ellos también aparecían en playas exclusivas, con cisnes de hule. El borrado de fotos de este tipo fue inmediato y masivo: nadie quería quedar marcada como espía o delatora en potencia. El miedo se apoderó de ellos, y el terror de ellas.

En el caso del exgobernador, no cabía duda de que la filtración había sido organizada por los servicios de inteligencia. Hacía meses que en su partido se dirimía una interna desatada por la lucha para definir quién sería el próximo candidato a presidente, y había muchos intereses en juego. Lo que empezó siendo un sello de calidad se convirtió, a lo largo del día, en mancha venenosa. Aunque Juliana no tuviera nada que ver con ese asunto sabía que, por un tiempo, toda trabajadora sexual estaría bajo sospecha. Se instaló una psicosis entre los habitués de estos servicios. Sobre todo, entre los más poderosos, aquellos que tenían más que perder. Aunque nunca pierdan. Nadie iba a encontrar fotos de Juliana con cisnes de hule en ninguna red, pero el mismo Sánchez Pardo sabía bien que ella había trabajado para la agencia de Lola. Estaba muy preocupada por lo que surgía cada día a partir de este escándalo; pero, más aún, porque Santiago no lo mencionaba. Y mientras él no pusiera sus dudas sobre la mesa, mientras se guardara sospechas y especulaciones, ella no podía esgrimir defensa alguna.

18

Grabación número 3

Todo parecía marchar bien, mi situación económica había mejorado. Gracias a contactos de Santiago que le debían favores, y sin ningún aviador en la familia, mi mamá había conseguido lugar en una clínica que pertenecía a la Aeronáutica. Aliviada por su situación y su cuidado, yo tenía una vida mucho más tranquila. Pero el tema fue que, al meterme de lleno en esas reuniones, al entender finalmente cuál era el proyecto político que pretendían instalar desde Por la Patria en Peligro, me empecé a asustar. Hablaban con naturalidad acerca de que «no da la ecuación: para que este país sea posible, sobra gente». Yo primero creía que lo decían en chiste. Pero te juro que hablaban en serio. Decían frases como: «¿Qué culpa tenemos si los pobres tienen más hijos que los que pueden mantener?», «¿por qué tenemos que pagar esa imprevisión?». Una vez trajeron a una cena a un sociólogo que no me acuerdo de qué universidad hipercatólica había salido. El tipo se declaraba en contra del aborto e incluso de ciertos cuidados para evitar embarazos, pero insistía en que, si no se controlaba la natalidad en los barrios populares, la democracia iba a estar manejada por «gente sin ningún saber, sin ningún mérito, simplemente porque ellos van a ser más». Un espanto, ¿o no? Lo que proponían como salvación de la patria era lo que mi padre repudiaba: universidad paga, salud privada, la cultura como principal enemigo, retiro del Estado de cualquier actividad que no diera guita, rechazo a las medidas que implicaran alguna redistribución de la riqueza. Y conservadurismo a tope en lo que tiene que ver con los derechos de las mujeres y de las minorías, reclamando una mujer «que vuelva a ocupar su lugar, el que abandonó y hoy se arrepiente», «la mujer que queremos, no este cachivache». Por momentos, me causaban gracia; por momentos, miedo. No terminaba de entender si eran anticuados, ingenuos o monstruos. Además, decían estas cosas delante de nosotras, un grupo de trabajadoras sexuales, mientras comían, tomaban whisky, se daban algún saque de cocaína o se metían en la boca una pastilla azul para después poder cogernos.

Café está bien, gracias.

¿Cuál fue el detonante que hizo que me decidiera a documentar todo? Bueno, a veces una chispa alcanza para prender fuego algo que se secó de a poco, durante mucho tiempo, ¿no? Quizás se pueda pensar que se trató de un detalle menor frente a tanto comentario miserable. O más que menor, un detalle poco universal, que me preocupó profundamente en lo personal. Fue un día que estábamos en la cama, en mi casa. En realidad, en el departamento donde él hizo que viviera para tenerme a mano, cerca suyo, una imprudencia.

Le gustaba mirarme a través del pulmón de manzana. Antes lo había hecho con otras, pero ninguna le duró tanto tiempo como yo. Cuando me mudé, encontré en el cajón de la mesa de luz un pasaporte vencido de aquella rubia hermosa que lo acompañaba el día en que lo conocí. No bien su mujer se dormía, él se apoyaba en la ventana de su dormitorio y me mandaba un mensaje. Me indicaba cómo tenía que mostrarme a la distancia: en ropa interior, desnuda, de frente, de espaldas. Una de las cosas que más me pedía era que, con labial rojo, me pintara en el cuerpo su nombre. Usaba binoculares. Y se masturbaba. La noche en que todo empezó a cambiar, él pudo quedarse a dormir en mi casa porque su mujer estaba internada, falleció al poco tiempo. Era rarísimo que, estando juntos en la cama, Santiago prendiera la televisión. Dijo que necesitaba ver un programa político que veía el país entero, o al menos la parte del país que a él le importaba. Le iban a hacer un reportaje a un «pichón del partido» que él venía entrenando desde hacía tiempo. «Será su presentación en sociedad», me dijo. La cosa se complicó porque a último momento el conductor se enfermó y lo reemplazó una compañera. La periodista, desde mi punto de vista, estuvo bastante bien, le repreguntaba, no se quedaba con la respuesta lavada del entrevistado ni hacía concesiones, era firme pero educada. El problema fue que, al sacarlo del guion programado, el candidato empezó a hacer agua en cada cuestionamiento, se trababa en las respuestas, balbuceaba, se lo veía transpirar, y hasta se puso agresivo. Un papelón. Santiago no dijo nada, pero se notaba que estaba tenso. Cuando terminó hizo un llamado, yo no sabía a quién. «¿De dónde salió esa idiota?», preguntó. Y luego: «¿Está en la lista?». «Okey, a ésta dala de baja ya, no esperemos». Del otro lado le preguntaron algo, él puso mala cara, cerró los ojos como si quisiera bajar un cambio, y después respondió calmo, aunque contundente: «De todas partes, del programa, del canal, del periodismo, del mundo si hace falta, no quiero ver nunca más la cara de esa mina, y menos frente a uno de los nuestros». No bien cortó, se levantó y se metió tres pastillas en la boca. «Lo único que falta es que esta imbécil haga que yo no pueda dormir». Abrió su notebook y buscó un archivo. Me acerqué y le hice masajes en los hombros; no lo hice con la intención de espiarlo, sino de tratar de que se relajara. «Tranquilo», le dije. «Yo estoy muy tranquilo», me contestó un poco tajante. Vi que resaltaba con amarillo un nombre en un Excel, el nombre de la periodista que acabábamos de escuchar. El título de la planilla anunciaba: «Periodistas opositores». Alcancé a ver que Verónica estaba en esa lista, el orden era alfabético así que mi hermana aparecía en una de las primeras líneas por la B de Balda, que es el apellido que usa en vez del nuestro. Apenas unos segundos después de que leí su nombre, él cerró la planilla, apagó la notebook y la guardó en su mochila. Enseguida, me agarró de la mano y pidió que fuéramos a dormir. Me acosté a su lado, temblando; lo notó, me hizo un comentario, y yo le dije que sentía frío. Santiago me abrazó y se empezó a refregar contra mí, pero antes de que comenzara la erección se quedó dormido. Las tres pastas lo habían dejado *knock out*. Esperé a que roncara profundamente, lo que era señal de que ya estaba en trance y así quedaría por un largo rato. Fui a su mochila, saqué la notebook y busqué la planilla. Hacía tiempo que sabía cuál era su clave; lo había visto ponerla muchas veces. Me mandé copia y borré el mail. Después fui a buscar su teléfono y me fijé cuál era el contacto de la última llamada: comisario Elvio Benavente. No sabía quién era, pero que haya llamado a un comisario para «bajar» a una periodista «si es necesario, del mundo» me inquietó más. Revisé el chat, había varios mensajes anteriores, no entendí demasiado, parecía que hablaban en clave. Saqué foto de esa pantalla con mi teléfono para no dejar rastros en el suyo. Revisé el Excel que me había mandado al mail: no sólo estaba Verónica, también estabas vos, Leticia, al final de la lista, junto a otros periodistas marcados con los que compartís la última letra del abecedario.

Sí, ésa fue la primera vez que copié información, y nunca más paré. Lo hacía los días que se quedaba en casa, pero al poco tiempo, cuando murió su mujer, también lo pude hacer en la suya. Siempre esperaba que se empastillara, así el riesgo de que me encontrara era menor, casi nulo. Sabía que, si se despertaba, iba a estar tan boleado que me resultaría fácil encontrar excusas si es que mi actitud le parecía sospechosa. Y, probablemente, a la mañana siguiente no se iba a acordar de nada. Durante meses escuché audios, copié archivos, me reenvié mails. Había desde planes de gobierno futuro hasta listados de personas «indeseables», ya no sólo periodistas. Reconocí en esa lista a cantantes, actrices y actores, escritores, deportistas, influencers. Un link, junto al nombre de la mayoría de ellos, dirigía a una carpeta de inteligencia; no pude ver qué contenía desde mi teléfono, tuve que esperar a poder entrar otra vez a su notebook. Quedé impactada, eran todos datos personales de relevancia para llevar adelante acciones que prefería no imaginarme: domicilio particular, nombres de su mujer o marido, hijos, la escuela a la que iban, amante de turno, mascotas y otros detalles de la intimidad con los que pudieran ser extorsionados (orientación sexual, negocios cuestionables, enfermedades de ellos o de su familia). Entré a la carpeta de Verónica y eso me permitió saber más de mi hermana: que está en pareja con un escritor, cuánto dinero hay en su cuenta bancaria, que desde muy joven le diagnosticaron hipertiroidismo, que no tiene ni hijos ni mascotas.

Volví a revisar la notebook de Santiago muchas veces, todas las que pude. Sacaba fotos de manera alocada sin estar segura de qué había encontrado.

Creo que prefería no saber.

19

CORTES DE NOTICIEROS TELEVISIVOS A LA FECHA DE ESTE DOCUMENTAL

TN, *Criminis causa*, 30 de agosto de 2023.
A pesar del tiempo transcurrido desde la muerte de Juliana Gutiérrez, se solicitó a la Justicia un peritaje independiente sobre la autopsia. Por esta vía, se busca determinar irregularidades en el procedimiento efectuado. El pedido fue realizado por la querella de la periodista Verónica Balda, que resultó ser hermana —por parte de padre— de la joven muerta, en un giro sorpresivo de este caso policial.

IP Noticias, 31 de agosto de 2023.
Si bien la periodista Verónica Balda —hermana de Juliana Gutiérrez— no quiso hacer declaraciones, en un breve comunicado de prensa anunció su participación en la causa. Según el mismo comunicado, la periodista y la joven fallecida no se conocían ni tuvieron trato alguno, por lo que Verónica Balda, que usa el apellido materno, tardó un largo tiempo en confirmar que la occisa era su hermana. Una vez que quedó clara esa circunstancia, se presentó en la causa para insistir en el pedido de justicia.

Canal de la Ciudad, *Noticias al instante*, 1 de septiembre de 2023.

El peritaje ordenado sobre la autopsia del cuerpo de la joven escort se llevará a cabo en los próximos días, quince meses después del confuso episodio en que murió Juliana Gutiérrez. Dicho episodio tuvo lugar en el edificio de departamentos donde vive el empresario agropecuario Santiago Sánchez Pardo, que se encuentra en libertad por falta de mérito. La reapertura de la causa podría modificar su estatus jurídico. Imágenes, por favor. Como ya informamos días atrás, la querella anunció que presentará peritos de parte. Fuentes judiciales estiman que la defensa hará lo propio en las próximas horas. Ese informe se sumará a las pericias toxicológicas e histopatológicas, pruebas testimoniales y demás elementos ya existentes en la causa.

A 24, *Noticiero Central*, 2 de septiembre de 2023.

El motivo por el que la querella pide peritaje es la «lesión número 18», que había sido desestimada en la autopsia a cargo del perito oficial, Lucio Rodoero, tanatólogo argentino de gran experiencia y fama mundial. La semana pasada el mencionado forense ratificó en el juzgado lo que había señalado en su informe del año pasado. Vean este gráfico: veintitrés heridas superficiales entre hematomas y equimosis, algunas de gran tamaño, escoriaciones en brazos, rodillas e ingle, pulmones e hígado desgarrados, triple fractura en la pelvis, fractura expuesta en muslo izquierdo, traumatismos craneales leves. Todas las lesiones mencionadas, según ratificó el forense, corresponden a caídas sobre superficies duras.

También reafirmó que no se hallaron lesiones compatibles con abuso en sus genitales, ni heridas compatibles con maniobras defensivas ante un ataque. Esos dichos serán los puestos en cuestión por los peritos de parte.

Territorio devastado, Canal de YouTube, 6 de septiembre de 2023.

Cabe señalar que, a pesar de que los fiscales insistieron con que Juliana fue asesinada en una escena «sexualizada» por la presencia de lencería, juguetes eróticos y preservativos, no se hallaron sangre o semen en ellos. Ninguno de los dichos del perito oficial, Lucio Rodoero, incriminaron a Sánchez Pardo hasta el momento. Además, para el forense las raspaduras detectadas no evidencian defensa en ataque. En cambio, el abogado querellante, Fabián Müller, sostiene que dichas lesiones pueden conformar la «lesión número 18», un patrón de arrastre que podría indicar una posible maniobra homicida, y señala que no se profundizó lo suficiente en este punto. Esta controversia deberá ser dirimida con la pericia solicitada. Vean este video.

Crónica TV, *Noticias a la mañana*, 8 de septiembre de 2023.

La querella aportó a la causa una gran cantidad de documentos comprometedores, que habrían sido obtenidos por Juliana Gutiérrez desde los teléfonos y la notebook de Santiago Sánchez Pardo. Mientras espera el análisis de esa documentación y los resultados de la pericia solicitada, Verónica Balda, a través de sus abogados, vuelve a señalar la importancia de los estudios toxicológicos practicados sobre la víctima, que determinaron la presencia en sangre de alcohol, ketamina y MDMA. Estos dos últimos elementos son parte de la droga llamada *tusi* o cocaína rosa. Si bien la defensa sostiene que esos estupefacientes no fueron suministrados por Sánchez Pardo, los abogados de Verónica Balda insisten en que el empresario, cuando menos, proveyó drogas a la joven para vulnerar su conciencia e inducirla a que salte al vacío.

20

Acordamos tener dos reuniones más. La primera en una plaza. Juliana llegó alterada y se fue enseguida. Me alcanzó a decir que creía que se habían metido en su computadora. Y que, de ser así, podrían haber encontrado el material que había obtenido del teléfono y de la notebook de Sánchez Pardo. En cambio, se sentía aliviada porque no había dejado rastros que indicaran que me había entregado ese material a mí; no me lo había mandado por correo electrónico ni compartido en un drive, fue muy precavida al hacer esa impresión que me envió antes de empezar a reunirnos. Los archivos que ella le había robado a Sánchez Pardo estaban encriptados, para acceder había que conocer una serie de contraseñas, pero, según me dijo, nada que alguien con un manejo de informática no pudiera sortear. Me contó que ahora su computadora se encontraba en un lugar seguro, pero que estaba muy preocupada porque temía que el daño ya estuviera hecho: cuando entró a su casa se dio cuenta de que había sido movida de lugar, apenas, un cambio imperceptible para otros, pero no para ella que solía dejarla justo en el centro del escritorio. Traté de tranquilizarla, le pedí que no se obsesionara con eso, le recordé que muchas veces una está convencida de que dejó algo en un lugar y, sin embargo, lo dejó en otro. Me aseguró que no, que había estado cargando su notebook antes de salir, y que el cable sólo llegaba al enchufe si estaba apoyada exactamente en el medio del escritorio. Pero, además, tenía otro indicio que le parecía aun más concluyente: cuando llegó a su casa encontró al gato muy asustado, no quería salir de abajo de la cama, algo totalmente infrecuente en él, que en cuanto ella metía la llave en la cerradura corría a la entrada a recibirla y se refregaba en sus piernas. Al hablar del gato se le quebró la voz, estaba a punto de llorar, fue la segunda vez que le noté una emoción no reprimida. La primera había sido cuando me habló de su madre y del temor —infundado, por cierto— de que ella tuviera alguna responsabilidad en su enfermedad. Le tomé la mano; Juliana me dejó, pero enseguida la retiró para secarse unas lágrimas. Me dijo que ese gato era todo para ella, su compañero de cada día, que si le pasaba algo no se lo iba a perdonar. Le pregunté si pensaba que yo la podía ayudar de algún modo. Me dijo que ya la había ayudado mucho; que sentía que, pasara lo que pasara, la historia estaba a buen resguardo desde que me la había confiado.

Antes de despedirse, Juliana puso fecha para ir a grabar una última declaración a casa, pero no vino, esa reunión nunca se concretó. Canceló sobre la hora diciendo que la había citado Sánchez Pardo en su departamento. Una cena imprevista a la que le aseguró que estaban invitadas otras de las chicas y varios integrantes del partido. La noté mal, la voz era la de siempre, pero se percibía que hacía un esfuerzo por no decir más de lo prudente. Me pareció que estaba convencida de que no era cierto que hubieran invitado a otras chicas; si así fuera, ella lo sabría, es más, habría sido la encargada de convocarlas. No fue el hecho de que Sánchez Pardo mintiera, sino el error cometido al hacerlo, lo que la puso en alerta máxima. Era evidente que algo lo perturbaba. Le dije que no fuera. Pero me respondió: «Es muy difícil decirle que no al Pardo».

Me quedé atenta, no me pude dormir hasta muy tarde, tenía un mal pálpito. Y no me equivoqué: fue la noche anterior a la madrugada en que Juliana cayó al vacío y murió. O la mataron.

21

Las hipótesis que maneja Leticia Zambrano me parecen descabelladas. Si realmente creía eso, debería haber ido a la Justicia antes. Yo revisé el material y, aunque no soy experto, debo decir que no detecté nada que me permitiera avalar las conclusiones a las que ella llega. Estaba claro que un grupo de hombres contrataba acompañamiento y sexo, y que un grupo de mujeres prestaba ese servicio. En esos papeles había detalle de viajes, de consumos, de tarifas, de tareas asignadas. Los listados que ella menciona, con nombres de personas proscriptas o a proscribir, yo no los vi. No creo que me los haya salteado. O están en algún otro material que no me pasó, o no existen. Cualquiera de las dos alternativas es posible. Tampoco detecté en los papeles que estuvieron a mi alcance ningún indicio que hiciera suponer que a Juliana Gutiérrez la mataron. De cualquier modo, frente al revuelo que armó Leticia Zambrano, puse ese material a disposición de la Justicia; entiendo que una parte está aún en casa de Verónica y otra en un depósito de mi editorial. Pero aún nadie lo fue a retirar. Se ve que no le dan mayor importancia.

Lo que yo sí tenía claro es que Gutiérrez vulneró la confianza que le dieron entregando información sensible que se había comprometido a preservar y que no le pertenecía. Ella era consciente de que existía un pacto de confidencialidad que había vulnerado. Entonces, puesto frente a todo eso, un escritor como yo, ¿qué debe hacer? Buscar la historia, sencillamente buscar la historia, siempre buscar la historia. Y con el lenguaje, nuestra materia prima, nuestra riqueza colectiva, darle forma. ¿Qué le importan a un lector los números y datos que hay en un Excel ni las salidas de caja de un partido político? Yo, al principio, como dije, me quedé muy sorprendido por el valor del material que me había entregado Zambrano. Pero con el tiempo, y puesto a trabajar sobre él, me di cuenta de que lo maravilloso de esa parva de papeles no era lo que realmente contenía, sino lo que disparaba en mí, el proceso creativo que se había iniciado a partir de su lectura. Lo que construía mi imaginación, la magia de la creación.

Vuelvo a lo dicho en las primeras entrevistas: no tengo ninguna duda de que el mérito de mi libro reside principalmente en haber salido del lugar común, para contar esta historia desde el punto de vista del hombre que contrata a una escort y es engañado en su buena fe. Historias de trabajadoras sexuales abundan, en cambio de hombres clientes, con los que podamos generar empatía, debe haber, seguramente, pero muy pocas. Al menos yo no conozco ninguna que me parezca que valga la pena.

Con respecto al tema político, también ya lo dije: a mí la política no me interesa y creo que le hace mal a la literatura. ¿Por qué tendría que incluirla en mi libro, entonces?

Y en cuanto al caso policial: lo siento, tampoco me convoca. No escribiría jamás una novela policial; creo que, salvo ciertas excepciones, Chandler, Hammett, Simenon, es un género absolutamente menor, que no me atrae abordar.

En lo que se refiere a Leticia Zambrano, lo que le recomendaría es que ella se ocupara de retrabajar la historia que escribió y que dejara a los demás escribir las suyas. Ya después veremos quién tiene lectores y quién no. No sé si se me habrá pasado, pero no vi que *Hermanas* haya sido publicada por ninguna editorial. Espero que, antes de pretender que alguien la edite, ella lo converse con Verónica y confirme que no tiene inconveniente con que haya escrito una novela basada en su vida. Yo mismo podría oponerme, porque habla de mí en términos bastante despectivos. Pero, la verdad, me importa poco lo que Zambrano pueda decir en una novela de tan poco vuelo. Por otra parte, si considera que hay algo que merece ser denunciado en la Justicia, que lo haga, que sume nuevas pruebas, pero que sea consciente de que nuestro sistema judicial está colapsado y lo que menos necesita es que le lleven casos inventados o sujetos con alfileres, con el único objetivo de generar ruido mediático.

Antes de terminar, me gustaría dejar en claro mi posición con respecto al señor Sánchez Pardo, porque, de algún modo y de manera involuntaria, quedé involucrado en el caso real del que es parte. Lamento si algo de lo que escribí en mi novela, o algo de este circo posterior que generó Zambrano, lo perjudicó. Yo no lo mencioné, él no es el protagonista de mi libro de ninguna manera; cualquiera que lo lea se dará cuenta. Andrés es pura ficción. Los dos son empresarios, como tantos otros; los dos tienen mujeres enfermas con mal pronóstico, como tantos otros, lamentablemente. Y los dos recurrieron al sexo pago; supongo que no hace falta que repita «como tantos otros». Nada de eso era secreto a la fecha que salió el libro. Entiendo que los detalles personales que se ventilaron a partir de las denuncias de Zambrano y la controversia que se generó con mi novela lo habrán perjudicado en lo personal, en lo emocional, en lo familiar. Algo que puede llegar a ser muy injusto, si tenemos en cuenta que el señor Sánchez Pardo está en libertad por falta de mérito. Lo lamento mucho, le quiero presentar mis respetos y mis disculpas. Todo el mundo es inocente hasta que se demuestre lo contrario. Aunque este escándalo me excede y no lo ocasioné yo, siento vergüenza por el volumen que tomó la discusión y los perjuicios que ocasionamos. La coincidencia más importante entre mi libro y la vida de Sánchez Pardo es la idea matriz que lo atraviesa: cualquiera de nosotros podría haber estado en su lugar.

Por último, unas palabras acerca de Verónica. Es una pena que no haya querido dar su testimonio para este documental, porque su palabra habría aclarado muchas cosas. Pero la entiendo, y no dudo de que, cuando ella lo vea, confirmará mi honestidad y entenderá por qué, finalmente, tuve que revelar algunos datos que jamás hubiera dado a conocer si no fuera por la presión mediática que ocasionó sobre mí la misma mujer que tanto daño le hizo a ella: Leticia Zambrano. Nosotros, Vero y yo, no tenemos deudas pendientes. Estamos separados hace un tiempo, pero seguimos queriéndonos, el cariño está intacto. A veces, una pareja de años deja de funcionar; y eso no quiere decir que las personas involucradas se detesten o se odien, sino que tomaron conciencia de que sus caminos debían ir hacia distintas direcciones. Eso es lo que nos pasó a nosotros, y lo asumimos con pena, pero también con la convicción de que ambos tendremos una vida más plena, siguiendo cada uno los propios deseos, proyectos, ambiciones personales, que hoy ya no son algo en común. Verónica no sólo me autorizó a que usara el material que le había intentado legar su media hermana, sino que también estuvo en la presentación de mi libro, vino a festejar su publicación conmigo, nos abrazamos, aplaudió. Hasta me alcanzó un ejemplar para que le firmara, y yo le escribí una dedicatoria donde resaltaba lo que ella significa para mí. Perdón que se me quiebre la voz. Aunque me cuesta, necesito expresar todo esto públicamente, porque son también maliciosos los dichos de Leticia Zambrano con respecto a que la decisión de Verónica de tomarse un año sabático tiene que ver con un estado de ánimo, que ella calificó de deplorable, «después de haberse enterado de cómo fueron las cosas». Vamos a corregir esa frase vergonzosa que utilizó la que alguna vez fue una periodista de prestigio: en cualquier caso, habrá sido después de escuchar una versión tergiversada por Zambrano de cómo fueron las cosas. Ni siquiera sé de dónde saca que Verónica está mal de ánimo. Ella también fue a mi presentación —se habrá enterado por los anuncios en las redes, porque yo no la invité—. Leticia Zambrano estuvo ahí y se retiró sin saludar. Pero la tiene que haber visto feliz, y habrá notado el cariño que aún nos tenemos. Hace unos días, Vero anunció a sus oyentes de *Apenas sale el sol* que se alejaba un año para ocuparse de la causa de su hermana. Se la escuchaba contenta con su decisión, convencida. No sonó ni angustiada ni triste. Ni siquiera preocupada. Quien tenga dudas después de conocer las declaraciones de Zambrano, que escuche ese corte con su despedida: es la voz de una mujer absolutamente plena. Lo celebro. Se lo merece. Ojalá que en un tiempo vuelva con proyectos propios. Con un libro, por qué no, si es lo que desea. Pero, sobre todo, con ganas de hacer radio otra vez, porque sus oyentes la extrañan cada mañana. Y yo también.

22

«Estaba convencido de que los dos, Jazmín y yo, sacábamos lo que pretendíamos de nuestra relación: sexo y dinero. Pero además, después de tres años, había una suerte de amistad, había cariño y hasta confianza. O eso creía yo. Le contaba mis cuestiones del banco, la compra de sucursales, la construcción de un edificio en Retiro para trasladar las oficinas. En el último tiempo, también las negociaciones por la venta y fusión con una entidad financiera extranjera, una operación que me dejaría muchísimo dinero, pero que, mientras tanto, y a la espera de que se concretara, me traía grandes dolores de cabeza. También le contaba de la enfermedad de Dalia, que se había manifestado al poco tiempo de empezar a tener nuestros encuentros y que avanzaba sin remedio. Jazmín, a su vez, me hablaba de su vida, aunque hoy creo que muchas de las cosas que me contó deben haber sido mentira. Su padre que necesitaba una silla de ruedas que yo pagué; el supuesto desalojo que solucioné poniendo un departamento del banco a su nombre; el aborto que prefirió hacerse en una clínica de Estados Unidos, nunca entendí por qué.

Fue justamente con la venta de mi banco que Jazmín vio la oportunidad de ir por más. Preguntaba demasiado, hacía proyectos a futuro que yo me cuidaba de no convalidar, inventaba situaciones que nunca se darían. Se desilusionó tremendamente cuando le conté mis planes: retirarme no bien se produjera la fusión para vivir en Europa los últimos meses que le quedaban a Dalia. Queríamos instalarnos en Italia, muy cerca de donde viven nuestros hijos. Jazmín me preguntó si la llevaría, y yo fui sincero: definitivamente no. Quería vivir ese tiempo a pleno con mi mujer, en familia, solos nosotros dos y mis hijos, no había lugar para distracciones. Creo que eso fue el detonante. Jazmín empezó a los gritos, hizo una crisis nerviosa, tiró cosas por el aire, intentó pegarme. Yo le ofrecí una indemnización, pero evidentemente le pareció poco. Actuó como una mujer despechada, a pesar de que nuestra relación era clara, había un contrato de palabra entre los dos, nada firmado, pero vigente de hecho. Me dejó mensajes amenazantes de distinto tipo, que no respondí. Al poco tiempo aparecieron esas fotos en su Instagram. Ella juró que le habían hackeado la cuenta. Pero estoy seguro de que no. Como también estoy seguro de que no fue un plan de ella ni actuó sola.

El escándalo hizo que se cayera la venta de mi banco. Creo que eso buscaban los que estaban detrás de Jazmín. En el mercado financiero local eran muchos los que querían que se frustrara esa operación, y lo lograron como en las películas de espías: gracias a una prostituta. Algunos, porque un banco como el que se formaría a partir de la fusión sería una competencia que podría ir contra sus intereses; otros, por mera envidia. La frustración de ese negocio me devastó. Pero lo que verdaderamente me hizo presentarme ante la Justicia fue ver la cara de Dalia cuando me mostró las fotos que había posteado Jazmín. Ella casi no usaba redes sociales, su prima se las había mandado al WhatsApp. No dudé en decirle la verdad. Reconocí la autenticidad de las imágenes, pero también que esa chica no significaba para mí ninguna otra cosa que una descarga sexual, y que sospechaba que detrás de los hechos había una operación para perjudicar la venta de mi banco. Reconocí mi debilidad, sí, y que lo lamentaba profundamente. No me cansé de repetirle a Dalia, una vez y otra vez, cuánto la amaba. No mencioné nuestra falta de sexo, ni su enfermedad. Busqué el mejor abogado de Buenos Aires y denuncié a Jazmín. Yo no había cometido ningún delito al contratar a una escort, ella sí al presionarme con distintos pedidos de manera extorsiva, antes de postear esas fotos.

Muy pocos se atreven a denunciar a una mujer en casos como el mío. Creo que senté un precedente para muchos otros hombres que pasan por situaciones semejantes. Habrá que ver qué resuelve el juez penal; pero yo, ahora, me siento en paz. Por otra parte, en el fuero civil la demandé por lucro cesante, al provocar la caída de la venta de mi banco. Por supuesto ella no dispondrá del dinero necesario para pagarme, en caso de que yo gane esa demanda, cosa que según mis abogados es muy probable. Pero quien la haya usado para postear nuestras fotos sí tiene que ser alguien económicamente poderoso. Con ese hombre me gustaría medirme. Ojalá dé la cara. Mientras tanto, Jazmín podrá comprobar si hizo negocio al traicionarme.

El camino de la Justicia que tengo por delante va a ser largo. El de Dalia no, por eso decidí poner el foco en ella y la convencí de que nos instaláramos en Europa de todos modos. Con una hipoteca muy beneficiosa, compré una casa en un pueblito pequeño, vecino al lago Di Como. Mis hijos están cerca de ahí, vienen a vernos seguido. Yo salgo a andar en bicicleta por la mañana; la tarde entera se la dedico a Dalia. Nos merecemos que al menos haya justicia en nuestras propias vidas, querernos como nos queremos y vivir lo que nos quede juntos en paz. El sexo que mi cuerpo necesita ya volverá en algún momento; pronto, seguramente, no reniego de mi condición. La experiencia que transité me hizo más sabio y poderoso. Más varón que nunca».

Fragmento de *Varón y qué*,
Pablo Ferrer, Ediciones El Clavel

23

Un descaro absoluto. Eso es lo que pienso no sólo de su libro, sino de lo que dijo y dice Pablo Ferrer. Y de lo que seguirá diciendo porque le encanta aparecer en los medios: si algo le cuesta es callarse.

Hoy no tengo dudas de que la muerte de Juliana Gutiérrez está relacionada con el hecho de que ella encontró material sustancial sobre el movimiento Por la Patria en Peligro. Si yo siguiera trabajando en el diario y escribiera una nota, no podría decirlo, no tengo pruebas. Pero es lo que creo. En un principio, evalué que hubiera sido un suicidio; la última vez la había visto muy mal. Creo que, en el fondo, no me atrevía a pensar que la podían haber matado. Pero después de ordenar mis pensamientos, en gran parte escribiendo esa novela que le dediqué a Verónica para que sepa quién es su hermana, no me quedaron dudas: en el último encuentro entre Juliana y esa gente, alguien hizo que saltara por la ventana. O la empujó o la llevó a consumir la cantidad de droga necesaria como para que no tuviera conciencia de sus actos. Asesinato o suicidio inducido, no hay mucha diferencia. Eso es lo que yo creo. La última palabra la tendrá la Justicia. Seguiré la causa con atención. Que Verónica se haya presentado como querellante es una gran noticia, no sólo para ella, por haber dado un primer paso para cicatrizar heridas, sino que además le dará un empuje a un proceso viciado desde el minuto uno, donde los vínculos entre los sospechosos y el poder hacen que mis dudas —y las de muchos— sean válidas. Habrá que esperar. Años, tal vez demasiados, en un país donde la Justicia parece que viaja en carreta.

    No. La verdad es que no tengo nada que agregar. O tal vez sí, un deseo para sumar al deseo de justicia: que

Verónica en este año sabático, además de ocuparse de la causa de su hermana, escriba su propio libro. Una reescritura de sí misma. Y que ese libro sea una novela. Que deje de lado la verdad que buscó en el periodismo, que no tenga la obligación de ajustarse a una realidad que fue tan injusta con ella. Que se invente de modo que pueda reparar el daño que siempre anduvo revoloteando a su alrededor. Ese que le hicieron personas muy cercanas. Incluso yo misma. Ojalá, Verónica vuelva con un libro grandioso para sus oyentes, para sus lectores y, en especial, para ella. Un libro luminoso. Porque, en definitiva, todos contamos una novela cuando hablamos de nuestra vida. Cambiamos algunos hechos, modificamos personajes, suavizamos circunstancias. Graduamos el dolor para llegar a la historia que podemos tolerar. ¿Acaso no se trata de eso?

24

PLACA FINAL

La causa por la muerte de Juliana Gutiérrez aún sigue abierta. Santiago Sánchez Pardo fue imputado nuevamente, pero la Justicia le otorgó la excarcelación y está en libertad.

Varón y qué, de Pablo Ferrer, va por la octava edición, vendió los derechos de traducción a cinco idiomas, y se encuentra en marcha un proyecto audiovisual.

Hermanas, de Leticia Zambrano, será publicada por Relámpagos Ediciones.

Por la Patria en Peligro se presentó a las últimas elecciones legislativas y consiguió ubicar cinco de sus candidatos en bancas de diputados. Dos de ellos son mujeres.

Las cenizas de Juliana Gutiérrez fueron retiradas de la morgue por Verónica Balda. Hasta el momento, la periodista no regresó a su programa de radio.

TERCERA PARTE

LA NIÑA DE LA BAÑERA

(Versiones de mí)

Sono solo parole
Sono solo parole
Sono solo parole, le nostre
Sono solo parole.
　　　«Son sólo palabras», Verónica Scopelliti
　　　　　　　　　　　　　　　　(Noemi)

I

Bajo las escaleras escapando de un fantasma. Pero es en vano, porque cuando llego al hall, el televisor instalado en la entrada de la radio, sintonizado *in aeternum* en un canal de noticias, me muestra el frente del edificio donde, pocas horas atrás, cayó una mujer al vacío. Ella es esa mujer. Una muerte que me perturba, que quiero sentir ajena, pero que se me mete en el cuerpo como si fuera un virus para el que no hay vacuna. Me quedo paralizada, la vista clavada en la pantalla. La zona del suceso ya está precintada y la policía intenta mantener alejados a vecinos, movileros y curiosos. El zócalo dice: «La joven escort, Juliana Gutiérrez, murió al caer de un quinto piso». Lo leo una y otra vez, como si hacerlo pudiera cambiar las palabras escritas por otras. Un nombre distinto, un desenlace diferente.

El taxi me espera afuera como cada mañana cuando termina el programa que conduzco: *Apenas sale el sol*. El recepcionista me avisa que el auto ya está disponible desde hace unos minutos. Casi no lo escucho; sus palabras me llegan como un eco lejano, una voz que atraviesa capas de sinsentido, sin que yo logre distinguir qué dice. No puedo quitar mi vista de la pantalla, prendida como una garrapata a la imagen del edificio desde donde cayó y murió ella. Afuera, el taxista toca bocina. Me sobresalto. El muchacho quiere saber, ¿La conocés? ¿Quién es? Intuye la verdad: mi rara actitud tiene que ver con esa muerte. Miento, vuelvo a negar; y luego digo, Perdón, me espera el taxi. No bien me excuso, trato de ponerme en marcha para evitar más preguntas. Sin embargo, involuntariamente, casi como una autómata, de camino a la puerta contesto las que quedaron en el aire, esas a las que no pude ponerles palabras un segundo atrás, aunque lo digo con un tono tan bajo que es probable que el chico no llegue a escucharme:

Es mi hermana.

Por primera vez la nombro así, como si su muerte me hubiera habilitado, por fin, a poder hacerlo. Una investidura tardía y *post mortem* que convierte a esa mujer en alguien cercano. Y a la muerte ajena, en propia.

II

En cuanto el taxi arranca, le aviso al chofer que voy a otra dirección. Le indico las esquinas que se cruzan a metros de donde cayó y murió Juliana. Pero dos cuadras antes de que el auto llegue a destino le digo que se detenga y pido permiso para bajarme. Quiero llegar al lugar caminando, pasar desapercibida, que no adviertan que estoy ahí y menos en calidad de qué. No sé si será posible. Hay demasiados periodistas, demasiados agentes de policía, demasiados transeúntes entrometidos en una muerte que para ellos siempre será ajena, aunque hoy parezca importarles tanto.

Alguien se me queda mirando, me reconoce, me saluda, ¡Qué desgracia lo que le pasó esta chica! Descubierta, cambio de estrategia, finjo que estoy haciendo una nota, que filmo y grabo. Dicen que ya retiraron el cuerpo de mi hermana. Dicen que murió en el acto. Dicen que estaba desnuda. Me imagino su contorno desparramado en el lugar de la caída, dibujado con tiza sobre el piso por los forenses —un procedimiento que vi en las películas, pero desconozco si sigue en uso—. Una mujer de tiza y piedra. No puedo comprobarlo porque no dejan entrar a la prensa, no lo veré, no sabré si alguien dibujó a mi hermana sobre las baldosas. Tal vez, mejor no ver.

Una señora mayor se me acerca, me recuerda a mi abuela; me cuenta que escucha el programa todas las mañanas. Pero confiesa, Cuando no hablan de deportes, porque arranca ese muchacho y ya me aburro y cambio. La mujer está molesta porque ningún periodista le pide testimonio, se queja de que sólo quieren hablar con la vecina que llamó a Emergencias. Dice, Tengo más para contar que ella, pero me ignoran. Yo conocí a esa chica, estoy segura de que vivía del otro lado, ¿sabés?, en el edificio que está justo enfrente, cruzando el pulmón de manzana. La tengo muy vista, a lo lejos, pero te puedo jurar que es ella. Lo que no sé es por qué cayó de este lado si vivía del otro. ¿Cómo es eso?, le pregunto. Sabía que vos sí me ibas a escuchar, se alegra la vecina. Me la hicieron ver, a la muerta, parece que siempre piden dos testigos. Yo enseguida levanté la mano, a mí me gusta colaborar. El encargado del edificio no quiso. Su mujer tampoco. Son poco dispuestos esos dos. Yo sí. Aunque no advertí que la conocía ahí mismo, mientras la miraba, porque me dio tanta impresión que firmé el acta y salí corriendo. Me fui con la sensación de que la tenía vista; cuando reaccioné, y me cayó la ficha de quién era, quise volver para decirle a la policía, pero ya no me dejaron pasar. Esa chica vive del otro lado, a la vuelta de la manzana, y baila desnuda en la ventana. Bastante seguido baila desnuda. Bailaba, pobre. Tengo unos prismáticos viejos, de cuando iba al Teatro Colón, al gallinero. Yo no podía creer que bailara desnuda, así que los fui a buscar, y sí, sin nada encima estaba, como Dios la trajo al mundo. Después me la empecé a cruzar en la panadería, en el quiosco. A veces muy de entrecasa; otras muy arreglada, muy pintadita. Cuando vi en el noticiero que era escort confirmé lo que ya sabía. No es que yo sea malpensada. La mujer se detiene, me mira, se acerca a mi cara, más de lo que me parece prudente, y me habla al oído en voz baja, Porque… ¿quién baila desnuda en una ventana si no es prostituta? Ella vive en el tercero; vivía, mejor dicho. Un edificio blanco, lindo, pobretón. Yo en el segundo de acá, desde mi dormitorio levantaba la vista y la tenía directo. Escuché por ahí que vino a nuestro edificio a atender a un cliente, pero andá a saber si es cierto. A mí me sigue llamando la atención que después de asomarse tanto a aquella otra ventana cruzando el pulmón de manzana caiga de este lado. En un rato te vas a acordar de mí, cuando verifiquen su dirección van a salir corriendo todos a dar la vuelta a la manzana, policía, oficiales de justicia, periodistas. Qué lentitud, qué falta de criterio no tomarme testimonio a mí. Mientras tanto pierden el tiempo con la que llamó a Emergencias. En cambio, vos sí, porque sos más aguda, más astuta, yo te escucho, *Antes de que amanezca*, ¿no? *Apenas sale el sol,* la corrijo. Le importa poco su error, en cambio me advierte, Oíme, te tiré la primicia, así que poné mi nombre, Adela Vives, anotá. Le miento que así lo haré, me despido y me apuro, corro a dar la vuelta a la manzana antes de que otros le presten atención a la señora que me recordó a mi abuela. ¡Adela Vives!, me grita otra vez, cuando ya estoy de espaldas.

Llego sin aliento al otro lado de la manzana. Busco el edificio donde vive mi hermana. Donde vivió mi hermana, me corrijo. Como a esa mujer, a mí también se me mezclan los tiempos verbales, hay un lapso en que los muertos siguen vivos en el discurso, hasta que el lenguaje también los mata. Trato de calcular cuál es el edificio que está en oposición a aquel en el que Juliana encontró la muerte. No hay dudas de que es éste, frente al cual me paro. Miro el portero eléctrico, hay dos departamentos por piso. Planta baja: portería, quinto piso A: escribanía; el resto no tiene indicación alguna. En el botón del tercero A o B no encuentro nada que me ayude a confirmar en cuál vivió mi hermana. ¿Qué busco? Aún no lo sé. No quiero llamar al encargado, no quiero alertar a nadie sobre mi interés en la mujer que murió esta mañana, tan cerca de allí. Mucho menos que me pregunten ellos a mí. No quiero que sepan. Levanto la vista hasta el tercer piso. Rastreo alguna pista que me indique que es el lugar donde vivía. Bajo de la vereda a la calle y doy unos pasos para tomar distancia. Un árbol cuya copa sobrepasa la altura del que sería su departamento me dificulta la visión. Me voy hacia un lado y hacia el otro, busco la mejor posición desde donde espiar lo que fue la vida de mi hermana. En el balcón de la derecha hay demasiados trastos, seguramente acumulados a lo largo de años; no parece el balcón de una chica de veintitrés años: dos bicicletas arrumbadas, una valija vieja, una bandera argentina con la cara de Messi colgada de la baranda. Descarto que sea su casa. En el de la izquierda, dos sillas y una mesa pequeña, de chapa color verde. Varias macetas con plantas que no distingo. Una de ellas dio flores rojas. La protección del balcón se nota vieja y gastada; el color original de la soga, perdido a fuerza de las inclemencias del tiempo, se adivina debajo del polvo acumulado. Dudo que, con la red en ese estado, haya niños en la casa. Tal vez los hubo y sigue instalada por dejadez más que por necesidad. Sin embargo, el hecho de que ahora maúlle un gato en un extremo del balcón me hace dudar y concluyo que, tal vez, esa red no está allí por descuido. El animal parece inquieto, va y viene sin apartarse de ese rincón. Su maullido suena a queja. La protección está rasgada en esa esquina. El gato trata de meterse por ese tajo, una y otra vez, pero su cabeza es más grande que el espacio abierto. Aprovechando la rotura, intenta desgarrar la red con las patas, se enreda. Un hombre sale del edificio con un chango para hacer compras. Me saluda, aunque no parece reconocerme, podría ser tan sólo un señor amable.

Mientras me distraigo con el vecino de mi hermana, el gato consigue salir a la cornisa. No entiendo cómo. Camina por la orilla, entre el balcón y el vacío. Pienso en aquel otro vacío. En el que flotó el cuerpo de Juliana. Pienso en la caída, en el breve transcurso de mi hermana flotando en el aire hasta llegar al suelo. No quiero pensar en el golpe, intento detener la imagen justo antes de que se estrelle. Salteo el cuerpo muerto, paso de la caída a la mujer dibujada con tiza. Cierro los ojos; cuando los abro, el gato salta —tal como hizo ella— pero no al vacío, sino al árbol de la copa frondosa. Después de unos instantes, empieza a bajar sosteniéndose con sus garras, primero por las ramas, de una a otra, después por el tronco, el cuerpo arqueado, el descenso prudente. Al llegar a la vereda se lo ve confundido, no parece un gato acostumbrado a la calle. Me acerco con cuidado, me rehúye, pero chasqueo los dedos y, aunque desconfiado, viene. Se detiene a un metro mío. Me agacho. Lo llamo con nombres que supongo gatunos. Garfield, Silvestre. Me siento tonta. Mish mish, digo. Así agachada doy tres pasos y me acerco un poco más. El gato no se mueve. Logro pasar la mano sobre su lomo; él se deja acariciar, le busco el ronroneo en el cuello. Miro la chapita con el nombre que le cuelga del collar azul que lleva puesto: Minino. La doy vuelva. Hay un número de teléfono. Llamo. Atiende mi hermana, la voz de mi hermana muerta. La escucho atenta por primera vez, no rehúyo esa voz. Un mensaje breve. Hola, soy Juli, dejame tu nombre y tu número de teléfono después de la señal. Corto. Estoy a punto de llamar otra vez, pero me detengo: por la esquina avanza una periodista micrófono en mano y detrás un camarógrafo. Agarro al gato, con él en brazos me levanto, lo aferro contra mí para que no se escape, le hago señas a un taxi, subo y huyo de allí.

III

Entro a la cocina y busco un cuenco donde poner agua para el gato. Revuelvo la alacena intentando encontrar, en medio de los pocos víveres que guardo, algo con qué alimentarlo. Abro una lata de atún, desarmo algunos trozos y los coloco en el plato. Él husmea, está confundido y asustado en un espacio que no conoce, pero finalmente bebe y luego come. Lo dejo que se adapte, tiro un trapo en el piso por si el mosaico le resultara muy frío y quisiera echarse a descansar. Debe estar agotado, estresado; me pregunto si un gato extraña más su hogar o a su dueña. Voy al escritorio. La noticia está hace rato en todos los portales. «Escort cae de una ventana y muere en Recoleta». «Sexo vip y muerte en edificio de lujo». «Trabajadora sexual fallece al caer al vacío desde el departamento de prestigioso empresario». Me cuestiono si «fallecer» es una palabra adecuada para las circunstancias. «Sexo, drogas, y muerte». «Quién era Juliana Gutiérrez, la joven que cayó al vacío». Eso mismo me pregunto yo, quién era mi hermana. Ningún medio menciona que haya un parentesco entre nosotras. Es probable que tarden en enterarse o que nunca se enteren. Hace años uso mi apellido materno, Balda. ¿Cómo llegarían al dato de que somos hijas del mismo padre? Sólo si yo lo digo, si me presento a la Justicia. ¿Por qué hacerlo? ¿Qué aportaría al esclarecimiento de la causa conocer un parentesco que existe en los papeles, pero que nunca ejercimos? Yo no sabía nada de ella, ella no sabía nada de mí. Sólo agregaría morbo a la cobertura de los medios, mi teléfono sonaría el día entero, intentarían que diera entrevistas, me llamarían a declarar, aunque nada me uniera a esa mujer más allá de una circunstancia biológica, reproductiva. Si el juez revisa su teléfono encontrará una única llamada desde el mío: cuando marqué el número de la chapa identificatoria de su gato. Pero a esta altura pueden haber llamado decenas de periodistas, decenas de productores, intentando dar con alguien, con quien hoy tenga su móvil. Varios, incluso, habrán copiado el mensaje del contestador para agregarlo a sus informes. Yo podría ser una más de esos temerarios periodistas. Van a pasar días antes de que alguien pueda atar cabos. Y, si los atan, ¿qué? ¿Es delito no haber avisado que la muerta es mi hermana? ¿Tengo alguna obligación moral de hacerlo? A la primera pregunta respondo que no. A la segunda, no sé.

Entra Pablo. Tira unas carpetas y libros sobre el sillón. Sé que detesta dar clases por la mañana; aunque no lo dice, se le nota el agobio en la cara. Pero sus ingresos bajaron cuando se cerró la librería donde coordinaba clubes de lectura, así que para compensar tuvo que tomar horas en un colegio secundario. Y Pablo les tiene tirria a los adolescentes, los desprecia, por más que no lo reconozca. A veces pienso que habría preferido que le dijera que no se preocupara, que se dedicara a escribir, que yo me ocupaba de solventar los gastos familiares con mi sueldo. Lo pensé y hasta dudé si no lo insinuó él mismo en una charla que tuvimos, en la que me habló de Carver sin parar. Pero no me atreví a proponérselo porque me pareció que podía ser humillante. Y si él se sentía humillado, a la larga iba a ser malo para la pareja. Cuando me dijo que un amigo le avisó que buscaban profesor de Literatura en un colegio secundario, preuniversitario, muy prestigioso, lo alenté a presentarse; no se trataba de cualquier colegio, y estar ocupado le podía venir bien. Pero su cara de esta mañana, que es igual a la de casi todas las mañanas, me desmiente. No, no supe nada de ninguna mujer que haya muerto al caer por una ventana, me contesta cuando le pregunto, ¿Por qué? Porque es mi hermana. ¿Qué hermana? La única que tengo. Siempre pensé que eras hija única. Te conté que mi padre se fue y armó otra familia. Cierto, no ligué una cosa con otra; esa hermana, claro. Le muestro uno de los titulares. ¿Tu hermana era escort?, pregunta sorprendido. Me estoy enterando hoy, a partir de su muerte, no teníamos relación. Bueno, si la hubieran tenido no sé si te habría dicho a qué se dedicaba, supongo que una mina no anda por ahí diciendo: Soy escort. Yo no supongo nada, Pablo. De todos modos, si la hubieras conocido, te habrías dado cuenta, Vero. Callo. Él sigue, aclara lo que no hace falta: Esas cosas en cierto momento se advierten, aunque es verdad que con alguna te enterás a posteriori, cuando pretende cobrarte. Pablo se ríe como si hubiera dicho un chiste que merece ser festejado. Sin siquiera una sonrisa, le respondo, No sabía que tenías tanto conocimiento del mundo del sexo pago. Investigo, como con cualquier tema, soy escritor, me contesta él con ironía. ¿Trabajo de campo?, le pregunto redoblando la apuesta. Rata de biblioteca, amor, me conocés, responde.

¿Lo conozco como él supone? Tal vez más que otros, pero apenas tanto como Pablo se deja conocer. Me parece imposible llegar a los dobleces de su tela. De ninguna tela. Creo que no me conozco ni a mí misma: jamás habría sospechado que podía cobijar al gato de una hermana muerta. Me levanto y estiro la espalda, me despereza, doy unos pasos, necesito pensar en movimiento. El gato sale de la cocina y viene hacia donde estamos, mientras Pablo lee muy concentrado una de las páginas que abrí en la pantalla. Cuando se da vuelta para decirme algo, se encuentra con Minino, ¿Y esto? Un gato, respondo. Verónica, nosotros tenemos un acuerdo desde hace años: no tendríamos ni mascotas ni hijos. No lo tengo, no es mío. Está en nuestra casa, Vero. Transitoriamente. ¿De dónde salió? Es de mi hermana. Tu hermana otra vez. Le explico cómo llegué a su casa, cómo supe cuál era su edificio y su balcón, cómo Minino saltó hasta el árbol, cómo chasqueé los dedos. Okey, Minino, ya tiene nombre, dice Pablo con sorna. Lo tenía de antes, respondo, lo leí en la chapita. ¿Pero por qué está acá?, insiste. Porque mi hermana cayó al vacío y murió, porque el animal lloraba en su balcón y nadie iba a rescatarlo, porque yo estaba allí. Si hubieras dado tiempo, se lo habría llevado la policía, Verónica, o se lo habría quedado algún familiar. Yo soy un familiar. ¿No tiene madre esa chica?, me pregunta. Debería tener, aunque me llama la atención que en todos los portales dicen que todavía no se presentó nadie en la causa. ¿Vero, no estarás pensando ...? No, Pablo, no voy a presentarme. Pero te trajiste el gato. Me traje el gato, sí. ¿Sentiste que debías hacerlo?, ¿que tu hermana tiene un saldo a su favor en el balance de tu vida?, porque yo creo exactamente lo contrario: fuiste vos la que perdiste cuando apareció ella.

Me molesta enormemente su comentario y me voy al cuarto sin contestarle. ¿Acaso hace falta que Pablo me explique mi dolor? No entiendo por qué se arroga la potestad de ejercer la crueldad sin cuestionamiento. Como si la crueldad fuera patrimonio de algunos elegidos. A veces, cuando quiero exculparlo, me digo que no lo hace a propósito, que simplemente tira frases que supone con algún valor literario, «un saldo a su favor en el balance de tu vida», sin importarle en absoluto que nada tengan que ver conmigo, con nosotros, ni mucho menos que me hagan daño. No piensa en lo que hablamos, sino en lo que él escribe. Prueba el diálogo en escenas reales, para ver cómo suenan sus palabras, porque le gusta escuchar su fraseo, su prosa. Se regodea en él mismo. Aunque yo lo padezca. Es paradójico que lo que hoy me molesta haya sido lo que me hizo enamorar de él cuando nos conocimos: su facilidad para encontrar las palabras justas, su seguridad, su don para argumentar. Entonces, yo era una joven huérfana de padre, con una madre a punto de morirse. Se cruzaron nuestras miradas una tarde, en la Biblioteca Nacional. Yo buscaba un dato inhallable, en un diario de mitad de siglo pasado; Pablo leía a Walter Benjamin. Y era muy guapo, el hombre más guapo que haya conocido. Sigue siéndolo. Se fijó en mí, y eso no sólo me halagó, sino que me dio una confianza que no tenía. Al poco tiempo de morir mi mamá, estábamos viviendo juntos; él alquilaba, no tenía sentido que siguiera haciéndolo si se pasaba la mayor parte del tiempo en mi casa. Y seguimos juntos desde entonces.

Aunque ya no nos miramos como aquella tarde en la biblioteca.

IV

No es cierto, como alguna vez le dije a Pablo, que nunca había conocido a mi hermana. Tampoco es cierto que nunca más hablé con mi padre por enojo o cobardía. La razón por la que durante muchos años no tuvimos contacto fue porque, si lo hacía, sentía que traicionaba a mi madre. El sentimiento que me hizo romper ese vínculo y mantenerme lejos de Juliana y de él fue, en realidad, la lealtad. Tal vez, una lealtad mal entendida. Muchas veces estuve tentada de retomar el vínculo, pero sabía que para mi madre habría sido una herida brutal. Cada vez que podía, ella me demostraba que estaba orgullosa de que hubiéramos podido hacer una vida sin mi padre. Y me sumaba en un «nosotras» que sobrevivía al vínculo familiar roto, pero que yo no sentía aplicable en todos los casos. Mi madre nunca hablaba de otra mujer, siempre de otra familia; nunca decía ella, refiriéndose a Mabel, sino ellas, sumando a mi hermana. Hablaba de lo que él «nos hizo», del día que «nos abandonó», de cuando dejó de «querernos», de que «nos cambió por otra familia». Siempre usando la primera persona del plural. Se lastimaba y me lastimaba diciendo: Ahora estará con ellas, la Navidad la pasará muy feliz en su nuevo hogar, ellas nos lo quitaron, son mala gente. Así me fui dejando incluir, pasivamente, para no ocasionarle más daño, sin cuestionar cuánta responsabilidad podíamos tener esa bebé por nacer o yo en esos despojos.

Mi padre intentó verme muchas veces, pero siempre frustré el encuentro. Hasta que no lo intentó más. Me acostumbré a seguir sin él. Sin embargo, un día cuando yo regresaba del diario —después de que a mi madre le habían diagnosticado el cáncer—, mi padre me esperaba en una esquina por la que yo pasaba siempre, a una distancia prudente de mi casa. Me costó reconocerlo. El pelo se le había puesto totalmente blanco y estaba mucho más flaco de como lo recordaba. Sólo hizo falta que sonriera para que confirmara que era él. Me acuerdo de que sentí una puntada en el pecho, no sabía si debía salir corriendo hacia mi casa y eludirlo, o abrazarlo. Me quedé inmóvil. Me pidió que tomáramos un café y, para mi sorpresa y sin dudarlo, dije que sí. Propuse caminar unas cuadras hasta un lugar alejado y ruidoso, donde no había riesgo de encontrar a mi madre. Íbamos juntos, uno al lado del otro; aunque ninguno de los dos lo dijo, intentábamos marchar con la misma pierna como cuando era chica y él me acompañaba al colegio. Me contó que se había enterado por mi tío de que mamá estaba enferma. Muy enferma, dijo, y tuve la sensación de que de verdad estaba apenado. No dio explicaciones acerca del día en que se fue, pero dijo que la ausencia le había costado como ninguna otra cosa en su vida, que admitir la distancia absoluta que yo había impuesto entre nosotros fue demoledor para él. No sentí que me estaba culpando de algo, sino describiendo una situación. Me contó que insistió tercamente hasta que un día empezó a pensar que a lo mejor yo realmente necesitaba cortar ese vínculo. Lo aceptó, por fin, convenciéndose de que era lo mejor para mí. A pesar de su pena, dijo. Y que, aun así, quedó pendiente de lo que me pasaba, de mis estudios, de mis logros, de cada nota que publicaba. También me confesó que seguía hablando con mi tío Carlos a espaldas de mi madre, que muchos de los regalos que me daba mi tío eran cosas que él había comprado para mí y que de esa manera lograba que me llegaran: unos zapatos de charol que fueron mis preferidos durante años, un Montgomery negro con forro escocés rojo, los libros de Tom Wolf cuando empecé a estudiar periodismo, un pequeño grabador. Todos regalos que yo nunca supe que venían de su mano. Dijo que gracias a eso no se murió de tristeza. Morir de tristeza. Cuando llegamos al bar, habíamos repasado varias cuestiones no saldadas del pasado, pero quedaba aún pendiente lo más duro de la conversación. En medio del bullicio y la música más alta de lo conveniente, dijo lo que los dos ya sabíamos, que el proceso de la enfermedad de mi madre era irreversible, que le quedaba poco tiempo de vida, que iba a morir. Y que él no quería que yo pasara por ese proceso sola, ni que me sintiera huérfana cuando tenía un padre y una hermana. No mencionó a su mujer, y se lo agradecí. Escuché con atención, la charla me produjo un alivio que desconocía. Ya sobre el final, me preguntó si estaba dispuesta a intentar retomar la relación. No di un sí rotundo, pero quedó claro que algo intentaríamos. Me propuso encontrarnos con mi hermana en una plaza, el sábado siguiente. Él la llevaba a patinar a una pista de cemento, muy cerca de donde vivían, a cuatro estaciones de subte de la que había sido nuestra casa. Me impresionó saber que vivíamos a poca distancia y nunca nos cruzamos. Sería lindo tener un primer encuentro, los tres, en ese lugar, dijo. No le aseguré que iría; dije tal vez. Él me respondió que de cualquier modo allí estaría, con ella, con Juliana, que ojalá nos viéramos, que si no era ese día podía ser cualquier otro, que siempre iban a esa plaza en el mismo horario, que si aún no estaba preparada para el encuentro él esperaría cada sábado, fuera yo o no. Y agregó que no me molestaría más presentándose de improviso, porque lo importante ya estaba hecho: que yo supiera que tenía una familia y podía contar con ella. «Ojalá nos veamos pronto», repitió. «Ojalá, sí», pensé pero no lo dije, sólo le sonreí.

El sábado siguiente me desperté muy nerviosa. Me sentía mal de ir a ese encuentro sin contarle a mi madre, pero no era sensato decírselo, para qué agregar una pena a lo que ya padecía. El desayuno me cayó mal, tuve vómitos y me retrasé. Dejé pasar dos subtes sin atreverme a subir. Llegué tarde a la plaza. Aunque tuve miedo de que se hubieran ido, ellos estaban allí. Mi padre sentado en un banco, mirando patinar a su hija. A su otra hija. Y ella haciendo piruetas para él, dedicadas a él. Me quedé escondida detrás de un árbol, espiándolos. Él miraba el reloj cada tanto, y me buscaba por algún sendero, caminando hacia ellos. Vomité detrás del árbol. Sentí vergüenza. Con hojas secas, intenté limpiar mis zapatos salpicados. La clase terminó, mi padre se levantó, una vez más miró el reloj y luego me buscó. Aunque todavía temerosa, me asomé. Pero en ese momento él ya estaba de espaldas a mí. En cambio, ella sí me vio, mi hermana me vio. No le dijo nada a mi padre, por el contrario, lo obligó a sentarse en un banco, mirando en sentido contrario a donde yo estaba. Luego patinó hacia mí. Me quedé paralizada, viéndola deslizarse sobre esas ruedas como si flotara, como si el tiempo se hubiera detenido y sólo Juliana pudiera moverse dentro de él. Cuando estuvo a unos metros míos se detuvo, me miró, me sacó la lengua y me hizo cuernitos con los dedos. Después dio media vuelta y patinó hasta donde estaba mi papá. Se le colgó al cuello y lo abrazó. Él le dio un beso en la cabeza y se quedó así un rato: con los brazos alrededor de sus hombros y los labios apoyados en su cabello, como hacía conmigo hasta el día en que se fue. Y cuando desarmaron ese abrazo, ella se sacó los patines, se puso las zapatillas que mi padre cargaba en una mochila, lo tomó de la mano y se lo llevó por un camino que lo alejaba de mí, moviéndose a su alrededor, de modo que él nunca mirara hacia atrás.

Mi mamá tenía razón, ellas eran malas.

V

Leo todas las notas de prensa, las de medios serios y las de pasquines. Lo hago con dedicación. Aunque no tengo pruebas, estoy convencida de que la mataron, de que Juliana sabía demasiado, de que tuvieron miedo de que hiciera circular esa información. También estoy convencida de que, como los involucrados en su muerte son gente poderosa, probablemente nunca salga a la luz lo que pasó. ¿Quién peleará para que se haga justicia? ¿Quién va a asumir como propia la muerte de una chica escort? Gran parte de la sociedad hoy alimenta su morbo interesándose en la vida privada de mi hermana y en las oscuras circunstancias de su muerte. Pero llegará el día en que no les importará más saber de Juliana porque nunca habrán logrado ponerse en su lugar, nunca habrán sentido ese crimen como algo que los afecte. Para colmo, los medios investigarán a la víctima con mayor profundidad que a los sospechosos. Y, cuanto más se sepa acerca de a qué se dedicaba, menos empatía quedará en pie. Nadie supone que alguien cercano pueda ser una chica escort. Así no sienten el peligro acechando a sus hermanas, ni a sus hijas, ni a sus amigas, ni a las novias de sus hijos. Ése es el sentimiento de desapego que buscarán los abogados de Sánchez Pardo, alguien le pondrá un precio, y lo comprarán.

En una revista de actualidad mencionan a Mabel, su madre, dicen que hace tiempo está internada en una «clínica de salud mental». Los vecinos aseguran que no sabía a qué se dedicaba la hija. Ellos tampoco sabían, declaran. Que hace mucho que Juliana no vivía ahí, que se fue de la casa siendo casi una nena, que las chicas hoy por hoy todas se visten provocativas. Un compañero de colegio secundario asegura que él sí sabía. ¿Sabía qué? Le hacen preguntas y repreguntas. Los motivos que la llevaron a la prostitución parecen más importantes que saber si la mataron y por qué. Dice una especialista en un panel de televisión que las chicas que se dedican al acompañamiento vip suelen tener personalidades «borderline». Dice un abogado que suman a otro panel que es muy probable que la falta de mérito de Sánchez Pardo quede firme, porque no hay ningún familiar o allegado que impulse la causa. Dice un forense que no hay evidencia de lesión número 18 en el cuerpo de mi hermana.

Sé que Sánchez Pardo es la persona indicada para explicar qué pasó esa noche. Tal vez el único que lo sabe, él es quien estuvo ahí. La vio acercarse a la ventana, la vio abrirla, la vio saltar. ¿La empujó? ¿La obligó a hacerlo? ¿Le quebró la voluntad con drogas o alcohol? ¿Ella los consumió porque lo hacía habitualmente? ¿Hubo más personas involucradas? Fuentes oficiosas aseguran que sí pero no dicen quién. Ya no me alcanza con elucubrar y elucubrar. Decido intentar entrevistar a Santiago Sánchez Pardo. Quiero preguntarle cómo murió mi hermana, en qué circunstancias, bajo la responsabilidad de quién. No importa que ya le hayan preguntado, quiero saber qué me responde a mí, aunque hasta ahora haya negado lo que parece evidente, aunque haya mentido en defensa propia. Yo soy periodista, no soy la Justicia; y él, por el momento, debe desconocer que somos hermanas. Ella no tiene por qué habérselo dicho, apuesto a eso. Si él lo supiera habría intentado que alguien de su entorno se me acercara, para tenerme controlada y para usarlo a su favor. Si me muevo rápido, tal vez pueda concretar una entrevista antes de que se entere. Apuesto a tener suerte y conseguirla pronto. Y a que al estar frente a él yo pueda inferir la verdad, a partir de sus gestos, de sus contradicciones, de sus silencios.

Consigo el teléfono de su oficina. Me atiende una secretaria. Me dice que Sánchez Pardo no está dando notas. Insisto. Apelo a mis premios, a mi imagen de seriedad bien ganada. Una hora después la secretaria vuelve a rechazar la entrevista. A fin de la tarde también. No va a ser por las buenas. Me instalo en un bar cerca de su casa, esa de donde cayó mi hermana hacia el pulmón de manzana en el que dibujaron su cuerpo con tiza. Llevo un libro para matar el tiempo. Matar, una palabra con demasiados usos. Espero varias horas, almuerzo, al entrar la noche me resigno. Lo hago varios días seguidos al salir de la radio. Los mozos ya me conocen. Me sincero con uno, el más joven, oyente de *Apenas sale el sol*. Me dice que él sabe dónde almuerza Sánchez Pardo con su hijo todos los martes. Va a un lugar bastante exclusivo, señora, acá venían antes, pero se cruzan con demasiados vecinos y curiosos; al que van ahora tiene reservados, y no entra cualquiera. Me presento allí al martes siguiente. Pido una mesa al encargado, Sí, para una persona, le confirmo. Me guía por el lugar. Antes de sentarme donde me indica, lo busco, busco a Santiago Sánchez Pardo, ahí está, voy hacia su mesa, le extiendo la mano. Él se para de mala gana y la estrecha. Es evidente que no me reconoce, digo mi nombre y no logro advertir si le suena o no. A su hijo, sí, aunque me saluda sin levantarse. El encargado se queda esperándome a unos metros, cree que es un encuentro casual. Le digo a Sánchez Pardo que es una suerte verlo ahí, que hace tiempo pido una entrevista y su secretaria no me la concede, que lo intento a menudo a pesar del rechazo. Me contesta con arrogancia, dice que para qué insisto si ya me dijeron que no. Le explico que es importante para mí. Lo siento, soy de una sola palabra, afirma terminante. No me conformo fácilmente, le respondo. Me pregunta si me voy yo o se van ellos. Levanta la voz. Su hijo se incomoda. El encargado también. Repito que sólo quiero hacerle una entrevista. Me dice que le caigo mal, que las mujeres prepotentes le caen muy mal. Toma su saco y se va, con la comida servida en los platos. Su hijo se para, deja unos billetes sobre la mesa y lo sigue. El encargado queda desconcertado, yo me siento en la mesa que dejaron vacía. Más que sentarme me desplomo. Trato de ordenar mis ideas. Un instante después regresa el hijo de Sánchez Pardo. El encargado se inquieta pensando que otra vez habrá pelea. Me levanto de la silla como un resorte, estoy asustada. Pero no, no viene a pelear, está avergonzado, me pide disculpas. ¿Querés hablar?, le pregunto. No puedo, me contesta. Puede ser off, le digo. No puedo, repite. Busca en su billetera una tarjeta cualquiera, sólo para usarla de papel donde anotar un número. Lo veo escribir y me doy cuenta de que es un teléfono de Estados Unidos. Abajo apunta un nombre: Mariela. Llamala, me dice, es mi hermana, ella te va a contar. Me da la tarjeta y se va. Lo sigo con la mirada hasta que desaparece. Me dejo caer otra vez en la silla, frente a los platos servidos. Bebo del vino de Sánchez Pardo. Mariela, leo en la tarjeta que me dejó su hermano.

VI

Abro la pantalla de Zoom a la hora indicada en la invitación que recibí. Esperando a que el anfitrión inicie la reunión, dice el mensaje. El programa hace los procesos necesarios y unos segundos después aparece la imagen de Mariela Sánchez Pardo. Luce más grande que la edad que calculo que tiene. No se parece ni a su padre ni a su hermano. Llamativamente, me resulta parecida a Juliana. Pero con un gesto triste en la cara, cansada, y con ojeras que no le importa disimular. El fondo de pantalla está difuminado y no puedo ver cómo es el ambiente desde donde habla. Sé que está en Nueva York, porque eso mencionó en los mensajes que nos mandamos para combinar el horario en que tendríamos este encuentro virtual. Nos saludamos sin demasiado protocolo; las dos sabemos por qué estamos ahí y no queremos perder tiempo. Acepté hablar con vos porque sos una periodista que mi hermano respeta; yo también tengo muy buen concepto tuyo, pero hace años que estoy alejada de nuestro país y, estando afuera, te seguí menos en tu carrera, me dice. Le agradezco el cumplido; me aclara que, en principio, lo que va a decir es en off, y que si luego quiero publicar algo debo consultarla antes, que no lo descarta pero que quiere tener control sobre lo que saldrá en los medios, que sabe que lo que pueda decir implica riesgos. Acepto, le pido permiso para grabar y ella me lo concede, me pone como administradora de la reunión; cuando enciendo la opción de grabado, repite lo que dijo sobre el off para que quede registro. Algo la distrae en donde está, apaga el micrófono y habla con una persona que no veo. Me pide disculpas para ausentarse un instante, lo leo en sus gestos porque sigue con el micrófono apagado. Quedo sola frente a la pantalla vacía.

 Unos minutos después regresa y enciende el micrófono, ¿Empiezo por el principio? Lo que prefieras, le respondo. Digamos que esa parte de mi vida, la que me alejó del país y de mi padre, arrancó cuando mataron a Noah, un novio sueco que tenía hace mucho tiempo. Me impacta su declaración y que ya aparezca otra muerte. Noah era periodista, me aclara, había venido a la Argentina para investigar los crímenes de la dictadura militar. Específicamente, crímenes sexuales contra mujeres detenidas; muchas de ellas, luego desaparecidas. Nos conocimos en la facultad, yo estudiaba Antropología y un profesor lo trajo para que lo entrevistáramos en una clase. El enganche fue al instante. Cuando salimos del aula, fuimos a tomar un café con unos compañeros para seguir charlando y Noah se nos sumó. Después seguimos los dos solos, caminando sin rumbo por la ciudad. No nos queríamos despegar. Y ya no nos separamos más. Hasta que... hasta que pasó lo que pasó. Yo lo ayudaba con parte de su investigación, más por halagarlo que por interés real; en ese tiempo era muy joven y bastante boba. En una de las entrevistas que le ayudé a desgrabar apareció el nombre de un miembro de mi familia, un militar preso en ese momento hacía años, y que no iba a recuperar su libertad. De hecho, murió hace poco en prisión. Sé de quién habla Mariela; me sorprende y preocupa la relación que pueda tener esta historia del pasado más oscuro de la Argentina con la muerte de mi hermana. El excoronel Roberto Sánchez Pardo, digo. Exactamente, me confirma ella y de inmediato sigue, La entrevistada decía que, en un centro de detención, había sido obligada a presenciar la violación grupal de una amiga, en la que participó mi tío abuelo. Se detiene, algo le molesta. Me cuesta llamarlo «mi tío abuelo», aclara y la entiendo. Se lo dije a Noah llorando, le conté que estaba espantada por lo que había escuchado, él me tranquilizó y me planteó que sería importante para su investigación si le conseguía una entrevista con el coronel. Yo no tenía contacto. Era muy chica cuando lo metieron preso. Nunca lo visité en la cárcel. Sabía que papá de vez en cuando lo iba a ver; pero no se hablaba del asunto en mi casa. De alguna manera nuestra rama de la familia, la que manejaba los negocios agropecuarios, trató siempre de quedar desvinculada de la rama militar, no por ideología, sino por conveniencia. Francamente no les importaba mucho. Había vuelto la democracia, se estaban juzgando los crímenes de la dictadura, para los negocios familiares era mejor que no apareciera esa información. Aunque, por supuesto, por nuestro apellido muchos lo dedujeron. Lo cierto es que, para ayudar a Noah con su investigación, organicé una cena en casa. Estuvieron papá, mamá y Lautaro, mi hermano, a quien vos conociste. Todos creyeron que era una presentación de novio, nada más, y en cierta forma estaban contentos porque era la primera vez que llevaba un chico a mi casa. Para la mente conservadora de mis padres, que yo no tuviera una pareja a esa edad podía ser señal de alguna perturbación. Cuando pasamos al postre, introduje el tema.

Hasta entonces, sólo habíamos mencionado que Noah había venido a la Argentina para hacer unas notas que le encargó la revista para la que trabajaba, pero nadie había preguntado de qué se trataban esas notas. Suecia seguramente estaba en el radar de mi padre como un país «zurdo», demasiado interesado por nuestros derechos humanos para su gusto; pero, frente a la posibilidad de que la nena enganchara un candidato, no dudo que consideró que ser sueco era una excentricidad tolerable y prefirió no indagar. Preguntaron en cambio su título profesional, cuánto hacía que trabajaba en la revista, si en Estocolmo tenía casa propia o alquilaba, dónde vivía su familia, todas cuestiones relacionadas con verificar si el joven era un buen partido para su hija. Para salir del tema, Lautaro preguntó si conocía a Abba, Noah cantó una estrofa de

«Chiquitita» en sueco —*Chiquitita, berätta vad som är fel?*—, yo la repetí en inglés, mi hermano en castellano, y nos reímos. Cuando llegó el café, nombré al tío, y mi padre se puso inmediatamente en alerta. Les conté de qué iba la investigación de Noah, y que el coronel había sido mencionado por una de las entrevistadas. Mi padre, con voz severa, le dijo: «¿Vos no tenés nada mejor de qué ocuparte, nene?». Mi madre se excusó, alegó que estaba cansada y se fue a dormir. Lautaro se rio sin motivo aparente. Cuando estaba muy nervioso, Lautaro se reía; era un tic que, más de una vez, le valió una cachetada de mi padre, y que superó a fuerza de terapia. Pobrecito mi hermano, a él sí lo extraño.

Mariela se queda en silencio, pensando seguramente en ese hombre que posibilitó este encuentro. Luego pide un instante y se levanta a tomar agua. Yo la espero sin moverme hasta que se sienta otra vez frente a la pantalla con un vaso en la mano. De inmediato retoma la conversación. Después del «¿Vos no tenés nada mejor de qué ocuparte, nene?», mi padre dio por terminada la conversación y se puso a hablar de fútbol. Pero cuando nos íbamos agregó, tratando de sonar cercano: «Sin rencores, ¿verdad? Yo soy muy franco, voy de frente, y dije lo que dije por tu bien, hay lugares donde es mejor no meterse, y ese donde estás por entrar es uno». No hacía falta que aclarara a qué se refería, todos lo entendimos. Por supuesto Noah, que no era de los que se amilanan, siguió investigando. Y a los pocos días, espontáneamente, apareció una mujer que dijo que tenía información clave para la investigación. No presentimos ningún riesgo, fuimos imprudentes, todavía me lo reprocho. Noah fue a su encuentro en un bar en Pompeya. La mujer nunca se presentó, pero hubo un asalto, corridas, confusión, y un disparo mató a Noah. Yo no tengo dudas de que fue una escena preparada para asesinarlo, una emboscada. Tuve una pelea feroz con mi padre, le grité, lo responsabilicé de su muerte; él negó los cargos, se ofendió, lamentó lo de Noah, parecía sincero. Entonces quise creerle, estaba devastada, era mi papá. Se le quiebra la voz, Todavía lo es, aunque a veces... Mariela no completa la frase, bebe agua y luego sigue: De todos modos, hice una denuncia para que se investigara la muerte de Noah, quería saber quién había sido el cerebro que planeó su asesinato, quién estaba detrás de ese tiro que lo mató; pero, en especial, quería confirmar que ese alguien no pertenecía a mi familia. La causa no avanzó nunca y la Justicia terminó cerrándola. Todos me aseguraban que había sido un asalto, que su muerte fue una desgracia, la consecuencia de estar en el lugar equivocado en el momento equivocado, me aconsejaban que dejara a Noah descansar en paz. Lautaro era el único que no decía nada; no me alentaba, pero tampoco intentaba que yo dejara de investigar. Cada camino que tomaba terminaba en un callejón sin salida, hasta que acepté que nunca iba a encontrar justicia para Noah. Pensé en irme del país ya en ese momento, pero antes quise saber un poco más y me puse a investigar a mi familia, no solamente al tío. Así llegué a enterarme de detalles oscuros de la vida de sus hijos. Fui preguntando a unos y a otros, pocos querían hablar; sin embargo, a algunos —en especial después de varios whiskies— se le escapaban datos interesantes. El más importante: Antonio, el hijo mayor del coronel, un primo con el que mi padre conservaba un trato más cercano, aunque siempre sin nosotros, siempre un trato entre ellos dos, tenía varios burdeles y en la familia se decía que tenía vínculos con los servicios de inteligencia. Después de revisar muchos archivos, encontré fotos de él con chicas que trabajaban en sus tugurios. En todas había algún detalle repugnante: una mano puesta donde no debía, ostentación de billetes, un gesto obsceno en la cara. En algunas de esas fotos aparecía gente famosa tomando una copa con él, políticos, jueces, empresarios, también personajes de la farándula.

Empecé a encontrar similitudes entre ese padre que violó a detenidas en centros clandestinos durante la dictadura y este hijo que, en democracia, explotaba mujeres en burdeles, a las que cada tanto hacía participar de tareas de inteligencia. Un derecho autootorgado sobre los cuerpos de ellas para usarlos como si fuera su dueño, no sólo como descarga sexual, sino para beneficios políticos o económicos. Cada paso que daba en la investigación me asqueaba más. Hasta que un día fui a cenar a la casa de mis padres y cuando llegué, un poco tarde —yo solía ser muy impuntual en aquel tiempo—, Antonio ya estaba sentado a la mesa. Mi hermano no estuvo esa noche, creo que se ocuparon de que así fuera. No hablamos del coronel, no hablamos de mi investigación, no hablamos de los burdeles, pero no tenía duda de que Antonio estaba ahí por eso. Él era quien manejaba la conversación, él daba la palabra, él interrumpía cuando le parecía necesario. Mi padre estaba francamente incómodo, pero concedía; mi madre, empastillada. Estoy convencida de que la cena había sido una imposición de mi tío que ellos aceptaron; actuaban como invitados en su propia casa. En el ambiente, se respiraba tensión. Yo temblaba, pero le sostuve la mirada a ese hombre todo lo que pude; me daba asco sentir que la sonrisa que me devolvía era la misma que había visto en las fotos del burdel. Cuando se despidió me dijo: «Qué pena lo de tu novio sueco, una muerte absurda, de esas que podrían haberse evitado, ¿no te parece?». No pude responder, se acercó a darme un beso que impactó demasiado cerca de mis labios. Sentí ganas de vomitar. Cuando cerró la puerta mi padre dijo. «Hoy dormís acá». Y yo no dudé de que tenía que hacerlo. Al día siguiente me compró un pasaje a Nueva York, con la intención de sacarme de circulación un tiempo, se ve que él también le tenía miedo a su primo. Lo que no se imaginó es que yo nunca iba a volver, dice Mariela, y otra vez se queda colgada en sus pensamientos hasta que me pide diez minutos para atender algo y luego volver a conectarnos.

Mientras la espero, aprovecho para ordenar mis notas. Apunto palabras claves: burdel, servicios de inteligencia, crímenes de la dictadura. A cada nombre le pongo entre paréntesis el parentesco: Antonio (primo de S. Sánchez Pardo), Noah (novio de Mariela), Lautaro (hijo de S. Sánchez Pardo). Escribo el nombre de mi hermana, Juliana, y junto a ella un gran signo de interrogación. Me pregunto cómo calza su muerte en este rompecabezas que tiene cada vez más piezas y más tenebrosidad. Sin proponérmelo, se me repite la canción de Abba: *Chiquitita, dime por qué.* Mariela regresa al Zoom, se recogió el cabello y se puso un suéter. ¿Continuamos?, dice, y yo la aliento. Arranca más cerca de la historia de Juliana: Siempre supe que mi padre salía con mujeres, que pagaba por sexo con mujeres. Ya desde antes de irme de Argentina. Lo vi una vez tomando una copa con una mujer en un bar oscuro, de esos que tienen fama de ser para trampas. Su actitud era clara. Se lo dije a Lautaro. Le conté que papá tenía una amante. Él ya lo sabía, pero me corrigió, me dijo que no era «amante», sino una mujer escort, y que no era una, sino varias. Que mi padre le había asegurado que el matrimonio con mamá no estaba en peligro, que se trataba de una «distracción» que hasta había querido compartir con mi hermano. Por entonces Lautaro estaba muy enamorado de Teresa, la que después fue la madre de sus hijas, y rechazó la propuesta con ese argumento. Me indignó que Lautaro supiera, que lo contara sin avergonzarse, casi como si aceptara que buscar sexo por fuera de una relación estable era algo natural para cualquier hombre, algo que entendía más allá de que no estuviera dispuesto a compartir esa actividad con papá, por el momento. Yo, en cambio, lo repudiaba, quería gritárselo a mi padre en la cara, insultarlo. Creo que a Lautaro le costó mucho salir de debajo de su ala, aún hoy le cuesta, pero respeto los intentos que hace. Y espero que algún día lo logre. De cualquier modo, aprendió mucho, Teresa era piola, y ser papá de mujeres lo debe haber ayudado. Por mi parte, por largo tiempo quise hacer un corte absoluto con todo esto que viví y que supe.

Me instalé en Nueva York, me sumergí en una vida acá, estudié, trabajé, hice una carrera académica. No pude armar una familia, pero tengo buenos amigos. Lo cierto es que cuando me enteré de que esa mujer había caído de la ventana de la casa donde viví, el pasado se me vino encima otra vez. Noah, su investigación, los delitos sexuales durante la dictadura, las escorts, los servicios de inteligencia, los asesinatos sin resolver. Los hombres que se sienten dueños del cuerpo de las mujeres, ese mundo al que pertenecía o pertenece parte de mi familia, el primo y el tío de mi padre, cuando menos. Y esta vez, además, está involucrado mi padre. Yo no sé cómo, yo no sé cuánto, pero nunca me gustaron sus aspiraciones políticas, esa cosa mesiánica que compartía con algunos amigos de refundar un país con sus «valores». ¿Qué valores? Era demasiado parecido a aquello que investigaba Noah.

Es demasiado parecido. Empecé a llenarle la cabeza a Lautaro, le dije: «Esa chica debe tener una familia, ellos se merecen saber qué pasó». Pero él me aseguró que no, que no tenía a nadie. Que su madre estaba con la cabeza perdida, en un psiquiátrico o algo así. Insistí. Se tomó el trabajo de volver a averiguar —al menos eso dijo— y no encontró ninguna punta. Me pidió que me quedara tranquila, y que tratáramos de dar el tema por cerrado. Lautaro necesita cerrar los temas para poder seguir, yo, en cambio, necesito mantenerlos abiertos hasta saber la verdad. En este caso, saber si mi padre tuvo algo que ver con la muerte de esa mujer, confirmar que no es un asesino. No quiero quedarme con la sensación que me quedó en el caso de la muerte de Noah, responsabilizarme de por vida con que no hice todo lo posible por que saliera a luz la verdad y se hiciera justicia.

Mariela pide una pausa, toma la poca agua que queda en el vaso, parece demasiado cansada como para seguir. Me quedo callada frente a ella, esperando. Tengo la sensación de que está por llorar, pero se contiene. Yo también tengo ganas de llorar. Y miedo. Empiezo a entender que la muerte de mi hermana, su asesinato, esconde una trama mucho más siniestra de lo que sospechaba. Por fin, Mariela dice, Es extraño cuánto puede afectar la muerte ajena cuando la hacemos propia, no conocí a esa chica, pero supe de su destino y ya no pude quitármela de la cabeza. Hace otra pausa. Me emociona que, por distintos caminos, las dos lleguemos a un mismo dolor. Nos quedamos unos segundos en silencio, creo que ninguna puede agregar nada más, pero no queremos despedirnos. Algo nos une más allá de ese encuentro por Zoom, en el que tratamos de entender, de hallar pistas, en el que estamos a punto de llorar por una muerte de la que por diferentes motivos nos apropiamos. Sigo dándole vueltas a ese concepto que compartimos: la muerte ajena. Para mí, la de Juliana ya no es una muerte ajena; sin dudas lo fue, o quise que lo fuera, pero ese alejamiento duró poco. Tampoco lo es para la hija de quien la pudo haber matado.

Nos saludamos y prometemos que nos hablaremos si alguna de las dos obtiene información que valga la pena compartir. Le vuelvo a decir que no utilizaré nada de lo grabado por el momento y que si quisiera usar algo le pediré permiso con anticipación, incluso para citar el off. Nos despedimos otra vez. Antes de abandonar definitivamente la reunión le pido un instante más. Ella se detiene a punto de salir. La miro a través de la pantalla, busco sus ojos. Juliana Gutiérrez era mi hermana, digo. Mariela me mira, inmóvil. Llego a dudar de si se congeló la imagen, pero la veo moverse para encender el micrófono que ya había apagado. Espero con ansiedad lo que está a punto de decirme. No me reprocha que no se lo haya dicho antes, no se muestra estafada por mi omisión. Sólo dice: Lo siento, lo siento muchísimo.

Entonces, sí, las dos abandonamos nuestra conversación.

VII

Me encierro todo el fin de semana a leer sobre trabajo sexual, no me importa que sean días soleados, que la gente se pasee feliz debajo de mi ventana, que hayan estrenado una película italiana que quiero ver hace tiempo. Pablo no me interrumpe; ni siquiera me presta atención. Me dice que está empezando a trabajar en un nuevo proyecto, algo que se le cruzó en el camino, que dejará en reposo la novela que viene escribiendo hace años. Me sorprende que la abandone; me aclara que es un impasse, que la retomará más adelante. Le digo que es una pena, pero yo también lo dejo hacer. Él se encierra en el escritorio, yo ocupo el living. Me desparramo en el sillón, voy y vengo de lecturas en papel a lecturas online. Cada tanto, me desplazo a la cocina a ver qué hace Minino. Me zambullo en videos de YouTube, en entrevistas a trabajadoras sexuales que encuentro en páginas de internet, en ensayos que me manda un amigo filósofo al que le pedí material sobre el tema. Compro un e-book: *Sugar daddy, la trama de la Operación Océano*, del uruguayo César Bianchi. Lo leo de una sentada. En un video, alguien menciona un libro que creo que tengo en mi biblioteca pero que no leí: *Prostitución/Trabajo sexual: Las protagonistas hablan*, compilado por Diana Maffía y Claudia Korol. Lo busco en la biblioteca y lo encuentro con facilidad. Arranca con un homenaje a Lohana Berkins, activista trans que trabajó en la primera edición y que murió en 2016. Me pregunto por qué no lo leí hasta ahora. Me interesa particularmente porque el libro no toma una postura única, abolicionista o regulacionista, sino que hace hablar a las entrevistadas, cada una con criterio y postura propia. Yo tampoco logro llegar a una posición unívoca en este tema, encuentro argumentos válidos para una y otra alternativa. La posibilidad de pensar las dos posiciones me alivia. Subrayo frases, palabras, oraciones. «... un Código Contravencional inconstitucional que penaliza la prostitución (que no es delito) mientras deja ostensiblemente impunes la explotación y el proxenetismo (que sí lo son) con la complicidad de los tres poderes del Estado». Fiolo. Estigma. Jubilación, obra social. Puta. Mujeres errantes. Alienación del deseo. Transacción libre entre adultos. Represión policial. Deberes y derechos. «Si el Estado cobrara multa a los clientes, se convertiría en nuestro proxeneta». Cooperativa de trabajo. Distinción entre trata, explotación y trabajo sexual. Yutas de los cuerpos. Arrasamiento del deseo. El refugio del hambre. Interseccionalidad. Desocupadas en situación de prostitución o trabajadoras sexuales. «Cómo defender derechos sin legitimar la explotación». «Cuerpos feminizados al servicio del placer patriarcal». Autonomía. Criminalización. Dignidad. Pecaminosas. Guetos. Esquina. Coima. Degradación de la subjetividad. Políticas públicas. Derechos humanos. «Organización, lucha y resistencia».

A media tarde del domingo doy por terminadas mis lecturas. La cabeza me explota de información y preguntas. Le aviso a Pablo que saldré a caminar, rogando que no pida acompañarme. Preferiría ir sola, repasar en movimiento lo que supe o intenté saber en estos dos días de encierro y lectura. Necesito pensar a mi hermana allí, en ese mundo, entender cómo se sentía en el lugar que había elegido, si se trató de una elección libre, qué condicionamientos tuvo, imaginarme si fue feliz o no, si fue explotada, si intuyó alguna vez este final, si nuestro padre sabía, si su madre sabía. Pablo ni siquiera amaga a acompañarme, me dice: Pasalo lindo. Va a la cocina a servirse una cerveza y vuelve a encerrarse en el escritorio. Antes de irme le pongo comida al gato y lo acaricio.

Mientras camino por una ciudad que empieza a apagarse, repaso lo leído. Trato de evocar a mi hermana, de inventármela. La traigo una y otra vez, pero de pronto, en lugar de encontrarme con ella me pongo a pensar en mí. En mi vida junto a Pablo. En esa relación falta de deseo que sostenemos desde hace algunos años. Y si no hay deseo, me pregunto, ¿cuál es nuestro intercambio?, ¿qué le doy yo?, ¿qué me da él? ¿Qué diferencia hay entre acostarse sin deseo en una relación estable, en una relación casual, o en una relación remunerada? ¿Hay parejas o matrimonios en las que el sexo también tiene como gran incentivo cuestiones económicas? En mi caso este último punto claramente no aplica: yo aporto para sostener el hogar más que Pablo. ¿Puede ser que él siga conmigo porque está cómodo con este intercambio? ¿Y yo? ¿Por qué no nos importa que nuestra vida sexual se haya convertido en la nada misma, aunque de tanto en tanto tengamos relaciones para mantener esa ficción? Se me desdibujan los límites. La confusión pasa a ser mucho mayor de la que tenía cuando sólo pensaba en la situación específica de Juliana, en su tarea de trabajadora sexual, en el riesgo que corrió dependiendo tanto de un hombre como Sánchez Pardo, en su muerte.

La noche me alcanza en el parque; regreso a casa. Preparo la cena con restos de otros días, comemos como si todo siguiera igual que siempre, pero cuando terminamos, antes de levantar los platos, le digo a Pablo que tenemos que hablar. Estuvimos hablando toda la comida, me corrige. Hablar en serio, insisto. A ver..., propone él y espera lo que tengo para decir con un gesto exagerado, burlón. Creo que tenemos que separarnos, digo. Pablo hace una mueca, una especie de sonrisa que pretende minimizar mi planteo, aunque es evidente que lo sorprende. ¿Es en serio?, ¿tomo tu anuncio y pregunto por qué tenemos que separarnos y esas cuestiones que se derivan en estos casos?, ¿o lo dejo correr porque es un chiste?, dice y espera mi respuesta. Me cuesta darla, busco las palabras, intento explicarme. No es un chiste, Pablo, nos queremos, nos llevamos bien, pero estamos juntos como podríamos estar separados, no hay un deseo de uno por el otro. Hablá por vos, me corrige. Hablo por los dos, ¿hasta cuándo nos vamos a hacer los tontos, viviendo bajo el mismo techo como socios, compartiendo apenas algunas cuestiones de la vida cotidiana? ¿Acaso no es eso una pareja, Verónica? Llevarse bien, compartir algunas de las cosas de la vida cada día, ¿eso no alcanza?, me pregunta e intuyo que esta vez es una pregunta retórica. De todos modos, le contesto: Creo que no alcanza. Ahora no te alcanza, vuelve a corregirme. Ahora tomo conciencia, ahora puedo decirlo, y estoy segura de que, aunque todavía lo niegues, a vos tampoco te alcanza, Pablo. ¿Conociste a alguien?, me pregunta. No, no conocí a nadie. Pero te soy sincera, a la edad que tenemos, nos deseo a los dos, además de cariño, que conozcamos a alguien que nos provoque deseo sexual.

Esta última frase lo enoja, creo que tal vez hasta lo ofende. Debería haberla evitado. A nadie le gusta que le digan que no provoca deseo en el otro. Pablo se levanta de la mesa, se sirve un whisky y se encierra en el escritorio.

A partir de ese momento, él duerme allí.

Y yo, en la que era nuestra cama.

VIII

Conversamos, lloramos, nos reímos, volvemos a llorar. Día a día, Pablo va elaborando la situación; no sólo se da cuenta de que no hay marcha atrás en mi planteo, sino que acepta que la pareja se terminó bastante antes de ese domingo en que, luego de leer y leer acerca del trabajo sexual, lo pude decir.

El sexo pago versus el sexo apagado. Difícil negarlo: nuestra vida sexual es casi inexistente. En los días siguientes a mi planteo, Pablo trata de buscar teorías que sirvan de excusa, me habla de la muerte del coitocentrismo, una sobrevaloración por el coito que incluso puede llegar a convertirse en obsesión en algunas personas al punto que tienen que hacer tratamientos para repararlo. No es mi caso, ni el de Pablo, pero le sirve para llenar conversaciones que se nos hacen cada vez más difíciles. Por años, evitamos enfrentar el asunto de nuestra pobre vida sexual fingiendo cansancio, preocupaciones varias, lecturas ineludibles antes de dormir o dependencia enfermiza a series adictivas. Hasta que, buscando pistas para encontrar a mi hermana, por esas asociaciones libres que hace la mente, me encontré conmigo.

Unas semanas después, ¿un mes, dos?, Pablo me dice que se va. Un amigo escritor, Dalmacio Rivera, ganó una beca en Berlín por un año y le deja su departamento totalmente amueblado. Me lo comenta impactado por la suerte de su colega, los alemanes le permiten llevar hasta el perro, todos los gastos pagos. Pablo parece feliz, hay algo en nuestra ruptura que empieza a resultarle atractivo. La soltería a los cuarenta puede tener su encanto, pienso; quizás para mí también. Se lleva pocas cosas. Le ofrezco que tome lo que quiera de la casa. El departamento es mío, lo compré con la herencia de mi madre —mi padre, culposo, le había cedido su parte en el juicio de divorcio—. Pero el hogar lo fuimos armando entre los dos, no importa quién haya pagado la cafetera, la heladera, la vajilla, a esta altura es difícil acordarse, lo que hay dentro de la casa es nuestro, de un nosotros que está a punto de disolverse. Dice que se va a llevar muy poco porque la casa de su amigo está atiborrada de objetos. Se queja, No entiendo cómo un tipo solo, varón, puede juntar tantos artefactos, tantos adminículos, tantos detalles innecesarios, ni cómo el perro no le rompió todo. Me llama la atención que Pablo crea poco masculino que alguien junte muchas cosas, y que se tome el trabajo de aclarar «varón» después de «tipo». Pero no se lo señalo, me pasé la vida señalándole cosas, y creo que ya no corresponde. Me dice que se quiere llevar un cuadro de un tamaño importante que compramos juntos en la Feria de Tristán Narvaja, en Montevideo, desde entonces colgado en nuestro living. Es una playa plana, de colores primarios luminosos, sin tridimensionalidad, que está firmado por alguien que pretende emular a Petrona Viera, incluso en la firma. Adelante, es tuyo, le respondo con dolor porque amo ese cuadro. Sospecho que él lo sabe y por eso es uno de los pocos bienes que quiere llevarse, cuando nunca mostró interés en esa pintura. Espero encontrar dónde colgarlo, se ríe, y si no, descolgaré transitoriamente alguna de las producciones artísticas que hay en mi nueva casa. Dice que no quiere la cafetera italiana que usa a diario porque Dalmacio tiene una parecida, pero de última generación. Toallas y sábanas, allá hay de sobra. El humidificador de ambiente, sí, le interesa, una valija grande y un carry on, por si tiene que ir a alguna feria o festival literario. La cámara de fotos que nunca usamos. Televisor no, yo miro poco, me aclara. El gato te lo dejo, me dice y se ríe. Por el momento cree que no le va a hacer falta nada más. Los libros sí que es todo un tema, reflexiona. Dice que, por supuesto, se llevará los que le pertenecen, pero más adelante. Por ahora me propone ponerlos en cajas, quiere separar los suyos de los míos antes de irse, para que luego no surjan problemas. Una cuestión meramente de señalamiento de propiedad, porque lo cierto es que no cree que los necesite. Donde voy debe estar casi toda la literatura que importa, las paredes del departamento de Dalmacio están forradas de libros, como me habría gustado haber hecho en esta casa, me dice, y sé que es un reproche. Muchas veces discutimos sobre cuántos y cuáles libros hay que conservar para que las bibliotecas no te coman con su crecimiento infinito. Pablo nunca quedó satisfecho con el resultado de esa discusión. Ahora me dice que va a armar paquetes con sus libros y que, si no me parece mal, los dejará en la baulera por un tiempo. Le respondo que no hay problema, que la baulera está prácticamente vacía, que hay espacio de sobra. Me propone un brindis, como si estuviéramos festejando algo. Brindamos con Aperol.

La semana antes de mudarse a su nueva casa, embala los libros en cajas de cartón que, a medida que están listas, le ayudo a bajar al sótano. Les pone etiquetas por si tiene que venir a consultar algo de urgencia: Literatura argentina del siglo xx, Literatura argentina del siglo xix, Literatura europea, Ensayos, Autores norteamericanos, Asia/África/Australia, Latinoamericana, siglo xxi, Papeles sueltos, Borradores, Prescindibles, Cajón de sastre. La caja de «Prescindibles» incluye los textos de colegas a los que desprecia; no me lo dice, pero lo sé. Y aclara señalándola, Si precisás hacer lugar, podés empezar descartando ésta. Siempre me llamó la atención que guardara libros de autores que no piensa leer. Alguna vez se lo pregunté. Me respondió sin pudor, Por si me mencionan en alguna nota o en una reseña negativa y les tengo que contestar.

No nos despedimos el día que, finalmente, se va. Voy a trabajar a la radio y a mi regreso Pablo ya no está. Por primera vez tomo conciencia de los espacios vacíos que dejaron sus libros en los estantes de la biblioteca. Lo llamo por teléfono: No me esperaste, le digo. No me pareció que fuera necesario, Vero, el cariño está intacto, nos vamos a seguir viendo, hablaremos seguido, la comunicación será frecuente, me pareció que una ceremonia de despedida era un gesto grandilocuente que no responde a lo que pretendo que sea nuestra relación de ahora en más, ¿no te parece? Le doy la razón, no estoy segura de si la tiene, pero, como si fuera uno de los miembros del jurado de un juicio oral, acepto que una duda razonable me impide declararlo culpable ni responder ninguna otra cosa.

IX

Recién vuelvo a ver a Pablo ocho meses después de nuestra separación. Cuando presenta su novela en la librería Tiempos Urgentes. Me refiero a verlo en persona, verlo moverse, saludar, sonreír. En varias oportunidades, uno o el otro propuso tomar café o cenar o ir al cine juntos, con entusiasmo sincero. Pero el prometido encuentro no se concreta hasta hoy. Tal como predijo el día que se fue de la que había sido nuestra casa sin despedirse, nos comunicamos muchas veces en ese tiempo. Lo había visto, sí, por azar, unos pocos días antes, en el final de un reportaje que le hicieron en una señal de noticias. Me sorprendió encontrarme con él en la pantalla, Pablo nunca había aparecido en la televisión a causa de sus libros, y apenas en un par de ocasiones como mi acompañante en la transmisión de alguna cena de gala o beneficencia. Él sostenía que lo ignoraban descaradamente en los grandes medios. En nuestro país a nadie le interesa la literatura de verdad, sino la que vende, se quejaba. Si para cuando apareció en ese programa hubiéramos seguido juntos, le habría preguntado si la sociedad había evolucionado en sus intereses o él involucionado en lo que escribía.

Pero no me parecía un chiste para hacer por WhatsApp, una aplicación en la que sólo se puede inferir el tono del hablante a través de jajás o emoticones, y siempre a riesgo de malas interpretaciones. Sin dudas, era mejor cuidar ese canal de comunicación y perderme el chiste, un canal por el que, en esos meses en los que cada uno siguió su vida, nos mandamos mensajes, fotos, emoticones, links a notas que queríamos compartir, recordatorios, chismes, como si necesitáramos reafirmar que el componente de amistad que había tenido nuestra relación no se había resentido en absoluto. El cariño intacto, había dicho Pablo el día que se fue. Algo que puede parecer cierto sólo en la superficie o en una primera mirada. Nadie se separa para que todo siga igual, ni siquiera el cariño.

Recibo el flyer con los datos de la presentación unos días antes, también vía WhatsApp. El evento no sólo se trata de una conversación con un escritor colega, sino que la editorial invita a compartir un vino a continuación y asegura que también habrá «una sorpresa musical». Me impacta encontrarme con que Pablo, a pocos meses de nuestra ruptura, terminó un libro de cuya existencia yo apenas tengo idea. En tantos años juntos, veinte casi, él logró publicar una sola novela que a pesar de las buenas críticas pasó desapercibida, le rechazaron dos, y pelea o peleaba con un proyecto monumental desde hace años que lo protege de preguntas inadecuadas, ofreciendo la posibilidad de responder a «¿En qué andás, Pablo?», con un «Estoy escribiendo». «Es una novela a lo Henry James», le gustaba agregar si le daban pie, y a mí nunca me quedaba muy claro qué significaba eso, pero por la actitud poderosa que asumía al decirlo parecía que la frase funcionaba como coartada eficaz frente al tiempo transcurrido sin publicar. De cualquier modo, *Varón y qué* no parece un título de Henry James. Que en tan poco tiempo y en medio de una situación de pareja que iba camino a la disolución Pablo hubiera podido concentrarse para arrancar un nuevo proyecto, terminarlo y conseguir que se lo publicaran me hace pensar en lo extraño de los mecanismos de la producción artística. Pero, más que nada, me confirma el bloqueo que le produjo nuestra pareja durante tantos años. Y el desbloqueo que, como efecto secundario, le regaló la inminencia de la separación.

Que a la imagen del flyer —la tapa del nuevo libro, más la cara de Pablo sonriente a un costado— no le siga una invitación personal de él hacia mí, una frase que funcione como un guiño entre nosotros, me parece casi inverosímil. Como si la novedad me llegara por un difundido que envió a todos sus contactos. Pero yo sigo siendo yo. ¿No dijo eso después de la despedida que no fue? Pretendo no fastidiarme con él por su descuido, así que considero que se trató de que no quiso ponerme en la obligación de ir y por eso eligió una opción menos comprometida para participarme del evento. Es lógico que me invite, me extrañaría mucho si no lo hiciera, me dolería, incluso; pero entiendo que se le haya ocurrido pensar que puede resultar una situación incómoda para mí, a pesar de que no lo sea. Espero no equivocarme.

Aunque no pide respuesta, contesto el mensaje diciendo que por supuesto iré y que me alegro muchísimo de que haya un nuevo libro de su autoría. Busco emojis, elijo algunos, los descarto. Finalmente me decido por un sticker de la cara de Borges que debajo dice: Ficciones. Pablo lo usaba seguido cuando quería marcar que algo no era cierto. No sé por qué elijo ése, pero una vez mandado no lo quiero eliminar dejando la huella de mi arrepentimiento. También le robé a Pablo un emoji de Cortázar que dice: Teglible, imitando la fonética de su erre afrancesada. Uno de Sarmiento que dice: Bárbaro. Y uno de Victoria Ocampo a punto de sacarse los anteojos que no dice nada, pero podría preguntar: ¿Queeeé? Casi de inmediato me llega una respuesta: «Buenos días, soy la asistente de Pablo Ferrer. Gracias por confirmar su presencia». Guauuu, pienso. Que Pablo tenga una asistente que maneja su teléfono me desconcierta más que la existencia del nuevo libro. Me sorprende que no me lo haya advertido, me pregunto qué habría hecho esa mujer si yo hubiera contestado a la invitación con una respuesta íntima. Un par de horas después recibo otro mensaje: «Hola, Vero, acá yo. Qué alegría que vengas. Esto de la asistente es una idea de mi agente porque con la repercusión de la salida de mi libro me atosigan con mensajes y no me dejan tiempo para escribir».

O sea que Pablo no sólo tiene asistente, sino también agente. Y escribe sin permitirse interrupciones, toda una novedad. «Es transitorio, en un tiempo ya nadie me prestará atención y volveré a ser el Pablo de siempre, ja ja». Aunque estoy a punto de mandarle el Sarmiento que dice «Bárbaro», me arrepiento, respondo con tres caritas sonrientes y luego: ¿Cómo no voy a ir? No me lo perdería por nada. Envío y espero. No llega nada; entonces, sigo: ¿Desde cuándo tenés agente... Pero antes de cerrar con el signo de interrogación, Pablo se adelanta con dedito para arriba, corazón, beso, entiendo que da por terminada la conversación y borro mi pregunta inconclusa.

A pesar de su asistente, de su agente y de su apuro, conservo la sensación de que todo sigue más o menos como siempre: una relación cordial, afectuosa. Nuestra separación fue de lo más civilizada. Según mis compañeros de la radio, llamativamente civilizada. César, el periodista deportivo, cuando se separó de su mujer terminó envuelto en un juicio ruinoso, donde no sólo se disputaron los pocos bienes que tenían, sino que despedazaron lo que quedaba de ellos discutiendo por el régimen de visitas y la tenencia de los hijos. Y Analía, la productora de *Apenas sale el sol*, tiró las pertenencias de su exmarido por la ventana, impregnadas de pasta dental y rociadas con enjuague bucal, el día que descubrió que le metía los cuernos con su dentista. Nosotros, a pesar de haber estado juntos casi veinte años o justamente por eso, fuimos y somos de lo más educados. Tal vez, además, porque la casa siempre fue mía y no teníamos otro patrimonio de importancia que un plazo fijo a nombre de los dos.

Llego a Tiempos Urgentes cinco minutos antes de la hora señalada en la invitación. Busco a Pablo con la mirada, pero no lo encuentro. Supongo que está detrás de bambalinas, arreglando detalles con Joaquín Vernier, el escritor que va a presentar su libro. Juraría que es uno de los autores incluidos en la caja de Prescindibles que dejó en la baulera, pero se ve que no. O ya no. O sí, pero no le importa. Los lugares se van completando poco a poco. A un costado, sobre una mesa que despejaron de libros, esperan las copas vacías que se llenarán de vino no bien termine el evento que ya promete ser un éxito. Miro hacia atrás y veo a Leticia Zambrano sentada en la última fila. Me extraña verla ahí —siempre creí que Pablo le caía mal—, pero más aún que se haya sentado en un lugar tan alejado del centro de la escena. Nos cruzamos con la mirada y eso me obliga a saludarla con la mano, aunque no hago ningún otro gesto de amistad porque es un vínculo roto desde hace tiempo, desde que incomprensiblemente desapareció sin dejar rastros, dejándome sumida en una extraña tristeza que me costó superar. No me interesa fingir con ella. Ya no. Un tiempo atrás, para limar asperezas y por si se trataba un malentendido, Pablo la había invitado a una fiesta sorpresa, cuando cumplí treinta y ocho años, pero ella rechazó la invitación sin explicación alguna. Me enteré hace poco, pensé que Pablo se había olvidado de avisarle. Si lo hubiera sabido antes no habría ido a festejar con ella un premio que ganó poco antes de irse del diario. No lo pasé bien, la sentí lejana, incómoda. Fue lo último que supe de la que había sido mi jefa y mentora durante tanto tiempo.

Pablo sale a escena ya microfoneado. Su presentador también. Una mujer joven los asiste, otra mujer que no conozco ocupa el tercer asiento en la tarima, junto a ellos. Supongo que la joven es su asistente, y la otra su editora o su agente. Su agente, lo confirmo cuando ella misma hace las presentaciones. Pablo está evidentemente feliz, exultante. Responde a sus preguntas de manera brillante. El colega que lo acompaña lee un texto sobre su libro que a mí me suena ambiguo, habla más de sí mismo que de la novela de Pablo, y no se termina de entender si el libro le gustó o no, aunque el público sonríe y la agente agradece. Con el punto final, Pablo se levanta y lo abraza exageradamente, como para reafirmarnos a los presentes que lo que acabamos de escuchar son alabanzas, aunque no lo sean. Me voy enterando de qué se trata *Varón y qué* a medida que avanza el evento. Y aunque no me sorprende me impresiona la coincidencia, que Pablo también se haya interesado por el mundo del trabajo sexual. Es cierto que la muerte de Juliana debe haber ayudado a esa sincronía, aunque nos haya impactado a los dos de distinto modo, con distinta intensidad. La muerte de mi hermana, de alguna manera, también influyó en la separación, porque movió mi estantería, me obligó a pensar en nosotros, en la relación que nos unía. No me parece tan extraño que algo de lo vivido este último tiempo le haya disparado a Pablo la escritura de un texto que se relaciona con una chica escort. Más allá de que, por lo que entiendo, en su libro el protagonista es el varón, el cliente. A decir de su agente: «Eso es el hallazgo de este admirado y querido autor». Los cincuenta minutos de presentación vuelan. Dos veces me di vuelta hacia atrás y la sala desbordaba de gente. Las dos veces Leticia Zambrano me estaba mirando, pero yo no respondí de modo alguno a esa mirada.

La charla sobre la tarima termina. La flamante agente de Pablo abre el micrófono al público. Pide la palabra un lector y no hace una pregunta, sino un comentario. A continuación, otra lectora repite el esquema, «sólo una pequeña reflexión», dice la mujer y luego habla sin interrupción. Las copas empiezan a llenarse de vino. Uno de los libreros acomoda un piano electrónico en una esquina del salón. Antes de que la lectora termine de elaborar su comentario, Pablo le dice algo por lo bajo a su agente y yo sé que le está pidiendo que dé por finalizado el encuentro, que no entregue más el micrófono a los asistentes, que no quiere terminar fastidiado. Ella interrumpe amablemente a la mujer, hace un cierre y avisa que «el autor tendrá la gentileza de firmar ejemplares en la mesita que está a la derecha del escenario mientras servimos un vino de honor y se preparan los músicos, muchas gracias». Luego se levanta de la silla, se acerca a Pablo y le da un beso en los labios. Él le sonríe, le acaricia la cara con el dorso de la mano como tantas veces acarició la mía, casi de inmediato me busca con la mirada y, cuando me encuentra, levanta la misma mano y me saluda. Yo le devuelvo una sonrisa que me cuesta sostener, me siento incómoda, quisiera hundirme en la silla, desaparecer por un túnel clandestino, que se abra la tierra y me trague, pero me pongo en la fila para comprar su libro como si nada hubiera pasado. Tengo un nudo en la garganta. ¿Por qué?, ¿si ya no estoy más enamorada de Pablo?, ¿si hace tanto tiempo que no lo estaba?, ¿si yo misma planteé la separación? Alguien me acerca una copa de vino y la agarro porque me parece más sencillo que decir que no. Pago el libro, estoy tentada de irme pero sé que tengo que comportarme de otra manera, somos gente adulta, somos gente civilizada. Me pongo en la fila de lectores para que me lo firme. Cuando llego, él se levanta y me abraza. No hacía falta que lo compraras, te lo iba a hacer mandar por la editorial, me aclara. Toma el ejemplar, y al hacerlo roza mi mano con intención. Su agente se acerca y me da un beso. Qué lindo conocerte en persona, me dice, Pablo habla mucho de vos, la verdad es que es como si te conociera. La mujer me mira fijo a los ojos, penetrante, me sonríe como si me tuviera simpatía; yo trato de hacer lo mismo. Necesitaría el sticker de Borges: Ficciones. Pablo no nos presenta así que es ella quien dice su nombre, Renata Loretto. Le diría: a mí qué me importa; pero digo el mío y ella se ríe. Sí, sí, sé quién sos, me aclara. Leo la dedicatoria de Pablo: Para vos, como siempre y por siempre, de mí. Sin firma. Les sonrío a los dos y me voy, sólo quiero salir cuanto antes de ahí.

Me lanzo a la calle aturdida. No sé si tomar un taxi o caminar para despejar mi cabeza a punto de estallar. Me doy cuenta de que aún tengo la copa de vino en la mano y la dejo en el cordón de la vereda. Ahí mismo, junto a un árbol, está Leticia Zambrano, lo que me faltaba. Trato de seguir como si no la hubiera visto pero me detiene. ¿Ya te vas?, me pregunta. Sí, ¿estás haciendo tiempo para saludar a Pablo?, le digo y agrego para entusiasmarla: Andá que queda poca gente para la firma. Me corrige, No vine a ver a Pablo, te vine a ver a vos, te estaba esperando, ¿podemos tomar algo?, me gustaría contarte un par de cosas. Me abruma que Leticia Zambrano, después de no hablarme largo tiempo, tenga tanto interés en contarme algo. Hoy no es día para sentarme a que me cuente nada. Me aterroriza, además, terminar llorando frente a ella por causa de Pablo y de su agente. Pero no me dan las fuerzas para una batalla más, así que acepto su invitación. Y allá vamos.

X

El tomar algo para conversar se transforma en comer una pizza juntas. Como en las buenas épocas, dice Zambrano. Caminamos algunas cuadras buscando una pizzería de la zona que le recomendaron. La circunstancia me hace acordar a aquellos tiempos en el diario, en que, con cualquier excusa, me hacía quedar hasta tarde para no cenar sola. Encontramos el sitio y parece agradable. Un punto a favor. Seguimos hablando banalidades hasta que pedimos la comida: acerca de lo acogedora que es la librería Tiempos Urgentes, de lo arrogante del presentador, de las preguntas no preguntas del público, de la mala calidad del vino, de cómo ocupa Zambrano los tiempos muertos que le aparecieron cuando dejó el diario. No mencionamos aún a Pablo ni a su libro, pero me pregunta cuánto hace que nos separamos. No sabía que ya no estaban juntos, me tomó por sorpresa, me confiesa. A decir verdad, me alegra, agrega sin eufemismo. Y de ahí va directo a lo que vino a decirme: que conoció a Juliana y tuvo varios encuentros con ella. Me impacta saberlo. No sé si creerle. Leticia se da cuenta de que dudo y entonces me pone la voz de mi hermana en unas grabaciones que tiene en el teléfono. Por primera vez la escucho con atención, en un parlamento completo, sin apuro, con risas, suspiros, silencios. Tal vez un poco más apagada que como la escuché en el contestador de su móvil. Su voz me emociona, aunque trato de disimular frente a Zambrano. Me dice que a ella la buscó como segunda opción, que Juliana quería hablar conmigo, pero yo no respondí a sus llamados ni a sus mails. Nunca me llamó, nunca recibí un mail de ella, la corrijo. Habrán ido a tu spam, me sugiere, O tendría mal tus datos y envió esos mensajes vaya a saber dónde. No tengo idea, pero yo nunca recibí nada suyo, le repito. Estoy incómoda. Ella me cuenta lo que sabe, lo mismo que yo empecé a intuir a partir de mi conversación con Mariela Sánchez Pardo: que mi hermana había descubierto un entramado de política, trabajo sexual y espionaje. Y que estuvo investigando, que juntó papeles y documentos, que quería ofrecerme ese material, pero al no poder dar conmigo la buscó a ella, porque nos asociaba por la investigación con la que habíamos ganado el Rey de España. Llega la pizza y eso interrumpe su relato, justo cuando menciona el premio y a mí me molesta una espina clavada en la garganta, que viene de otro tiempo y creía olvidada. Luego de repartir en cada plato las porciones, sigue con su relato, me asegura que como ella tampoco podía dar conmigo se le ocurrió la idea de entregarle todo a Pablo, para asegurarse de que me llegaría no sólo el material que obtuvo mi hermana, sino una novela que Leticia escribió sobre nosotras. Me impacta la revelación de que haya escrito sobre mí. ¿Qué derecho tiene a contar nada de mí Leticia Zambrano? No sabía que te interesaba escribir ficción, le digo. Me parece un buen lugar donde refugiarse de la desilusión del periodismo, estaba necesitando escribir con libertad, responde. Temo que quiera seguir hablando de ella, pero de inmediato vuelve a Pablo. ¿Él no te contó nada de esto? Niego. No lo puedo creer, se indigna, pensé que al menos vos lo habías autorizado. El material que le di era un regalo de tu hermana para vos. La novela que escribí era, en cierto modo, también un regalo para vos. ¿Te la dio? No, no me dio nada, respondo y estoy cada vez más confundida. ¡¿Ves?!, casi está gritando, ¡el tipo no sólo oculta lo que le di, sino que además lo usurpa para escribir un libro de mierda! ¿Qué decís, Leticia?, no entiendo de qué hablás. ¿Leíste el libro, Verónica?, Pablo no usa específicamente el material que le di, pero sin dudas fue la inspiración para que escribiera esa bazofia misógina que escribió. Ahora me río. Parece que no te gustó nada el libro, le digo. A vos tampoco te va a gustar, me contesta un poco más tranquila. Y sigue: No te debe haber mostrado ni un párrafo para evitar que te indignaras y se le cayera su proyecto robado; además, así pisaba el material que le di para que no te pusieras a escribir algo que él intuía podía competir con lo suyo. Es un miserable, remata. La detengo, no me gusta que hable así de Pablo, no termino de creerle lo que me cuenta, ella reunida con mi hermana, mi hermana detective, Pablo ladrón de historias. Es cierto que las grabaciones de Juliana existen, aunque haya escuchado apenas unos minutos no tengo dudas de que esa es su voz; pero sí pongo en duda sus mails o sus llamados. ¿Por qué no me trajiste todo esto en vez de llevárselo a Pablo, por qué decís que no podías llegar a mí? Porque me tenés bloqueada en el teléfono, Verónica. Me río otra vez, Jamás te bloqueé en el teléfono, Leticia. Fijate, me pide. Busco el móvil en la cartera, abro la aplicación: es cierto, su contacto está bloqueado. Es rarísimo, yo nunca te bloqueé voluntariamente, lo habré hecho sin querer al tocar algo, digo buscando una explicación que no encuentro. ¿Y el mail también?, porque te mandé un par que no contestaste, dice, y noto cierta ironía. Reviso mi cuenta de correo y efectivamente está también bloqueada. La desbloqueo. No sé, no entiendo, repito. Pablo, Verónica, lo debe haber hecho él, ¿quién si no?, dice muy convencida. Pablo no toca mi teléfono, no lo tocaba, y no haría algo así, le contesto firme, pero debo reconocer que estoy confundida. Como sea, sigue, necesito que leas ese material, necesito que leas lo que escribí, decile que te lo entregue, es tuyo. Detrás de esa cara de ingenuo, ese tipo esconde un monstruo, lanza Zambrano como sentencia que no admite refutación.

Comemos un rato en silencio. Luego volvemos a banalidades. Cuando intuyo que está por retomar el tema Pablo, le digo que me tengo que ir, que al día siguiente madrugo. No termino de creer lo que me cuenta, pero tampoco logro comprender por qué mentiría. Me levanto y junto mis cosas, me pregunto si será que Leticia quedó afectada por su retiro y por eso inventa teorías conspirativas, algo paranoicas. Mientras tanto ella insiste, pide que trate de encontrar el material, que no sólo es crucial para que yo me entere de ciertas cosas, sino que puede ayudar a hacer avanzar la causa por la muerte de Juliana. Intento dejar el dinero de mi parte sobre la mesa, pero ella no me lo permite, quiere invitarme. Como en las buenas épocas, repite. Y ya parada y con la cartera colgando del hombro, me desconozco al decir por primera vez y después de tanto tiempo: Una duda que siempre tuve, Leticia, ¿nunca sentiste culpa por firmar conmigo una nota en la que no creíste, no participaste y hasta boicoteaste para que no saliera? Se me queda mirando como si no supiera de qué le hablo. ¿No te pesa tener un premio Rey de España que no te pertenece? Ella se sonríe, mueve la cabeza, se lleva la mano a la boca, se acaricia el mentón. Era eso, me dice, me lo imaginaba, era eso.

Era nada, Leticia, le respondo y me voy.

XI

Al rato de llegar a casa, entran a mi teléfono varios mensajes de Leticia Zambrano. En realidad, no hay mensaje, sino adjuntos: los audios de sus entrevistas con mi hermana y un PDF de *Hermanas*, la novela que escribió sobre nosotras. Me pregunto si, más allá de sus ironías con respecto a mi queja acerca de la autoría de la nota que nos premiaron, lo que Leticia intentó hacer no tendrá que ver con saldar la deuda que tiene conmigo. Por más que nunca vaya a reconocerlo, ella sabe que con la investigación de Carla Muñoz se llevó un mérito que no le correspondía. Lo supo siempre, lo supimos siempre. Yo callé porque sentía que era la periodista que era gracias a ella. Leticia, porque estaría acostumbrada a apropiarse del trabajo de su equipo, debía de ser algo normal, habitual, gajes del oficio. Como en la cadena de supervivencia de una especie, alguien se habrá apropiado antes de su trabajo y ella no supo romper esa práctica infame. En cualquier caso, más que agradecimiento, me produce mucho enojo que haya escrito sobre nosotras. ¿Con qué derecho? Me enoja también que haya usado de excusa esa escritura para no entregarme el material de inmediato.

Descarto empezar a leer su novela esa noche de ese día lleno de incordios y revelaciones poco gratas. En cambio, me acuesto escuchando la voz de mi hermana y pensando si me atreveré a hablar de esto con Pablo. Me resisto a pensar que él haya actuado de un modo tan artero. Aunque temo que parte de lo que dijo Leticia pueda ser cierto. La idea de mandarle un mensaje sobre este asunto, y que me responda su asistente, me incomoda. O su agente. Reconozco que gracias a Leticia Zambrano me olvidé por unas horas del beso que se dieron Pablo y esa mujer frente a mí. Pero ahora, casi en duermevela, me regresa la imagen. Lloro y me duermo con la cara húmeda de lágrimas, arrullada por la voz de Juliana, pero sin lograr prestar atención a lo que dice. Apenas su voz, sólo su voz.

Me despierto inquieta. Sé que tuve un sueño, pero no lo recuerdo. Conservo una sensación particular en el cuerpo, como si mientras dormía hubiera tenido un orgasmo que aún me deja huellas al levantarme. Mientras me preparo el desayuno evalúo si llamar o no a Pablo para pedirle lo que Leticia dice que él tiene y es mío. Entonces me acuerdo de las cajas y bajo a la baulera. Son pesadas y las muevo con dificultad. Estimo que las etiquetas no mienten; deseo que, aunque sea las etiquetas, no mientan. Descarto las de nombre muy específico, Latinoamericana, Argentina siglo XX y similares, y voy a las ambiguas: Papeles sueltos, Borradores, Prescindibles, Cajón de sastre. En Prescindibles efectivamente está *Cuando no haya más sal*, de

Joaquín Vernier, el escritor que presentó a Pablo la noche anterior, y el borrador de *Hermanas*, de Leticia Zambrano. Lo que me falta está en Cajón de sastre, una frase que sé que se usa para nombrar un conjunto de cosas desordenadas y diversas, pero que nunca le había escuchado decir a nadie que no fuera Pablo. Adentro están, efectivamente, los papeles de Juliana. Los reviso ahí mismo en la baulera, sentada en el piso. No termino de entenderlos en su totalidad, pero evidentemente se trata de lo que dijo Leticia. Los separo, pongo el resto en su lugar, guardo las cajas de Pablo y subo con lo que me pertenece.

Detrás de la puerta me espera Minino. Lo acaricio, busco su ronroneo. Mi teléfono suena insistentemente en algún lugar de la casa. Lo busco y atiendo, es la productora de *Apenas sale el sol*, está inquieta porque el programa empieza en cinco minutos y no estoy ahí. Miro la hora, no puedo creerlo. Le digo que estoy descompuesta, muy descompuesta, que si no se me pasa iré a hacerme ver a una guardia médica. Que me reemplace por alguno de los columnistas. Es la primera vez en mi vida que faltaré a la radio.

Dejo los papeles de Juliana sobre la mesa ratona; me siento en el sillón, ahora sí, con la novela que Leticia Zambrano escribió sobre nosotras. Minino salta y se acuesta en mi regazo. Leo en voz alta.

XII

Le escribo a Pablo un mensaje repartido en cuatro envíos. Sé que los leerá su asistente y luego, según el protocolo acordado, se los enviará al número exclusivo donde haya mudado unos pocos contactos.

Hola, Pablo. ¿Cómo va tu exitosa vida? (sí, sigo con el toc de abrir y cerrar signos de pregunta y de admiración en los mensajes de WhatsApp).
Te mando este mensajito sólo para avisarte que van en camino a Ediciones El Clavel las cajas que dejaste en la baulera. Necesito el espacio, mil disculpas.

Siento no haberlas mandado a tu dirección actual, pero no la sé.
Hablé a tu editorial, me dijeron que ellos las reciben sin ningún problema y se ocupan de hacértelas llegar en breve. Gente muy amable. Fans de *Apenas sale el sol*. Increíble la cantidad de gente que escucha nuestro programa en esta ciudad de rotos corazones. Buenos Aires, ciudad de rotos corazones. Como la Rosario de Fito Páez lo es de corazo-

nes pobres y locos, ¿no? ¿Qué será mejor: la pobreza, la locura o la rotura? Perdón la digresión.

BTW:
Me quedé con la caja etiquetada «Cajón de sastre» porque el contenido me pertenece. La caja «Prescindibles», tal como me sugeriste, la saqué a un container de cartones y papeles, hace unos días, cuando empecé a necesitar espacio. Ya alguien les debe haber dado buen uso a esos libros, aunque sea como material reciclable. Excepto *Cuando no haya más sal*, que se la envié a Joaquín Vernier con una notita donde le aclaro que la rescaté de tus desechos, por si quería conservar ese ejemplar. Leí por allí que su libro está agotado, «Una perla inhallable» titulaban la nota. El resto va en camino a El Clavel.

Un fuerte abrazo para vos y otro para tu agente.
Cariños a la asistente.
Sin firma.

XIII

Pido un auto para ir a Los Cipreses, la clínica donde está internada Mabel. Queda en Cañuelas, una localidad a 65 kilómetros de Buenos Aires que conozco muy poco, sólo fui de noche a una fiesta en un club de polo, un compromiso al que no podía faltar que organizaba un anunciante del programa. Aunque a la media hora de llegar ya estaba mortalmente aburrida, tuve que esperar durante un tiempo interminable que algún conocido me trajera de vuelta a casa. En mi próxima vida, prometo aprender a manejar. Pablo no había querido acompañarme en aquella ocasión. Argumentó, Prefiero quedarme leyendo. A mí me molestó, no que no viniera, sino su argumento. Como de costumbre, me señalaba que sus intereses, gustos o compromisos eran más elevados intelectualmente que los míos, asuntos del orden de lo pedestre.

Me resulta extraño, pero gratamente liberador, que me lleven en un auto de alquiler a horas tan tempranas hacia un lugar que no sea la radio. Otra vez di parte de enferma. Aunque tengo miedo de cómo será el encuentro con Mabel, el solo hecho de recuperar mi amanecer y mi mañana me hace feliz. En cuanto salimos del bullicio de la ciudad y el auto toma una velocidad constante, me duermo. Me despierta un ruido que no identifico, cuando el conductor toma el camino de ripio que lleva desde la ruta hasta el estacionamiento de la clínica. Un sendero angosto en medio de dos filas de cipreses, responsables evidentes del nombre del lugar. A un costado hay una escultura metálica de un avión, hecha con partes originales. La casa es incluso más linda de lo que había visto en internet, al buscar la dirección y el horario de visitas. Una especie de castillo pampeano, algo excéntrico en los bordes del AMBA, el área metropolitana de la ciudad de Buenos Aires, a la que rodea y custodia. Pero ahí está esa rareza, esperándome mientras yo avanzo.

Me presento en la administración. Digo a quién vengo a ver y mi grado de parentesco. Muestro papeles que lo verifican. Sé que el vínculo no es directo, pero habiendo muerto su única hija me parece prudente que alguien se ocupe de Mabel, insisto. Aguarde unos instantes, me dice la recepcionista. Y al rato regresa con el director del lugar que avanza con cara de malas noticias. Al llegar, me reconoce y cambia su gesto por una sonrisa, No sabía que era usted, vi otro apellido y no asocié, me confiesa. Sí, profesionalmente suelo usar mi apellido materno, le aclaro. Es un honor tenerla aquí, Verónica, la escucho todas las mañanas; hoy no estuvo, ¿verdad? Hoy no estuve, no, le confirmo. Siendo usted, vamos a hacer una excepción, me dice. Y, aunque me molesta que no entiendan que sea lógico y nada excepcional que quiera ver a la madre de mi hermana, acepto y agradezco.

Después de un breve papeleo, una asistente me conduce al sector del jardín donde está Mabel. La veo a lo lejos, sentada en un banco de madera, de espaldas; junto a ella, una enfermera chequea su teléfono. Es una zona del terreno que fue levemente rellenada y levantada, pretendiendo darle movimiento a un jardín naturalmente plano. Aún no logro reconocerla. Su pelo negro se salpicó de canas. Algo de aquella postura elegante que tenía, ayudada por el encuadre de sus hombros, cedió al paso de los años. Cuando llegamos, rodeamos el banco y nos ponemos frente a ella. A pesar de mis primeras impresiones, puedo reconocerla, es la Mabel de siempre. Es cierto que su aspecto está más descuidado, como si hubiera perdido el gusto que tenía para combinar prendas y colores. Y se apagó la luminosidad de una cara que alguna vez brilló. Ella fue mi preferida entre todas las profesoras que tuve, la más hermosa, a la que quería imitar, hasta que supe que tenía una relación con mi papá y que iban a tener un hijo. Una hija. Entonces pasó a ser la mujer más horrenda del mundo. Ahora, con las manos cruzadas sobre una revista cerrada, aquella que fue mira el horizonte sin prestarme atención.

Tenés visita, Mabel, dice la mujer que me acompaña y luego se retira. Mabel levanta la vista y me mira sin ver. La enfermera, a unos pasos de nosotras, guarda su celular en el bolsillo y me indica que me siente. Pero antes se lo avisa a Mabel: Tu amiga se va a sentar con vos a charlar un poco, ¿sí? La madre de mi hermana no responde, parece que el código del lugar es que si ella no se queja es que otorga, y ante la insistencia de su cuidadora me siento a su lado. Me acomodo en el banco con delicadeza, tratando de no importunarla. Hola, Mabel, digo. Ella me mira y dice: Hola, y de inmediato, ¿Vos me podés llevar al colegio? Su pedido me desconcierta, no entiendo si es que me reconoció o qué. Miro a la enfermera que, sin saber de nuestro pasado, interpreta mi gesto de confusión y me dice: Se lo pide a todos. Y luego se dirige a ella, hablando claro, pausado, con esforzada tranquilidad: No, Mabel, ¿te acordás que ya no das más clases?, ahora estás jubilada, descansando acá. Podés charlar de geografía con nosotras y con tus compañeros, podés mirar revistas de lugares bonitos como la que tenés sobre tu falda. Ir al colegio, no, ¿de acuerdo? Mabel mira a la enfermera y le responde con una orden: ¡Callate! Abre la revista y la vuelve a cerrar.

Ay, Mabel, Mabel, dice la mujer y se aparta unos metros a atender una llamada. Aprovecho para intentar acercarme: Soy Verónica, le digo, ¿te acordás de mí? Ella me mira. Me toca la cara, la recorre. Luego retira sus manos y las vuelve a poner sobre la revista. ¿Verónica?, pregunta. Sí, Verónica, digo creyendo que por fin me reconoce pero no, y repite: ¿Vos me podés llevar a la escuela? Hoy no, le digo tratando de acompañar su pensamiento, hoy no hay clases, Mabel. Me mira desconfiada, y luego vuelve al horizonte. Soy la hija de Darío, le digo, alumna tuya. Ella gira hacia mí, revisa otra vez mi cara, mi nariz, mis ojos, mis orejas, mi boca. Cuando termina, se sonríe y me pregunta: ¿Vos también sos puta? Al oírla, la enfermera levanta la mirada y la reprende. Otra vez con eso no, Mabel, no tenés que tratar así a la gente que te viene a visitar. Mabel le dice ¡Callate, vos! Se enoja. Luego se arrastra por el banco para acercarse a mí y me habla al oído: ¿Vos sos puta? Me pregunto qué tengo que contestar, intuyo que debo decir que sí y eso hago: Sí. Yo sabía, confiesa ella y se ríe. ¿Querés que miremos la revista?, le sugiero creyendo que está más permeable, pero Mabel entonces la aferra contra el cuerpo como si tuviera miedo de que se la fuera a quitar, tensa. Me separo unos centímetros de ella para darle espacio, deslizándome en el banco. Espero un rato hasta que siento que relaja el cuerpo otra vez. Abro la cartera y saco de adentro una caja que durante tanto tiempo guardó el regalo que mi padre no le pudo dar, el estuche que quedó en mi casa el día en que él se fue y que mi madre escondió entre su ropa. Lo había olvidado, hasta que lo leí en la novela de Leticia Zambrano; al menos eso era cierto, no tengo idea ni cuándo ni por qué se lo conté, pero eso sí le agradezco que haya escrito porque me permitió buscar esa caja y traerla a quien le pertenece. Mabel la mira, aunque no se atreve a abrirla. Lo hago por ella. Le muestro el corazón partido al medio, le leo: Acá dice Darío, acá Mabel. Ella agarra el estuche, se queda mirando la medalla, la acaricia con un dedo. Luego la toma de cada lado y la mueve hasta que los dos pedazos se sueltan. No sé si lee, no sé si lo hace por azar, pero me da la mitad que dice Darío y se queda con la que dice Mabel. Se guarda su media medalla del corazón en el bolsillo. Otra vez las manos sobre las rodillas, la vista en el horizonte. De un manotazo me quita la otra mitad y la guarda también en su bolsillo. Espero que baje su tensión. Por fin le pregunto: ¿Extrañás a Juliana? No sé si soy imprudente, pero no puedo evitarlo. Juliana, repite ella y me toca la cara. Pero no es un recorrido de reconocimiento como antes. Esta vez sabe quién soy, aunque se equivoque; me acaricia como si yo fuera ella, su hija. Nos quedamos en silencio, y al rato Mabel pierde la vista en el horizonte.

Unos minutos después, la enfermera me dice que ya es tiempo de terminar la visita, me recita los días y horarios en los que puedo volver. Presto atención, pero no sé si lo haré. Me levanto para irme. Mabel me agarra de la mano y me detiene. ¿Me llevás a la escuela, Juli?, me ruega. Se me llenan los ojos de lágrimas. Pienso en la fragilidad de la vida, en el deterioro de la memoria, en aquello que no reparamos cuando debimos y ya es imposible reparar, en los recovecos de la mente donde se pierde lo poco que fuimos.

La enfermera me pregunta si ya estoy lista y yo asiento, aunque no puedo decirlo porque tengo un nudo en la garganta. Me estoy por inclinar para besar a Mabel, pero la mujer me detiene, Mejor saludala de lejos nomás, no le gusta que la toquen, es arisca, se pone agresiva con el contacto físico. Entonces retrocedo, la miro, le sonrío, agito mi mano y me voy.

Apenas me alejo unos pasos, escucho que Mabel dice, una vez más, Puta.

XIV

Por fin, tomo las decisiones que tendría que haber tomado hace tiempo. Veo a mi abogado, le digo que quiero ser querellante en la causa por la muerte de Juliana Gutiérrez, mi hermana. Le entrego los papeles que ella reunió para que los presente en el juzgado. Y le pido que me averigüe si la clínica de Mabel está paga o adeuda cuotas; no podría hacerme cargo de ese gasto dadas las características del lugar, pero si va a quedar en la calle debería encontrar el modo de evitarlo. Me contesta a los pocos días: La querella está presentada, van a reabrir la causa; y por la madre de Gutiérrez no te preocupes, me dicen que tiene un régimen especial por el cual se pagó a su ingreso un monto que asegura su permanencia en el establecimiento a perpetuidad. A perpetuidad, repito. Puedo imaginar quién hizo ese arreglo perpetuo, alguien poderoso que lo puede todo. Me tranquiliza pensar que, con la muerte de mi hermana sobre los hombros, ese hombre no se atreverá a revertirlo.

Ese mismo día escribo:

A mis oyentes, y a la ciudadanía en general:
Después de la muerte aún no esclarecida de Julia-

na Gutiérrez, ocurrida aquel 13 de mayo de 2022, recién hoy puedo decirles que ella es mi hermana. Por circunstancias de la vida y decisión de nuestros padres, no tuvimos trato. Pero comprobado nuestro vínculo, y ante los tropiezos de la causa donde en primera instancia se ha declarado la falta de mérito, me veo en la necesidad de exigir justicia, y es por eso por lo que me he constituido como querellante.

Estoy convencida de que el ritmo de trabajo que requiere mi profesión no me permitiría atender este asunto como corresponde, por lo que decidí tomarme un año sabático. Con este gesto, me gustaría de algún modo reparar esa distancia a la que nos sometieron los avatares del destino y nuestras propias historias. Quiero dedicarle a la hermana, con quien no compartimos una vida, el tiempo necesario para esclarecer su muerte.

Muchas gracias por su cariño y comprensión.

Los extrañaré cada mañana, apenas sale el sol.

Verónica Gutiérrez Balda

XV

Juliana cae al vacío, lleva un vestido blanco, vaporoso, que se agita en el aire, pero en vez de estrellarse contra el piso, justo antes de llegar, mi hermana mueve sus brazos y vuela como una mariposa. En medio de ese vuelo, dulce, apacible, es que me despierto. No fue una pesadilla, sino todo lo contrario; sin embargo, no logro conciliar el sueño. Como si tuviera miedo de dormirme y no volver a soñarla, de no soñarla nunca más. Doy vueltas por la casa. Me preparo un té. Muerdo una barrita de chocolate cuya procedencia y fecha de vencimiento desconozco. Me siento en el sillón del living y el gato de mi hermana salta para acomodarse junto a mí. Lo acaricio. Nos vamos a tener que querer, ahora somos sólo vos y yo, Minino, le digo y el gato maúlla como si me estuviera diciendo que sí, que efectivamente estamos solos.

Pasa el tiempo y sigue la noche cerrada. Me asaltan pensamientos acerca de lo que viví y de lo que supe estas últimas semanas. La muerte ajena que ahora me acompaña. Lo que fui, lo que soy. ¿Cuántas Verónicas Balda pueden coexistir en espacio y tiempo? ¿Soy lo que Pablo y Leticia dicen que soy? ¿Soy lo que me confieso en privado, sola, frente al espejo? ¿Quién dirime las diferencias entre la mirada de los otros y la imagen propia? Cuando leí la descripción de mi personaje en la novela que escribió Leticia Zambrano, no me reconocí. Yo no soy esa Verónica Balda. Cuando escuché a Pablo hablar de mí —en una entrevista de las tantas que da ahora— pensé que hablaba de otra persona. Me pregunto cómo pudimos convivir casi veinte años sin que haya tenido una acertada noción de quién soy. Como dioses de algún Olimpo, ella y él me inventaron como querían que fuera. Fui lo que ellos necesitaban en sus propias vidas. Discutieron sus impresiones públicamente, sobre un campo de batalla que fue mi cuerpo. Por momentos tengo miedo de haber aceptado ese papel, de haberme convertido en su enunciación, como una plastilina que cada uno moldea a su gusto con palabras, para convertirme así en una versión de Verónica Balda a su conveniente saber y entender. Una versión que incluye prejuicios y miserias de los tres, también míos.

Me levanto y voy hacia la ventana. El gato me sigue. Dicen que algunos animales domésticos perciben lo que nos pasa. Si esto es cierto, estoy segura de que Minino es uno de ellos. La noche aún no cede. Miro la ciudad apagada, silenciosa, dormida. El gato salta al marco de la ventana y la observa conmigo. Luego busca mis manos, se frota en ellas; él me acaricia a mí, trata de reconfortarme. Vuelvo a pensar en la novela que escribió Leticia. Estoy convencida de que, más que un regalo para mí, ella se hizo un regalo a sí misma. Quería escribir ficción y me usó de excusa. Convertida en «deus ex machina», le dio vida a mi hermana para enclaustrarla en un cuerpo del que no podía salir. Y se atrevió a inventarme casi con descaro. ¿De dónde sacó que no me gustan los gatos? ¿Con qué derecho se mete en mi intimidad y cuenta lo que ella cree que sentí cuando estuve encerrada y meada dentro de un ascensor? ¿Por qué concluyó que mi madre y yo tuvimos una relación simbiótica desde aquel día en que me resbalé al salir de la bañera? Fuimos dos sobrevivientes de un terremoto —en eso le doy la razón, usó una buena imagen—, pero no dos mujeres anuladas la una por la otra. Leticia asumió que la ficción le permitía inventar lo que quisiera, incluso la hora en la que salió el sol aquel día de mayo en que mi hermana cayó por una ventana, y ella le otorgó la vida que ya no tenía.

Después de mis quince años, nunca volví a tomar un baño de inmersión, nunca más disfruté de relajarme en el agua tibia por temor a lo que podría venir a continuación: una caída, un golpe, el abandono. Doy vueltas por la casa, tratando de encontrar un tapón de goma. Busco en el baño, en la cocina, en el cajón donde va a parar lo que no sé dónde guardar. Finalmente encuentro uno en el lavadero. La goma está vieja, pero es de tamaño universal y creo que va a servir. Voy al baño y lo coloco en la rejilla; abro la canilla y compruebo que el agua no se filtra. Dejo que el chorro siga corriendo. Busco sales de baño. Recuerdo que un anunciante de la radio me envió una canasta con productos de tocador, que probé todo menos las sales, que las descarté pensando que nunca las usaría. Sé que las vi hace poco, es más, las acabo de ver. Las encuentro en el cajón donde pongo lo que no sé dónde guardar. Vuelvo. Echo un poco dentro de la bañera y observo cómo se disuelven. Muevo el agua con la mano para ayudar a que la mezcla sea homogénea. Mientras lo hago, me pregunto dónde tiraré las cenizas de Juliana cuando me atreva con eso, tal vez en un cantero de la plaza en la que solía ir a patinar. Ese lugar donde los celos me llevaron a concluir que era mala; hoy dudo hasta de si efectivamente me vio en aquella ocasión. Podría ser una reparación. El agua aún está muy caliente y agrego fría. Me quedo mirando el chorro que cae. ¿Cómo llegó Pablo a la conclusión de que era mejor para mi salud emocional negarme los papeles de la investigación de Juliana? ¿O simplemente pensó en él y su proyecto de escritura? ¿En serio fue capaz de bloquear contactos en mi teléfono y además decir que lo hizo por mi propio bien? Leticia habrá esperado que, al contármelo, me hubiera vengado de él de una manera brutal, casi salvaje. Pero ése es su estilo, la versión de mí que ella inventaría. Yo, en cambio, soy de movimientos pequeños, que de todos modos siento contundentes. De lo que Pablo y Leticia han hecho como construcción ficcional, lo que más me inquieta, y a la vez me atrae, es jugar a imaginar el acróstico que armaron con mi nombre. La V de vulnerable. La E de estricta. La R de resentida. La O de obsesiva. La N de niña. La I de ilusa. La C de confundida, ¿o de cobarde? La A de abandonada. Quizás, también habrán usado adjetivos positivos, pero la mirada de los otros que nos perfora es la que nos juzga mal.

El agua ya cubre dos terceras partes de la bañera. La toco otra vez; ahora sí, la temperatura está a mi gusto. Me desvisto, coloco el camisón y la ropa interior sobre el bidet. Busco un toallón y lo dejo a mano. Me sostengo de la canilla, meto una pierna en el agua espumosa y luego la otra. Deslizo el cuerpo de a poco, para que se vaya acostumbrando a la temperatura, me acuesto en la bañera. Voy sumergiéndome hasta que quedan fuera sólo mis hombros y la cabeza. La puerta está entornada, no cerré con llave, como aquella vez. Pero estoy sola, así que nadie vendrá en mi auxilio si fuera necesario. Nadie golpeará la puerta, nadie forzará la cerradura. Nadie. ¿De dónde sacaron Pablo y Verónica que yo los quería tanto?, ¿de dónde sacaron que yo les debía tanto?

Cierro los ojos y ahora sumerjo también la cabeza. Fui periodista, aún soy periodista, pero no estoy segura de cuánto tiempo más lo seguiré siendo. ¿Se deja de ser periodista si no se ejerce el oficio? No sé si volveré a la radio, no sé si escribiré alguna otra nota, no sé si me entusiasmaré algún día con una nueva investigación. La verdad, aquello que alguna vez busqué cuando elegí esta profesión se convirtió en utopía y está cada vez más lejos. Pronto estará irremediablemente fuera de alcance. Es un animal en extinción. La verdad no es lo que cuenta Pablo. La verdad no es lo que cuenta Zambrano. Tampoco es lo que cuento yo. Si lo fuera, debería confesar lo que sólo me atrevo a decir ahora, debajo del agua: que poco antes de encontrarse por primera vez con Leticia, Juliana me vino a ver. Me esperaba fuera de la radio. Me dijo: Hola, y no supe quién era. Llevaba ropa sexy pero arrugada, el maquillaje opaco, unas sandalias de taco demasiado alto para andar por las calles de Buenos Aires a esa hora de la mañana. Especulé que sería una chica que venía de la noche. Los ojos le brillaban a fuerza de alguna sustancia que no terminaba de esfumarse dentro de su cuerpo, y sus ojeras delataban un cansancio feroz. El taxi me esperaba a unos metros de ella. Pasé a su lado y sonreí, pensando que era una oyente. Pero entonces dijo Soy Juliana, y mi sonrisa se desvaneció. Apuré el paso, como si no la hubiera oído. Antes de alcanzar el auto, me agarró de un brazo, intentó decir algo. La ignoré. Me deshice con dificultad. En el forcejeo yo subí al taxi y ella cayó al piso. Cerré la puerta y, después de comprobar que el conductor estaba distraído, con la mirada clavada en su teléfono, dije, Vamos. El auto se puso en movimiento. Por la ventanilla vi que Juliana se frotaba las rodillas lastimadas. Luego se abrazó las piernas y apoyó la cabeza sobre ellas. Tal vez lloró. Cuando dimos vuelta a la esquina, suspiré y sentí que estaba a salvo. No se lo conté a nadie, ni entonces ni al saber de su muerte. Traté de olvidarlo, de convencerme de que había escuchado mal, de que no había sido ella. Me sorprendió que no estuviera aquella escena en el manuscrito de Leticia. De haberla conocido, no se la hubiera perdido. Por eso estoy convencida de que Juliana no se la contó, de que quiso evitarme la humillación. Hizo lo que yo no hice por ella: me protegió.

Mi confesión me sostiene debajo del agua como un ancla. Me pesa el pecho. Me impide elegir la versión de mí que puedo tolerar. Saco la cabeza y respiro, pero al instante siento vergüenza y otra vez la meto dentro del agua. Me doy cuenta de que sólo en este lugar me permito ser tal como soy. Allí donde puedo sumergir mi verdad. En la superficie todo es susceptible de ser tergiversado, interpretado, sacado de contexto, sesgado, desvirtuado, manipulado. Incluso yo misma.

Los hechos dejaron de ser lo que sucedió para convertirse en lo que nos cuentan que sucedió. O aquello que elegimos entre las muchas versiones de lo que podría ser. La ficción se multiplica hacia el infinito. Y ese infinito me agobia. Puedo decir que hay verdad en una flor que toco, en el perfume que se desprende de ella, en la intensidad de su color. Verdad en la tibieza de esta agua que me mece, en el aroma de las sales, en el silencio que me desvanece. Pero una verdad propia, intransferible como tal, mía, porque aun sin voluntad de mentir, al buscar el modo de contarla entraré en el campo de la subjetividad, y esa flor, esta agua o yo misma pasaremos a ser aquello que yo digo que somos, con las palabras que elija, con los silencios que sume, con la puntuación o el énfasis que a mí se me ocurra usar. Agua, flor, y yo misma sólo existiremos como tales en lo efímero de mi enunciación. Nuestra vida es una enunciación. Somos palabras.

Siento que puedo quedarme aquí para siempre, dormir bajo el agua tibia y no despertar más, dormir mientras sueño con una mariposa que vuela, ignorante de la finitud de la vida que me abraza. Juliana vuela. Yo quiero volar debajo del agua. Quiero dejarme ir. Me dejo ir. Me entrego a un mareo que me alivia del dolor. Pero un llanto me despierta, un llanto agudo que parece el de un niño, o el de una niña, tal vez aquella que resbaló al salir de la bañera. Y no quiero resbalarme otra vez, no puedo resbalarme otra vez. Me debato entre salir y caer o quedarme para siempre bajo la espuma jabonosa. No encuentro una tercera opción. Mientras tanto, el llanto no cede, es perentorio, es urgente, me implora. Entonces emerjo y veo al gato que heredé de mi hermana que maúlla desde el borde de la bañera. Me mira, y en su mirada hay queja. Lo quiero acariciar, pero rehúye de mi mano mojada y, aunque salta al piso para evitarme, se queda allí, observándome desde el marco de la puerta, alerta. Hiciste bien tu trabajo, le digo, y salgo del agua.

Tomo el toallón y me seco. Me pongo una bata. Camino con excesivo cuidado por el baño, para no resbalar. Voy hacia el living y el gato me sigue; me agacho, ahora sí se deja acariciar. Somos sólo palabras, le digo, y él me contesta con un maullido. Sea en el amor o en la guerra, en la cordura o en la locura, en la memoria o en el olvido, en el afecto o en la soledad. Palabras. La eficacia de la ficción no tiene que ver con la certeza, ni con la precisión, ni mucho menos, hoy, con la belleza. Simplemente, contará mejor ese a quien le crean, ese que como un pastor nos convenza con su palabra. La verdad como creencia religiosa es un oxímoron. El periodismo no tiene nada de religión, la verdad que busca es provisional, nunca acabada, nunca total, todo lo opuesto a la fe religiosa.

No tengo respuesta para la muerte de mi hermana. Creo que la mataron, pero también creo que nunca podré probarlo. Poco a poco se olvidarán de ella. A nadie le importa lo suficiente la muerte ajena. Hay muertes que interpelan, que hacen sentir que pudimos haber estado en ese lugar, que ese cuerpo estrellado contra el piso podría haber sido el nuestro. O el de nuestra gente. Otras, en cambio, adquieren en poco tiempo calidad de extranjeras. La muerte de mi hermana será pronto la de una forastera.

Voy otra vez a la ventana cargando un gato que ahora es mío. No tengo idea de la hora, pero la intuyo, conozco esa claridad que se anuncia. El sol aparece por detrás de los edificios aún dormidos. Las torres más altas se iluminan. ¿Será un lindo día?, pregunta una versión de mí. Será, me respondo.

Agradecimientos

A María O'Donnell, Rosa Montero, Brenda González Harbour, Marcelo Piñeyro, Facundo Pastor, Marcos Montes, Carlos Salem, Fernando Torrente, Débora Mundani, Karina Wroblesky, Marcelo Moncarz, Miriam Molero, Laura Quiñones Urquiza, Carolina Orloff, Guillermo Schavelzon.

A Ramiro Saludas, Tomás Saludas, Lucía Saludas, Ricardo Gil Lavedra.

A Magalí Etchebarne, Julieta Obedman, Julián Ubiría, Ana Pérez, Juan Boido.

A Bárbara Graham.

Índice

Primera parte. Hermanas 11

Segunda parte. Los peculiares 163

Tercera parte. La niña de la bañera 291

Este libro se terminó
de imprimir en
Móstoles, Madrid,
en el mes de
abril de 2025